Bodacious!
Three Realms

著.提子墨Tymo Lin

獻給我——

離世四年的老媽「淑明」，

感謝您，在我最傷痛的日子裡，

陪著我，寫完這本關於許多母親與孩子的故事。

目錄

序章　如來已離

「我有兩位母親，
一個在白天出現，
我叫她媽媽；
另一個只在黑夜出現，
我叫她妖怪的媽媽。
而我，就是那隻在火裡焚燒的妖怪。」

劉滿足握著不鏽鋼的點火器，點燃了銀製高腳燭台上的每一根蠟燭，擦了擦手欣賞著自己的擺盤與布置。餐桌上幾只手工彩繪的法藍瓷餐盤中，盛著熱騰騰的美饌佳餚，還襯著緞面餐巾上一字排開的兩組皇家道爾頓刀叉。

她滿意地抬起頭，環視著眼前挑高兩層樓的落地玻璃窗，信義區如藍絲絨般的夜空，遠處透著點點燈火的東區樓廈，以及灰濛雲層下鶴立雞群的台北101大樓。眼前這一道昂貴的風景，是她十多年來忍辱負重一點一滴所掙回的自尊。

當年二十五歲的她，逃離了有嚴重家暴傾向的前夫，咬著牙將三歲的女兒留給婆婆扶養。一個人帶著滿身的瘀青與傷痕，連夜從鳳山逃到了台北，儘管寄人籬下卻仍日夜擔心會被丈夫找到，再次被拉回高雄，生活在那個恐怖的噩夢中。

就像過往那樣，前夫一次次跪在劉滿足面前痛哭流涕、懺悔認錯，每每她為了女兒心軟回家後，沒多久那些暴怒與拳打腳踢依舊故態復萌，就如同陷入湍急的漩渦，永遠無法從無止無盡的痛苦中抽離。

她知道自己是個自私的母親，終究為了自身的安危狠心拋棄了最需要她的女兒。每當夜深人靜窩在棉被中暗自流淚時，她只能安慰自己，前夫再怎麼暴戾，應該不至於會虐待親生骨肉，至少還有強勢的婆婆會好好保護自家的孫女。

只不過，當年那一段婚姻，卻沒有人能守護她，不被踢、不被踹、不再被酒瓶砸得頭破血流！

原本還在主臥淋浴的邱復仁走了出來，剛下班回家後的那份疲態，換上便裝後整個人總算又回復了神采奕奕。他走到落地窗前摟了摟劉滿足。

「我們家的大廚，今天為我準備了什麼美食呀？」

「我哪有時間啦，這些全是『教父牛排』剛剛外送來的餐點，你看這是頂級肋眼牛排、澳洲老虎明蝦，還有餐後甜點是巴斯克乳酪蛋糕喔！」

「哇，米其林一星餐廳現在也開始外送了？」

劉滿足得意洋洋掀開瓷盤上的保溫蓋：「早就有了，前幾年疫情的影響，許多高檔餐廳都做了些變通，可別小看這兩份美國肋眼牛排，現在可是花了五、六個小時低溫慢烤出來的，才能保持和餐廳內用餐完全相同的溫度、口感與味道呢！」

她和邱復仁交往了三年，兩人都是有過家室的失婚男女，眼前也都沒有再婚的打算，不過對外早已形同夫妻出雙入對。邱復仁是科技產業的高階主管，長相雖然沒有前夫體面，卻是個對女友無微不至的好男人。

劉滿足則是早幾年在台北單打獨鬥，憑著直銷網路化的契機闖出了個「直銷女王」的名號，再以當年攢到的資金創立了專以女性消費族群為主的線上購物公司。然而，這些年遲來的經濟獨立，卻換不回她與女兒形同陌路的母女關係，在前夫與前婆婆的操弄下，她甚至不知道已經讀初中的女兒，現在到底長什麼模樣。

「我剛才依照說明翻溫過一次了，快點吃吧！」

邱復仁看著桌上的高腳杯，突然想到了什麼：「唉呀，美食與美女當前，又怎麼能少得掉美酒呢！」

劉滿足看著他往廚房走去，順口喊著：「酒櫃裡還有幾瓶客戶送的法國十字木桐堡，和加州納里老藤的紅酒，你看看今晚想喝哪一款吧。」

他在單溫紅酒冷藏櫃內摸索了幾分鐘，才笑容滿面地拎著一瓶紅酒與開瓶器走出了廚房：「就來點法國波爾多的十字木……」

他話都還沒說完，卻冷不防目睹了餐桌前那一幕驚魂攝魄的景象。

劉滿足的鎖骨之間竟然竄出一道火舌，然後整個胸腔宛若一只透著火光的燈籠，火焰迅速延燒到她的長髮、絲質居家服，與桌上的餐巾、桌布！

她低頭看著燃燒的自己，驚聲尖叫不斷地打著轉，也撞翻了周圍的傢俱和家飾品，火苗隨之竄上了沙發、燈罩與窗簾！邱復仁不斷喊著，要她倒在地上打滾，還驚惶失措尋找著玄關旁的那只滅火器。

就在天花板的消防灑水頭都還未自動噴水前，她卻已經衝出了落地拉門，在露臺上跌跌撞撞尖叫著。

下一秒鐘，只見踉踉蹌蹌的她，整個人失足翻出了露臺欄杆外，如倒栽蔥般從二十多層樓高的信義皇寶豪邸往下墜，伴隨著如水泥包落地的巨響，壓碎了樓下溫室花園的玻璃屋頂，重重落在中庭的大理石地板上。

殘留的微弱火苗依然在她身上燃燒著，伴隨著從破碎頭顱中飛濺出來的腦髓與血液，在灰色的大理石路面上緩緩殷出一片暗紅。

當消防人員與刑事警察大隊抵達皇寶時，鑑識小組除了將中庭圍起封鎖線，也立刻在死者陳屍的位置撐起了警用的藍色輕便式帳篷帷幕，以確保屍體跡證不受天候影響完整保存，也可避免死者暴露在中庭的公共場合，引起在陽台上觀望的居民們不安。

楊嘉莎和刑事警察大隊的同仁，踏進劉滿足的寓所時，現場早已被灑水器淋得濕漉漉，不過在窗簾、桌巾、燈罩與布沙發上，仍殘留著一片片被烈焰燻過的焦黑斑痕。

聽完邱復仁描述的事發經過後，她的腦中儘管充滿了許多疑惑，卻不露聲色沉著臉繼續寫著筆記。反倒是錢得樂望了望嘉莎學姊，露出了匪夷所思的表情。

「從她的胸口竄出了一道火苗？」錢得樂問。

邱復仁全身溼答答的狼狽模樣，結結巴巴地回答：「對！她胸口的皮膚就像火山似地，透著紅通通的光，然後整個人就燒了起來……」

「所以是從面向中庭的那個露臺墜樓下去？」

邱復仁望著那個方向猛力點頭，霎時眉頭糾結著又刷下了兩行淚。

楊嘉莎的腦中閃過一具如「人皮燈籠」的形體，在餐廳與露台之間瘋狂地掙扎與旋轉，伴隨著墜落的驚聲尖叫迴盪於皇寶的中庭。

根據過往前輩們的辦案經驗，面對這一類看似家庭意外事件的命案時，楊嘉莎的腦中總會浮起他們的那一句名言──「另一半或配偶永遠都是頭號嫌疑人」。她覺得邱復仁的說詞充滿疑竇，也無法想像為什麼死者的身體會竄出火焰，引發這一場突如其來的意外。

她收起了筆：「好的，不過還是要請邱先生陪我們跑一趟警局，協助警方做更深入的調查。」

原本神色凝重的邱復仁，頓時睜著眼表情微慍：「你們現在是懷疑我對小滿做了什麼嗎？」

錢得樂馬上公式化地接腔：「不是啦，這只是我們調查的例行程序，還請邱先生能協助警方釐清意外發生時的更多細節。」

語畢，他朝著嘉莎學姊揚了揚下巴，示意接下來的事就交給他來處理。

楊嘉莎朝著邱復仁所講述的動線，走到了半開放式廚房內的酒櫃所在，才發現所謂的酒櫃竟然是一台比她還高的電子恆溫紅酒冰櫃，玻璃櫃內還依照不同的溫度範圍分為兩層，上層的幾個櫸木架，擺滿來自各國不同產地的紅酒，下層的櫸木架則是溫度範圍更低的白酒儲藏區。

她轉過身模擬著邱復仁的步伐，走到了廚房外的玄關走廊，套在平底鞋外的塑膠鞋套踩在溼答答的地毯上，發出了細微的吱吱聲。楊嘉莎從玄關走廊往外望，右邊是通往客廳與兩間臥室的過道，左邊則是意外發生時的用餐區域，橫在落地拉門前的則是早已被消防灑水頭噴得杯盤狼藉的餐桌。

當時背對著落地拉門而坐的劉滿足，身上著火後瘋狂地在餐廳與客廳之間逃竄，引燃了好幾件易燃的家具與家飾品。她或許聽到邱復仁喊著要她伏地打滾，才衝到了落地窗外比較寬闊的露臺上，卻被那幾件擺設於欄杆前的露天家具絆倒，整個人翻了出去墜樓而亡。

劉滿足墜樓前，邱復仁站在哪裡？

楊嘉莎望向玻璃門內浸濕的地毯上，有著被消防灑水頭沖刷過的白色痕跡，露臺上的戶外沙發與茶几上，也布滿了滅火器的白粉。她的腦海中反覆想像著劉滿足墜樓前的各種模擬畫面，心中不禁問著自己——

劉滿足到底是被戶外家具絆倒而失足墜樓？還是因為無法招架滅火器噴出粉塵的力道，而被那股力量給推了下樓？

就在她的腦袋還不斷運轉之際，手機突然震了好幾下，她望了螢幕幾秒後，就快步走出劉滿足的寓所，一個跨步就衝進了剛好要下樓的電梯。

當她推開大廳玻璃門走入中庭花園時，封鎖線前的值班警員迅速鬆開黃色膠條的一角讓她進入。兩名穿戴防護衣與口罩的鑑識人員，正蹲在警用藍色帳篷前，整理著劉滿足散落於中庭的一些飾品與微物證據，看來也正準備移師到樓上的寓所勘查。

其中一位鑑識人員看到楊嘉莎後，馬上朝著帳篷裡喊了一聲。只見藍色的帷幕掀起了一角，一隻套著白色乳膠手套的手掌朝她揮了揮。

「冷法醫，有什麼發現嗎？」楊嘉莎靠近了警用帳篷，半彎著腰朝裡面探首。

那位女法醫雖然戴著口罩，眼神卻非常銳利，她揚了揚眉示意楊嘉莎再靠近點，在她面前是已經摔得手腳扭曲的劉滿足，或許是怕嚇到楊嘉莎，遺體的頸部以上已被塑膠布遮了起來，只露出了被燒得血肉模糊的上半身。

冷法醫什麼話也沒有說，只是抬起了手將食指靜止在劉滿足胸口的正中央，然後轉過頭睜大著雙眼盯著楊嘉莎。

楊嘉莎的雙眼也越睜越大，甚至倒抽了一口氣。因為在劉滿足的胸口上竟然有著一道兩、三公分長的詭異痕跡，宛若一行燙金的草寫字體，烙印在焦黑的屍身上，上面寫著——

「如來已離．三界火宅」。

第一章 無盡夏

七歲那一年，我小小的世界，在一夜之間崩潰了。上天就那麼將我曾經最依賴的人收走，毫不留情地把我揉成一坨破碎的紙團，殘破的皺褶之間布滿了徬徨與無助，就那麼落在泛著白光的房間裡，蜷伏在陽光照不到的窗簾下。

只不過，祂收走了她，

沒多久就還給我另一個他，

那個，此生與我相互追逐的男子。

母親死於肝硬化，在漫長的染病期間，剛開始並沒有什麼症狀，只是很容易感到疲倦與虛弱。有好幾個月，我被父親寄養在小姑姑家中，直到母親臨終前才再次見到她。

我永遠忘不了那一幕，母親孤獨地躺在幽暗的病房中，彷彿離我非常非常遙遠。父親和小姑姑緊緊拉著我，只讓我杵在門邊與病床上的她遙遙相望。

她的面容消瘦憔悴，臉上的肌膚呈現黑紫色，凌亂的床單下隱約露出浮腫的雙腿，以及那一圈蓋不住的水腫肚皮，上面布滿了血管擴張後形成的蜘蛛斑紋。

「馬麻要生小寶寶了嗎？我想要一個弟弟……她和弟弟什麼時候可以回家？」我搖著父親的大手，卻不斷伺機想掙脫，衝到母親的床邊。

或許，我的童言童語吵醒了她。母親原本緊閉的雙眼睜開了一點隙縫，望向門邊的我們。然後，那一雙眼角黑色素凝聚的瞳孔越睜越大，逐漸露出了一抹我非常熟悉的笑容。就像，她在前院櫻花樹下，看著我將粉紅的花瓣撒向空中時，露出的那種笑容；就像，她坐在溪畔的石頭上，望著我小小的腳丫子踢著飛白水花時，那種如陽光般燦爛的笑容；就像，她傾身坐在餐桌前，凝視著我大快朵頤吃著她的拿手料理時……的那種笑容。

我和她近如咫尺卻又遙不可及，直到她緩緩抬起瘦骨如柴的臂膀，微弱地揮著手招喚我過去時，父親卻一把將我拉了開。拉離那一道透著微光的長方形門框、那一雙顫抖的瘦弱臂彎，和她潰爛的眼眶中一雙殷殷期盼的眼球。

那一抹熟悉的笑容，成了我眼中的視覺殘影，不斷浮現在醫院無止無盡的長廊牆上。最後，也成為她躺在襯著白色蕾絲的棺木中，被入殮師化妝與修復出的安詳笑容。

母親驟逝的一星期後，父親與小姑姑就匆匆在第二殯儀館，為她舉辦了簡單的葬禮，那是個沒有太多外人的家祭，清一色全是鄒家輩分較輕的幾位親戚，也沒有母親家族的任何一位長輩或親友。

聽說是白髮人不送黑髮人的傳統習俗，儘管我當時年幼無知，卻還是看得出來，母親生前並不討公婆的喜愛。就連她自己的父親，也因為反對那一門婚事，早就與她斷絕了父女關係。

許多年後我才知道，原來母親是出身自榮民家庭的軍人子女，我那位九十多歲的外公經歷過八年抗戰，甚至是參與盧溝橋七七事變的有功官兵。那個世代的老人家對日本人的成見，又怎麼可能容許自己的女兒下嫁給台日混血的男子，還是個曾在東京喝過好幾年東洋墨水的公子哥兒。

原來，上一代的國仇家恨，竟能凌駕於下一代的終身幸福之上？

家祭的現場並沒有其他孩童。因此，那一對姍姍來遲的母子走進禮堂時，高跟鞋踏在磨石子地板上的回音，格外引起我的注意。女子低著頭，拉著一名年齡與我相仿的小男孩，穿過了沒有多少人的席間，坐到最後一排靠窗的座位。

在牧師冗長的追悼與領禱過程中，我瞇著眼偷偷撇過頭端詳他們。女子雖然低調穿著一襲藏青色的洋裝，仍掩不住妝容與髮型有刻意打理過，她低著頭覆誦禱詞的臉龐，依然可見到一雙不斷眨動的彎翹假睫毛。

那一名男孩彷彿感覺到我的視線，抬起頭睜大著眼睛，瀏海下的目光也直勾勾地望向我。我從來沒有見過那種如銅鈴般清澈的雙眼，烏黑的眼球溢滿眼眶之中，幾乎看不到一絲眼白。他白皙的皮膚下透著一抹粉紅的光澤，陽光透過緩緩搖曳的窗簾，在他的臉瓜子與脣邊，鑲上了一道若有似無的金邊。

那種如洋娃娃般精緻的五官，彷彿不太該出現在小男孩的臉上，但又沒有太大的違和感。他宛若一尊秉燭的天使燭台，面無表情地盯著我，然後緩緩嘶起左嘴角，露出一種近乎邪惡的頑皮笑意，朝著我打了三個無聲的唇語。

「看。三。小。」

我認出是那三個字，馬上羞怯地別過身低下頭，繼續跟著牧師的領禱胡亂地喃著。就在大家齊聲唸完「阿門」抬起頭時，我又順勢往那個方向望去。

他彷彿與我心有靈犀，抬起頭的那一瞬間也朝著我瞄了一眼，這一次卻露出一抹截然不同的笑容。那種恍若眼眶與臥蠶之間，綻放著柔和陽光的溫暖笑容，上揚的嘴角還牽起了兩個深深的酒窩。我突然懷疑起自己的眼睛，剛才他口中的那三個字，真的是看三小嗎？

只不過，沒多久就有人走向那一對母子，在女子的耳畔嘟噥了些什麼。只見她勾得細長的雙眉皺了幾秒，可能還跺了一下高跟鞋，才非常不情願地起身，牽著小男孩往後方的另一扇門離去。

將他們母子倆匆匆攆走的男子，其實是我父親。

母親過世後的兩、三個月，父親仍未將我接回家，聽說他的公司正在進行擴編，並且與長期配合的日本商社共同增資，擴大了原本的連鎖超市合作案。

「他或許是想以繁重的工作，逃離喪妻後的失落與空虛，麻痺自己內心的那些創痛吧？」至少，我偷聽到小姑姑和小姑丈聊起父親時，總是語帶同情地那麼說。

我並不喜歡寄住在小姑姑家，儘管半年多以來她對我百般呵護，費盡心思模仿我母親常會煮給我吃的那些拿手菜，但小姑姑的手藝就是做不來。更別說那位如空氣般無臭無色的小姑丈，根本就像一具只會讀報與看電視的機器人，頂多在小姑姑對著他說三道四時，才偶爾會發出一些嗯或喔的氣音。

我的兩位表姊也是怪胎。惠美表姊是個放了學之後，就會像上了發條似地，不停在客廳練習鋼琴的小五生。她和小姑丈一樣不太愛說話，可能是一開口就會露出牙齒矯正器，因此她總是抿著嘴從來不笑。就連吃飯時也會高舉著碗筷，用大半個碗遮住咀嚼中的恐怖金屬圈。

就讀小二的惠里表姊，則是個養成中的小變態，聽說她好像有什麼過動或注意力無法集中的症狀，所以常是那個屋簷下唯一充滿活力與噪音的源頭。我說她是個變態，只是因為她總喜歡在泳池裡展現放屁功，有一次還在浴室裡大聲喚著我，要我去看她在泡泡浴澡盆內製造的許多——屁泡。

我當時真的很想回家。

就算回到那個已經沒有母親的大房子。至少，還可以鑽進她的衣櫃裡，將自己關在裡面……聞著她殘留在每一件衣服上的體香，或是在那股淡淡的薰衣草香味中沉沉睡去。就那樣，將自己小小的身體永遠關在那個充滿她氣味的衣櫃中，緊緊地鎖上門，不讓她的味道輕易地消散。

幾個星期後，我終於盼到父親將我接回家。小姑姑站在大門口，依依不捨地拎著我的行李，目送我興奮地跳上父親新買的賓士車。當他們兩人輕聲細語聊了幾句後，只見她的眉毛揚起，表情越來越古怪。

「你知道這樣對子睿的傷害有多大嗎？他才剛剛失去媽媽……」

父親緊緊地握著方向盤，視線停在儀表板上，始終不敢與小姑姑四目相視：「所以，我才會決定那麼做，而且已經麻煩你們太久了。」

「說那是什麼話！你為什麼總是一意孤行？這樣看在親戚長輩的眼裡，會怎麼想？」

「我才不在乎那些老人家怎麼想！」

「你把子睿留下來，我不准你再去傷害他了！」

我完全聽不懂他們在說些什麼，只是死命搖頭緊緊地握著安全帶：「不要！我要跟爸回家！我要跟爸回家！」激烈的嘶喊聲與淚水，彷彿是從我的心臟與肺葉中噴發而出。

父親搖上了車窗，顧不得小姑姑不斷拍打著玻璃，就那麼踩下油門駛離了那一條開滿豔紅九重葛的巷子，和那一幢無聊得快要化膿的花園洋房。

我回過頭，目睹著小姑姑在車子後追了好幾步，馬上大聲向父親喊著：「再快一點，小姑姑就快追上來了！」

在我小小的心靈中，那個午後小姑姑在賓士車後追趕的身影，彷彿是某種會吃小孩子的妖怪，或是在「糖果屋」裡囚禁漢賽爾與葛麗特的巫婆。許多年後，我才明白，其實小姑姑才是那個阻止我重回糖果屋的人。

一路上，父親只是專心地開著車，沉默了許久都沒有說話。車子開出了一個隧道，又開進另一個隧道，洞頂壁燈黃橙色的光線，忽明忽暗地投射在他臉上。良久，他才開口，語息卻像從乾澀的口腔黏膜中掙扎而出。

「子睿，爸爸會重新……給你一個幸福的家庭，一切會回到過去……甚至比以前更好！」

小小的我並不是挺瞭解，為什麼失去了童年最重要的母親，一切還能回到和過去一樣？而且還會比以前更好？現在想想，那一番話或許是父親說給自己聽的，因為也只有他才認為那是個更好的選擇。

八月的仲夏，我重新回到久違半年多的家，那一棟隱身在繁華市區邊緣的日式建築。離開時，前院幾棵含苞待放的櫻花樹，如今早已換上茂密的綠葉，我錯過了它們粉紅的花瓣，俯在綠色草坪上的「報恩儀式」。

是的，母親曾說落櫻是一種儀式，千百片飄零的櫻花瓣以自己最美麗的身影，如精靈般俯首於草地上，拜別大地之母無私滋養櫻花樹的儀式，並且將自己獻身於土壤之中，等待著下一次生生不息的輪迴綻放。

父親的大手牽著我繞過櫻花樹，穿出了前院的涼亭與蓮水池，依稀可以感受到他內心莫名的悸動，沿著血管的脈動跳躍至他的指尖，也傳達到我的五根指頭之間，化成一抹黏膩難耐的手汗。

他推開沉重的雕花木門，迎面透來遠處日式拉門窗櫺上的光線，有一道熟悉的女性身形剪影，正端坐在拉門外的前台，欣賞著後花園中即將結束花季的「無盡夏」。或淺藍或粉紫的幾十棵巨大繡球花，正如頑童般在花叢中好奇地探首，回望著和式廳房中久違的我。

我掙脫了父親的手，頭也不回地朝著那個背影衝了過去，從後方緊緊抱住她的肩頭：「我好想妳……好想妳……馬麻妳終於回來了！」

幾秒後，我卻馬上從那片背膀上彈了開。那不是母親身上的氣味，更沒有她那種淡淡的薰衣草香氣，而是一股如熱帶水果般濃烈的香水味。

女子回過頭看著我，背光之中看不清楚她的面容，或許正微笑地凝視著我吧？

「子睿嗎？歡迎回家呀！」她轉身站了起來，然後彎下腰認真地看著我。

我終於看清楚她的面容。

她是那天匆匆離開殯儀館……藏青色洋裝的女子！我迅速環視了房廳內外，也看到那一名長得像天使燭台的男孩，正拎著一根淺藍色的無盡夏，站在滿是花球的樹叢之間。原本還搖著花球枝幹的他，也霎時停下了手中的動作，幾片淺藍色的無盡夏花瓣，緩緩飄落在他蜜糖色的瀏海上。

我們宛若三座冰塊，無所適從地在仲夏的蟬鳴聲中，凍結住了。

直到父親走了上前，表情尷尬地握住了那名女子的手，還順勢想牽上我的小手時，卻被我退了一步甩了開。

「這一位是月溶阿姨，以後就是你的……」

「不急！」老爸還沒說完，就被月溶給打斷了：「他年紀還這麼小，以後再說。子睿，你就喊我月溶吧……」

父親搔了搔頭，擠出了個不是挺自然的笑容：「你不是一直說想要個弟弟嗎？亞力小你五個月，以後就是你的弟弟了喔！」

我的耳朵完全聽不到任何話語，甚至不記得老爸還吞吞吐吐說了些什麼，立刻轉身衝進客廳旁的走廊，尋找著曾經屬於母親的那一間主臥房，用力拉開了那扇熟悉的拉門。

只不過，房間內的一景一物，早已不是從小到大所熟悉的場景。

每個冬夜，我與母親擠在被窩裡，聽她說故事的那張原木色大床，被換成了金黃色宮廷風的席夢思。她最喜愛的那個典雅古樸的檀木衣櫃，也換成多功能的開放式衣櫥，裡面沒有留下任何一件母親生前的衣物。

我站在衣櫥前，

放聲大哭了出來，

因為，我失去了母親留下的體香，

也失去了童年回憶中，母親所有的氣味記號。

第二章　木野狐

柯林德凝視著棋盤上密密麻麻的黑白棋，碎碎唸著：「是『禁著點』（註1）又怎麼樣？還是可以吃、可以下……先解決掉你這顆黑子再說！」

棋盤右上角有三顆黑棋排列成朝下的虎口，與三顆白棋朝上的虎口，恰巧形成了一圈黑白棋上下對峙的橢圓狀，圈內端正地圍著兩個空著的交叉點。朝下的黑棋虎口剛剛被對方下了另一顆黑棋，形成類似四葉花瓣的圈狀，中央的空間就是可吃掉白棋的禁著點。

柯林德毫不猶豫，將一顆白棋放入已被黑棋圍成的禁著點，此時白棋卻神奇地和另外三顆白棋的虎口，形成了另一個由白棋圍成的禁著點！他迅速取走了被四顆白棋包圍的黑棋：「氣盡提取！你的另一顆黑棋現在是『熱子』（註2）囉！」

「柯杯杯又在虛張聲勢嚇人了。」

那位與他對奕的小五生叫童奇杰，聽了柯林德浮誇的語氣，低頭吃吃笑著，順手在左上角的「星位」（註3）放了另一顆黑子，繼續在棋盤上「布局」占據更多黑棋的地盤。他所圈圍出的「黑地」已有18顆黑棋，分頭框住了25個空著的交叉點，因此目前黑棋的領地總共有

43目！只要有任何一顆白棋闖入這43個交叉點的黑地，很快就會被童奇杰吃掉。

柯林德搖了搖頭，也在左上角的星位附近，下了一顆白棋：「柯杯杯再怎麼虛張聲勢，也沒有你這個小鬼有心機吧？明明就是個可以跳級就讀大學的資優兒童，卻寧願在父母和老師面前偽裝成智力平庸的小學生……到底又是為了什麼？」

童奇杰歪了歪頭又放了一顆黑棋，收起了剛才那副天真無邪的表情，但並未對柯林德單刀直入拆穿他，有太強烈的反應。

「我在網上搜尋過你背包上的那個標誌，才發現那是新店附近一所小學的校徽，為什麼你這個小學生每天都從新店搭車，大老遠來到南港的社區活動中心和我下棋？」

童奇杰只是緩緩牽起嘴角微笑著，這次則在棋盤左下角的星位放了另一顆黑子。

註1：禁著點—如果一方在棋盤上某個交叉點落子後，這枚棋子將呈現「無氣」狀態，而且也不能吃掉對方的棋子，棋盤上這個要落子的交叉點，就稱為是對方的「禁着點」。圍棋規則規定，不能在禁着點下棋子。

註2：熱子—在棋局中雙方可以輪流吃掉對方的棋子，但遇上雙虎口導致會循環互吃的「劫」時，被提取（吃掉）的那方，不能直接提回剛剛被劫的子，因此那顆棋子被稱為「熱子」，須間隔一手才能提回（吃掉）熱子。

註3：星位—棋盤格子上有著黑點的交叉點，以十九路的棋盤來說就有九個星位，稱之為九星，位於正中央的星位稱為「天元」。

「我一直以為你隨興別在背包拉鍊上，那個像黑棋的『門薩』徽章，是什麼圍棋教室的宣傳別針，後來才知道門薩（Mensa）原來是全世界知名的權威『高智商俱樂部』！我請過往警界的朋友查了一下，才知道你並不是個普通的小學生……」

六十多歲的柯林德曾是台北刑事警察大隊的刑警，他的獨子也同樣是長官口中「虎父無犬子」的警界新人。十多年前，那一對充滿正義感的父子探案搭檔，曾經令柯林德驕傲無比，卻因為捲入一起不該調查的疑案，造成兒子遭到槍手行刑式的處決而身亡。

柯林德深深自責，從此退出了警界不再辦案。那一年，他的妻子也因喪子悲傷過度而抑鬱身亡，讓他一瞬間從最驕傲的虎父，淪為從此獨來獨往的獨居老人。他曾經有很長一段時間，過著食不知味、夜不能寐，如行屍走肉般的生活。

歷經長達十年自虐般的懲罰，他才終於在警界老友與親戚的扶持下，走出了曾經揮之不去的陰霾，重新讓自己更為社會化。他每星期至少有四個下午，會將時間耗在社區活動中心的棋牌室，與來來往往的熟識者或陌生人下棋。

這兩個月以來，童奇杰突然非常規律地出現在社區活動中心，通常是在週間放學後的那一、兩個小時。柯林德在社區活動中心幾次與童奇杰對奕的過程中，老小兩人也從棋友逐漸成為無話不談的忘年之交。

只不過，柯林德也發覺在他刻意童言稚語、天真無邪的言行舉止下，其實有著一顆絕頂聰慧的腦袋，除了圍棋的水平至少在七段，言談之間也偶爾會脫口而出，小五生不太可能接觸到的犯罪心理學專業用語。

直到前兩天，柯林德遠遠尾隨著童奇杰，跟著他在南港站搭上了捷運板南線，二十多分鐘後又在西門站轉搭松山新店線，最後才在新店區公所站下車。柯林德更肯定童奇杰確實是住在新店的小學生，他出站後走進檳榔路內的一間電腦維修中心，沒多久就從旁邊鐵捲門內的樓梯間，走上透天厝二、三樓的住家。

柯林德若無其事走進那間電腦維修的店面，在販賣電腦周邊的幾個展架上晃了幾分鐘後，就順手在櫃台上取了一張名片才離開，還向那位長得像熊男的老闆微笑點了點頭。

他看了一眼名片，上面寫著「童叟無欺電腦維修中心—童國雄」，非常直白的店名，看來應該是童奇杰的父親所開設的電腦維修店。

為什麼眼前這位住在新店的小五生，會如此規律地出現在南港的社區活動中心？還刻意在他面前裝傻賣萌，隱瞞自己聰慧的神童天資？

童奇杰的食指與中指夾著一顆白棋，下在另外三顆白子所形成的虎口，又取下柯林德的一顆黑棋。

童奇杰回答：「跟剛才的棋局類似吧……」

「黑白雙虎口之間的『劫』嗎？」柯林德問。

童奇杰停了幾秒，用一種較低沉的聲線道：「應該說是在那個劫之後，我目前必須像那顆不能被移動或提取的熱子，就算明知道對方所下的棋子僅剩『一氣』，也必須耐著性子靜觀其變，等待我的熱子冷卻。」

柯林德表情茫然，完全聽不懂他的回答，到底與自己剛才的提問有什麼關聯？

「為了避免二劫循環或三劫循環，我只能先在棋盤的其它位置『找劫材』下另一顆棋，並且觀察與推算出敵手下一步『應劫』的手法，才知道該如何走下去……」

「敵手？」

他知道童奇杰所講的是圍棋中「打劫規則」的劫材與消劫，卻不知道自己其實就是童奇杰所找的劫材，有一天也將是幫他解決掉那個隱藏在黑暗中的敵手，在對方應劫後將之「氣盡提取」的重要棋子！

十一歲的童奇杰確實是「門薩國際」（Mensa International）認證的高智商成員，三歲時就已是WPPS魏氏幼兒智力測驗IQ145的天才兒童。他曾是門薩國際年紀最小的亞裔成員（四歲），熱衷研究的是「邏輯導論」與「犯罪心理學」，以及自己腦中自成一格的「圍棋思維解謎模式」。

童奇杰從小由已故的祖母童林美嬌一手拉拔大，她並不希望孫子因高智商，而失去原本該有的童年生活，因此對孫子所有的神童表現一向守口如瓶，就連童奇杰的父母也對兒子是個高智商的天才兒童一無所知。

他也因內斂與低調的早熟性格，並不喜在同齡孩童面前出風頭，儘管早已修完美國大學的先修學分，卻未跳級就讀台灣的大學，反而是繼續留在公立小學，偽裝成腦袋少一根筋的小五生。

童林美嬌在生前，無微不至保守著孫子異於常人的秘密。因為，她在日治時代也曾經是一名資優的女神童，卻在當時重男輕女、女子無才便是德的社會氛圍下，曾長期遭受同儕的排擠與父執輩們的壓抑或冷嘲熱諷。

因此，她當然不希望自己當年神童光環下孤獨的童年，也發生在自己孫子的身上。

「柯警官，原來你躲在這裡！」

楊嘉莎冷不防在他們身旁喊了出來，盯著正在公園綠地上背對著背盤腿而坐的老少兩人，柯林德聚精會神凝視著手中的iPad，童奇杰則扶著大腿上的一台筆記型電腦。

「你為什麼不是在活動中心的棋牌室？」

柯林德想都沒想：「就……不喜歡有陌生人圍觀，所謂『觀棋不語真君子』！現代人喜歡暴雷、八卦與吐槽，已經沒有那種美德了。還有，我早就不是柯警官了。」

「好啦，柯老師！咦，你們沒有棋盤，怎麼下棋呀？」

「我們用這個呀，大姊姊妳看……」

童奇杰的語氣又切換回小五生稚嫩的嗓音，指了指筆電螢幕上19×19的十九路棋盤，上面放滿了眼花撩亂的黑白棋子，右上方則是兩位對奕者的代號「JayTong Vs. 天山童佬」，兩人的業餘段位分別是七段與四段。右下方則是一個不斷滾動的聊天畫面，在線上觀棋的網友們七嘴八舌聊著。寧可觀棋不語的柯林德，當然也將那個聊天視窗給隱藏了起來。

「『木野狐』是什麼意思？」楊嘉莎指著線上棋盤，置頂橫幅上的毛筆字。

童奇杰如銅鈴般童言童語地回答：「我馬麻告訴過我，那是古時候的人對圍棋的暱稱喔，因為那時候的棋盤、棋盒和棋子都是用木頭製作的，而且玩法變幻多端、令人痴迷，就像……寶可夢那樣！下棋的人如同被妖魅的靈狐給迷惑住了，古人才會叫它是『木野狐』！」

柯林德突然轉過身子，總算和童奇杰面對面：「莎莎就是我說的那個『警界的朋友』，早就知道你的背景資料了，你就不需要在她面前裝出……太傻、太天真的人設囉。」

童奇杰喔了一聲，停頓了幾秒切換情緒後，才道——

「北宋鄭州的神童詩人邢居實，在《拊掌錄》裡曾寫道：葉濤好弈棋，王介甫作詩切責之，終不肯已。弈者多廢事，不以貴賤，嗜之率皆失業。故人目棋枰為『木野狐』，言其媚惑人如狐也。除此之外，亦稱：黑白、方圓、楸枰、手談、坐隱、爛柯、紋枰……」

楊嘉莎的左右手腕交叉，比了一個大叉叉：「好的好的，我知道底迪很聰明，不過以後還是可以繼續陪姊姊說人話，我不介意太傻、太天真的人設！」

十多年前，楊嘉莎還在讀書時，就曾被退職前在警大兼課的柯林德教導過，柯林德對這位喜歡打破砂鍋問到底的女學生印象深刻。

多年後，嘉莎通過了內軌警察特考，也進入刑警大隊後，每每遇上棘手的案子，或因性別而被男同事排擠時，常會拜訪已退休的恩師，聽取柯林德對查案或警界人際上的建議。

「這次是什麼案子？新泰街的摩鐵溶屍案？永浴愛河浮屍案？還是上次的百花名媛碎屍案？」柯林德的語氣像個算命師，猜都不用猜就知道楊嘉莎造訪的目的。

「原來老師都有在看新聞台呀！不是那些案子，那些重大的獵奇命案……怎麼可能會輪到我和錢得樂這種菜鴿插手？」楊嘉莎將手機上電子媒體的新聞稿遞了過去：「是信義皇寶豪邸墜樓案。」

柯林德搔了搔頭喃喃自語：「前天黃昏發生過這種案子？我那天在幹什麼？怎麼會不知道這條新聞？」

「那天傍晚？柯杯杯應該是在不同的捷運站……忙著跟蹤小學生回家吧？」童奇杰盯著手機上的新聞，心不在焉地說著。

楊嘉莎丈二金剛摸不著頭腦，望了望眼睛睜得像受驚的貓頭鷹，下巴快要掉到地上的柯林德。看來童奇杰是在報復，剛才被柯林德咄咄逼人的質問吧？

柯林德有一種「氣盡提取」又被童奇杰吃掉一顆棋子的挫敗感。原來這個小學生自始至終都知道，那天一路上都被這位意圖不明的老杯杯跟蹤！

「我是開玩笑的啦，大姊姊很容易受騙呦！」

「這種玩笑不能亂開！」柯林德的額頭冒了幾顆冷汗，仍強裝冷靜讀著新聞稿：「前直銷女王的浪漫晚餐，是因為慾火焚身而墜樓身亡嗎？多金男友竟說出這種難以置信的話……」

「是誰下的什麼鬼標題呀？」

「柯杯杯難道不知道，這種釣魚標題就是流量密碼嗎？凡人無法擋都會想點進去，看看多金男友到底說了哪些石破天驚或傷天害理的話呀！」

他們讀完兩篇相關新聞後，楊嘉莎順手取回了手機，並且謹小慎微地說：「其實，我目前碰上的瓶頸並不在新聞稿上，甚至也對媒體封鎖了那部分的消息……」她的眼神落在童奇杰的臉上。

柯林德心領神會：「妳信任這個孩子嗎？要不要先支開？」

楊嘉莎歪著頭看了童奇杰幾秒，就滑了幾下手機，打開一封電子郵件。

「雖然，那個國際知名的高智商俱樂部，非常重視會員們的個人隱私甚至是真實身分，但我還是透過管道幫老師挖到了一些基本資料——童奇杰，性別：男，二〇一二年十月二十四日生，跟我一樣是天蠍座喔！三歲時已識字能認出四千多個漢字，當時的ＷＰＰＳ魏氏幼兒智力測驗，就測出是ＩＱ１４５以上的天才兒童。」

「ＩＱ１４５很高嗎？不是常聽人說誰誰誰……是智商１８０？」柯林德問。

「魏氏幼兒智商量表的ＩＱ１４５，已經等同是考了個99.76分了，算是極端優秀的幼兒喔。不過，台灣和東亞的門薩沒有開放給二十歲以下的成員入會，當時四歲的奇杰無法加入『台灣門薩』，他的祖母好像是國外的『門薩國際』會員，透過她才申請認證成為那時年齡最小的亞裔高智商會員！」

童奇杰微微揚起嘴角：「大姊姊，辛苦了。竟然完全不需要跟蹤或偷窺，也可以查到那麼多我的童年往事，太厲害了！」

柯林德聽出端倪，瞟了他一眼：「你現在也還是童年呀！」

「奇杰真的很厲害呢！六歲時就透過自學精通至少兩種外語；九歲時也在網上修完了美國大學的先修學分；十歲時成為全球最年輕的認證電腦系統分析師；去年的ＷＩＳＣ兒童智力量表所測出的ＩＱ已經是１７５了！上面說，你最熱衷研究『邏輯導論』與『犯罪心理學』，以及自成一格的『圍棋思維解謎模式』……」

楊嘉莎收起了手機：「或者，我可以稱那是你的『圍棋式破案法』嗎？」

「去年，新北市的『兔臉男無差別連續砍人事件』，聽說有一名學生協助警方才得以破

案，當時大家都以為那位匿名的男同學應該是個高中生或大學生。不過，警界的學長們卻流傳，破案的其實是一名小學生！那位小學生，難道就是你？」

童奇杰沒有承認也沒有否認，臉上依然泛著淺淺的笑容：「大姊姊懂圍棋嗎？」

「額，你也要用圍棋來回答她？」柯林德顯然已經領教過那種有聽沒有懂的答案。

「妳知道嗎？在棋盤上的棋子無論是黑或白，每一顆棋子所在的交叉點，上下左右格線延伸出去共會有四道『氣』。當那顆棋子的左右被對手擺上了兩顆棋子，那顆棋就只剩下兩道氣，被四顆對手的棋子包圍的話就四氣盡消，馬上可被敵手氣盡提取，吃掉！」

柯林德望了望點頭如搗蒜的楊嘉莎，看來她應該比自己多些慧根。

「我們都以為眾志成城可以無堅不摧，然而那套說詞並不適用於犯罪行為或圍棋理論。一顆黑棋有四氣，但兩顆並排的黑棋，氣數並不會倍數增加，反而只剩下六氣。那麼三顆並排的黑棋……」

「咦，就只有八氣而已喔！」楊嘉莎比劃了食指計算著，彷彿空氣中有一塊棋盤。

柯林德接腔：「樹大必有枯枝，人多必有白癡！如果沒有嚴謹的布局，不但無法事半功倍反而容易漏洞百出。就像當時號稱要快閃殺人的兔臉男，以瘋狂的速度穿梭於石門、烏來、貢寮、鶯歌、汐止、三重、新店……在短時間跳躍式的無差別連續砍人，營造出一種兇手以飛車犯案，無所不在的快閃恐怖情境，讓整個城市的居民人心惶惶不敢出門。」

「結果狡兔並沒有三窟，而是一窟裡有三兔！我記得是三名戴著相同兔臉面具的中輟生，在新北市的東南西北區以分頭接力的方式，所犯下的隨機砍人案！」楊嘉莎道。

「大姊姊和柯杯杯有沒有發現，他們跳躍式的作案動機就像是圍棋中圍『地』的概念，一旦在圍出的地盤中出現了其它棋子，就可輕易掌控局勢取下對方，因此才造成那個區域的居民不敢出門！畢竟一盤棋勝、平、負的計算方式在於『子空皆地』，也就是計算你有多少存活的棋子與共圈圍了多少空著的交叉點（目），數目的總合越多就是贏家。

只不過，他們並不是一對一與警方對弈，而人類也無法像棋子那樣在棋盤上瞬間移動，在短短十多分鐘內，快速跳躍在幾個分處於反方向的地區犯案。」

「所以……警界學長們的那些傳言是真的，奇杰確實就是那位協助警方破案的學生！大姊姊比較好奇的是，你是如何找到線索……證明那是一起多人接力犯案？」

童奇杰闔上了膝上的筆電，站了起來：「就像柯杯杯說的『人多必有白癡』。要不是他們在社群網站上張揚地貼出每次犯案後的打卡貼文，甚至將帶著兔臉面具的打卡照片發給電子媒體炫耀，我也不會從記者收到的許多原版影像檔中，讀取到每一張影像檔拍攝時的『詳細內容』，進而發現所有的影像檔是來自三支不同品牌的手機！」

楊嘉莎恍然大悟：「我想起來了，我也曾不小心讀取過一些影像檔的內容資料，除了拍攝器材的型號、光圈與快門的數值，聽說有些手機或相機還會自動留存拍攝地點的GPS數據，甚至是否使用過哪個修圖程式編輯過！」

童奇杰的雙臂交疊在胸口，揚著眉望向楊嘉莎：「大姊姊，那麼現在可以讓我知道『信義皇寶豪邸墜樓案』的調查瓶頸了嗎？」

楊嘉莎深深地吸了一口氣，索性也坐到草地上，拿出背包內的一只卷宗夾，封面上用黑色奇異筆潦草地寫著「劉滿足」三個字。

第三章　鄒子睿

從小到大，我就不是個叛逆的料子，對父親在喪妻後旋即再婚的舉動，並不敢表現出任何不滿。儘管，他任由月溶將母親生前鍾愛的傢俱與衣物，全都堆進了閣樓倉庫內，我也只能忍氣吞聲。

那樣也好，至少她身上濃烈的香水味不會沾染在母親的遺物上，我還能繼續保有那抹淡淡的薰衣草香氣。

母親剛剛離世的那兩年，我仍會偷偷溜上閣樓的倉庫，鑽進檀木衣櫃窩在她生前的衣物中，尋找過往所留下來的氣味記號。那個衣櫃就像是我吸取能量的秘密基地，唯有那樣才能更勇敢去面對失去母親的大人世界。

尤其是父親呼朋喚友在家中舉辦聚會時，到訪的賓客中總有些好事的中年婦女，常會撫摸著我的頭髮，流露出一種憐憫的目光，然後轉身向其他人低聲喃著：「這孩子真是可憐呀！」

那一幢豪門大院越是高朋滿座時，我的內心越是感到孤獨與害怕，因為在魚貫而入的陌生臉孔中，我再也找不到過往那一張熟悉的面容，能夠奔向她、躲在她的身後、揪住她的衣角，默默地從她的腰際露出半張臉，觀察著不知所以然的大人們。

那種時候，我通常會選擇在人群之中悄悄地消失，爬上樓回到我在閣樓的秘密基地，然後躲進母親的檀木衣櫃中，揪著那幾件她招待賓客時曾經穿過的洋裝或旗袍，吸取著她淡淡的薰衣草氣息，淚流滿面。

然而，有一天，我的秘密基地還是被其他人發現了。

當我在黑暗的衣櫃中，沉浸於母親的氣味所帶給我的安定感時，衣櫃的門卻無聲無息地被打開了！倉庫的天窗透下來的微弱陽光，撒在一個瘦小的身影上，是和我穿著同款小西裝與短褲的——亞力。

他長長的睫毛在灰塵飛揚的微光中眨著：「子睿哥哥，你為什麼躲在裡面？是和誰在玩躲貓貓嗎？」

我頓時羞愧地從衣櫃裡跳了出來：「要你管！你你你……不可以上來這裡，月溶發現的話，我們兩個都會被臭罵一頓！」

「喔，我媽才不會發現呢，她現在像隻花蝴蝶忙著招呼客人，剛才還一直叫我來找你或惠里姊姊玩，可是我很討厭惠里，所以才會偷偷跟著你上樓的呀。」

「你下去啦，這裡只有我能來。」

他充耳不聞，還一步步靠得更近：「哇，好漂亮喔！這些是你媽媽的衣服嗎？」

亞力正想伸手觸碰掛在衣櫃裡的那些衣物時，卻被我一個箭步將門給關了上。他被我那樣的舉動嚇了一跳，倒退了兩步，隨之又裝得若無其事，繼續摸著倉庫裡的其他物品。

「子睿哥哥一定很想媽媽吧？其實我也很想念我老爸，可是他的船已經沉到海裡，去當海底人了，我媽說他不會再回到這個世界。每一次我想念他的時候，也會拿出他跑船時從許多國家帶回來的禮物，一個個打開去聞著它們不同的氣味，回想著老爸曾經告訴我，那些他在其他國家的見聞。」

「是什麼禮物會有不同的氣味？」

他的眼睛突然亮了起來，或許沒想到我會對他說的東西感興趣，馬上轉過身往樓梯的方向跑去。

「你等等我，我馬上拿上來給你看！」語氣中還帶著點興奮。

幾分鐘後，亞力捧著一個陳舊的馬口鐵餅乾盒回來，盒子裡隱約還能聽到玻璃物體互相碰撞的聲音。他拉著我坐在閣樓的木地板上，然後神秘兮兮地打開了餅乾盒，將裡面的物品小心翼翼地一個個擺放在地板上。

那是十多個不同顏色與形狀的小巧玻璃罐，罐身上貼著不同語言的彩色圖案標籤，有些是用軟木塞蓋著、有些是玻璃瓶塞，各種款型的金屬蓋子則占大多數。他轉開了其中幾個玻璃罐，一個接一個遞給我聞。

「這個黃色的是菲律賓帶回來的香蕉芒果味、這種白色的是泰國帶回來的椰香味、綠色的最特別，是越南的夏日雨林味，還有咖啡色的是印度馬薩拉茶的味道……」

他如數家珍念著我們那個年紀還不是挺熟悉的國家名稱，有時連某些國家的首都、特產和風土民情都能朗朗上口。

「這些是蠟燭嗎？」我盯著幾口玻璃罐內燒黑的燈芯。

「是呀，不過我都叫它們玻璃火瓶！」

「玻璃火瓶……」

亞力從小西裝的口袋掏出了一只打火機，表情神秘地將食指放在雙唇上，隨之撥了好幾下滑輪，才打出了微弱的火光。他傾著每一個小小的玻璃罐依序將它們點亮。幾秒鐘後，那些五顏六色的容器幻化成暈著黃光的燭火，在木地板上圍成一圈一圈的同心圓，大小不一的玻璃罐口探出了顫抖的火苗，又逐漸在空氣中抽長成尖刀狀。

「老爸說過，只要每一次想念他的時候，點燃他那次遠洋出海時，會航行的幾個國家的蠟燭，就可能在火光的瓶子中見到他們的漁船喔。我如果對著那個瓶子說出想向他說的任何話語，聲音也會傳到他那裡……」

「聽起來很像賣火柴的少女耶，你確定他沒有騙你？」

亞力彷彿沒有聽到我的話，只是趴在地上專心凝視著那團火光中的每一個玻璃罐，彷彿正在尋找著什麼。火焰搖曳的光線映在他如天使般的臉龐，深棕色的瞳孔中也透出許多跳躍的光點，他那一雙幾乎看不見眼白的雙眸，不知為何刷下了兩行豆大的淚珠。

「可是……我根本不知道海底人是在哪一個國家，我每次點亮不同國家的蠟燭，菲律賓、泰國、越南……從來就沒有在火光中看到他們的船……我對著蠟燭說過的許多話，真的已經傳到他那邊了嗎？為什麼他都不回答我……」亞力模糊不清的語息，聽起來還帶著濃濃的童音。

我睜大了眼睛看著他，彷彿又覺得是在看著我自己。

在我小小的心靈中，曾經單純認為他們母子倆的憑空出現，只是我父親找來的替代品，用來取代在全家福中缺席的母親，以及添一個長得比我更上相的漂亮兒子。

然而，此時此刻的桂亞力卻不是我以為的道具或替代品，原來他和我有相同的感情，都有著自己所念念不忘的那個人，也有擁在胸口不願讓他們就那麼煙消雲散的至親魂魄。

我當時雖然年紀還小，並不知道如何去表達內心的情緒，但仍輕輕地將我的手掌按在他的手背上，然後緩緩用兩根指頭點著、點著，若有似無地安撫著他。

就像我後來所熟悉的亞力，他總有一種與生俱來的自我修復魔力，能在大起大落的發洩後又馬上破涕為笑，彷彿什麼都沒有發生過，剛才的一切也不再那麼重要了。

他尷尬地用小西裝的袖子胡亂擦掉了淚痕和鼻涕，露出了原本頑皮的笑容：「子睿哥哥想不想看我施展魔法？」

「這個世界上才沒有魔法呢！」

「你不相信我會魔法？」

亞力揚了揚眉露出得意的笑容，與幾分鐘前那個愁眉苦臉的淚娃兒判若兩人。他從褲袋中掏出了一口小小的布袋，將手指頭伸到裡面，捻了一小撮深灰色的粉末，然後裝模作樣地搖頭晃腦、念念有詞，就在搓了搓指尖後，將粉末往那一堆燭火的上方一撒……

霎時，從多個燭火的外焰竄出一道閃閃發光的火舌，宛若蛇形般迅速向上延伸，就在快要接近亞力的指尖時，閃亮的花火戛然而止，消失得無影無蹤，只剩下空氣中一抹淡淡的白煙與些許的煙硝味。

「那是什麼？給我玩玩看！」

我一把捉住他的手，想窺探小布袋裡裝的到底是什麼。那是我第一次見識到火焰能夠如夜空的星子、如魔法的塵埃那般燦爛奪目，隨著指尖揮灑的一剎那，在空氣中騰空而起發光發熱，又瞬間消失在黑暗之中，只留下眼前如繁星點點的視覺殘影！

我後來才知道那些深灰色的粉末是硫磺、木炭粉與白硝的混合物，是亞力從路邊未爆的煙火與鞭炮中收集來的黑火藥。從那天起，我也跟著他在節慶活動後的馬路旁，撿拾著一枚枚未燃燒過的爆竹，將深灰色的粉末從一層層紙卷中剝開，倒入自己私藏的小布袋中。

每當我們收集了半個小布袋時，就會迫不及待地跑到無人的空地上，在夜幕將至的黃昏中點燃那些玻璃火瓶，施展起自己的火焰魔法，一次次看著稍縱即逝的星星點點，在夜空中化為一陣陣的白煙。

有時候指尖不小心捻了太多黑火藥，還會一個不小心咻一聲燒掉了半邊眉毛，或燒黃了一撮瀏海，更糟糕時則是火焰的高溫瞬間衝上衣袖，將幾件聚乙烯布料的夾克烤成了硬邦邦的袖子。

反正，碰上那些魔法失控的情況時，我們就會去偷月溶的眉筆，互相幫對方補上半邊眉毛，用奇異筆將布滿焦黃斑點的頭髮塗黑，或是把被高溫烤成雕塑品的夾克，塞進垃圾袋裡毀屍滅跡。

我們從來沒想過那種對火光的迷戀，是一種以感官填補空虛內心的病態行為。而那些令人目不暇給的火樹銀花，瞬間又消逝在黑暗中的視覺感，也像桂亞力一直以來所給我的感覺。進入青春期的他，瘋狂、外放又肆無忌憚，卻非常重義氣、敢做敢當，充滿著反對派學生領袖的特質。

我還記得國二上學期，校際盃的足球賽與學校的期末考撞期。當時校方就曾經想盡辦法以成績考量為由，禁止我們足球隊在早自習時間練球，最後甚至拒絕批准球隊報名那一屆的校際盃。儘管擔任教練一職的體育老師與教務部協商過，我們仍無緣參加那一系列的爭奪賽。

我和亞力從國一加入球隊後，看著二年級的學長們風風光光代表學校出去比賽，都期待著經過一年揮汗如雨的訓練後，也能輪到我們去參加校際盃。在國中的三年之中，足球隊只有一個年度的出賽機會，因為升上國三後就必須以課業為主淡出球隊，頂多協助教練培訓新入隊的菜鳥們。

但是，就在我們經歷暑假期間緊鑼密鼓的特訓後，再度開學回到學校時，卻已經改朝換代來了一批不同嘴臉的人馬。原本注重體育也支持足球隊的郭校長轉任到其他國中，新來的那位女校長對我們這一群滿身大汗的臭男生，利用早自習時間來練球，非常不以為然。她認為早自習應該是讓老師們可以彈性考試的時段，如果有學生遲到或缺席就應該記警告或罰愛校。足球隊的練球時間，也因此挪到了放學後或週末期間。

當亞力得知代表學校參加球賽的申請被校長擋了下來，也不允許隊員比賽完後再補考，早已握著拳氣得咬牙切齒。他以足球隊隊長的身分，說服甚至是強迫每一名隊員，在期末考那兩天拒絕進入教室，必須在操場集合參加「罷考」的靜坐行動。

我永遠忘不了那一天的桂亞力。

他的雙手拄著足球隊的隊旗，領著二十多位穿著紅色球衣的隊員，安靜地盤坐在操場中央的草地上。烈日當空的豔陽下，黃藍相間的隊旗在風中飛揚著，亞力的額前冒著豆大的汗珠，眼睛裡布滿了好幾天沒睡好的血絲，眼神卻仍銳利地盯著校務大樓頂層的校長室窗口。

當那位新來的女校長站在窗前，高高在上俯視著操場上的我們時，球員們全都舉起了手中寫滿各種口號的海報，無聲地搖晃著，上面大大地寫著「全面廢除早自習」、「開放學生自主應用早自修時間」、「德智體群美五育缺一不可」、「還給我們參與校際盃體育競賽的權利」。

當第一堂考試結束的鐘聲響起，我們才奮力高唱著亞力前一晚填寫的那首《飆悍射將》的中文主題曲——

「……一點一點看清了現實的無情，無論是飽嚐傷痛也好！哪怕是淚流滿面也好！只要你守在我身邊，我們一起朝向那片光彩奪目的湛藍舞台前進！我們一起大步邁出啟程的第一步！坦率地向你娓娓道出那個傳奇，將它轉化為永恆的誓盟……」

有些隊員唱得聲嘶力竭，有些唱得眼眶泛紅不斷拭淚，就連在校舍大樓的好幾位同班同學，也不知從哪裡搞來了一面兩層樓高的白布條，上面斗大地寫著「教育部體育署請看過來！」

血紅色的字體在校舍大樓的牆面上飄揚著，引起了更多學生歡呼與鼓譟，也有許多人舉著手機將畫面直播到社群網站上。

我們那一場悲壯的拒考靜坐，並沒有贏得全面的勝利，每一位隊員還象徵性的被記了一個警告，但是卻引來教育部、體育署與各大媒體的關注。從那一個學期開始，校方也被督促必須開放非學習節數，由學生們自主運用，若學生未參加早自習也不得列在缺席紀錄。

儘管如此，我們還是錯過了那一屆的校際盃足球賽，辛苦了一整年的密集訓練與暑期特訓，就那樣成為被大人白白浪費掉的熱血青春。那一次之後，亞力和我也對踢足球失去了熱情，甚至再也沒有參與足球隊的活動了。

假如，桂亞力的瘋狂是一道瞬間綻放的燦爛花火，那麼我應該是在黑暗之中，默默凝視著他消散成煙霧後的那雙眼睛。

因為只有我，在夜深人靜時，

見過他徬徨、掙扎與無助的那一面，

那也是我們約定好要永遠保守的一個秘密，

一個我們童年記憶中最醜陋的秘密。

只不過，那年中秋節的夜晚，家中發生了一場火災，酩酊大醉的父親在大火中意外身亡，我和亞力以及幾位來訪的親友小孩們，幸好都逃出火場倖存了下來。那場火災之後，我被接回小姑姑家長住，從此再也沒有見過月溶與亞力，聽說他們被小姑姑派的人從鄒家大院趕了出去。

我再長大一點後也曾疑惑過，為什麼父親的妻子與我的繼兄弟會被趕走？他們不也是父親合法的遺產繼承人嗎？難道，那一場失火意外與他們有關，被小姑姑抓到把柄後將他們掃地出門？

當時的我再度陷入另一種失落的痛苦，失去了陪我走出喪母之痛又無話不談的亞力，孤獨地生活在小姑姑那一幢——無聊得快要化膿的花園洋房中。

第四章　紅夜叉

深夜的樓梯間傳來一聲防火鐵門被打開的巨響，一連串的腳步聲迴盪於幽暗的空間裡，聽起來像男性皮鞋踏在水泥階梯上發出的回音。一名身著窄版西裝的眼鏡男，縮著肩提著一個公事包走了下樓。

晚上十點後，這一幢老式商辦樓的大門就會拉上鐵門，位於走廊前段和中段的兩台電梯也會停用，只開放有夜班保全人員駐守的後門。

詹清崧走出辦公室，不想費事繞到後段去搭電梯，索性推開一旁的防火門，打算從樓梯間走到地下二樓。就在他推開另一扇防火門，走進停車場時，眼前卻一陣黑，一股力道迅速將他往另一個方向拖。

那雙矇著他嘴巴的手套，散發著一股男性的汗味與皮革氣息，對方旋即踹開了另一扇門。就那樣，他整個人被一把推在水泥地上，狼狽地趴跪在黑暗之中。

正當他發著抖想放聲呼救時，漆黑中燃起了一陣火光。在打火機的照耀下，叼著細長香菸的紅脣，深深吸了一口菸，再緩緩吐了出來。

「怎麼，不記得我了？」那是一陣低沉的女子聲線。

「你們認錯人了吧……」

「不就是詹律師嘛！我怎麼可能會搞錯？」

她朝著詹清崧身後的皮革男揚了揚手後，上方的幾盞日光燈閃了幾下，霎時通亮了起來。那是地下樓層某個簡陋隔間的倉庫，頂上布滿著不知名的管線，四周則堆放著大樓內的各種器具設施。

「竟然忘記我們的約定？老師今天要好好懲罰你這個壞學生！」

泛藍的日光燈下，是一名穿著豔紅緊身馬甲與ＰＶＣ皮褲的長髮女子，雙腿還套著一雙過膝的皮靴，紅色的亮面皮革上纏繞著層層疊疊的鉚釘與扣環。

女子細長的鞋跟往前跨了兩步，塗著鮮紅指甲油的右手虎口，狠狠掐住了詹清崧的腮幫子，將他掐得宛若一尾張著大嘴的錦鯉，目光呆滯地仰望著她。女子噘著紅唇清了清喉嚨，出乎意料朝著詹清崧圓圓的口裡，呸了一口濃濃的痰，又在他的臉上吐了一大坨口水。

詹清崧靜止在那裡，並沒有掙扎，只是任由如白色泡沫般的唾液，從他的額頭緩緩往下流，劃過了他的眼鏡框與臉頰。他閉上嘴，鼓動著喉結，慢慢將那一口痰嚥了下去，表情就像在吞食著什麼瓊漿玉液。

他彷彿想通了什麼，跪了下來，俯身在女子紅色的亮面皮靴前，伸出舌頭小心翼翼舔著她的鞋尖與一顆顆的鉚釘，聲調顫抖地喃著：「夜叉……夜叉夫人……妳真的來了……」

詹清崧的鏡框與雙眼還糊著唾液，彷彿被膠水沾黏似地，只能從溼黏的縫隙間仰望眼前那名跋扈的女子。表情也從剛開始的驚惶與恐懼，轉為一種意料之外的竊喜。

「終於想起我們的約定了？」夜叉夫人朝著水泥地上甩了幾下手中的紅色皮鞭，引了引下巴向門邊的皮革男喊著：「ＯＴＫ（註4）！」

只見皮革男走向詹清崧身後，雙手往他的嘴上一搗，一顆縷空的口球塞進了他的口腔，他的嘴被狠狠撐了開，在被迫咬住那顆小球的瞬間，後腦杓的皮帶環也緊緊被扣了起來。皮革男拉了身旁一張沾滿灰塵的長凳坐下，將他反身抓了起來，攔腰壓制在大腿上。

「小崧今天不乖！又在教室裡尿尿了，老師要用『愛的教育』好好調教你！」

在夜叉夫人命令式的口吻下，皮革男也順勢掏出一把鋒利的小刀，割斷了詹清崧褲頭上的名牌皮帶。她轉過身，從一只裝滿道具的健身背包中，拎出了一把巨大的實木戒尺，上面還刻著四個深咖啡色的LOVE字母！

詹清崧眼神驚恐望著夜叉夫人，被縷空口球塞住的嘴巴，還淌著止不住的口水，嗚嗚嗚發出不知所云的求饒聲。

她扯下他的褲頭，露出了大半個臀部，將沉重的戒尺狠狠甩在他白嫩的皮肉上，沒幾下後就從粉紅色轉為瘀血般的暗紅，詭異的啪啪聲響在堆積雜物的倉庫裡迴盪著。一聲聲戒尺抽在皮肉上的聲響，也伴隨著詹清崧悶著聲的呻吟。

只不過，在他淌著淚水的眼角邊緣，卻緩緩勾起了一絲帶著笑意的線條……

夜叉夫人極盡羞辱之能事，在「小崧」的身上使用了五花八門的調教刑具，從狗鍊、乳頭夾、鉚釘項圈、刺輪刑具，到虐爽神經的電極調教鞭。原本五尺之軀的大男人，此時卻畏縮得如十歲出頭的小學生，還被皮革男半推半就包上了突兀的成人紙尿片。

他弓著身子橫躺在水泥地上，口中不斷喊著：「小崧知道錯了，老師請原諒我！小崧錯了……」一句句喊得撕心裂肺，完全不像在玩主僕關係的角色扮演。

折騰了將近一個小時，夜叉夫人瞄了一眼手機螢幕，揚了揚眉示意皮革男時間已經差不多了，順勢蹲了下來一把揪住了詹清崧濕黏的頭髮：「老師要小崧永遠記得，尿尿是壞小孩才會做的事情！是壞小孩才能做的事情！」

又低下頭在他耳邊輕聲說著：「今天小崧有乖乖聽話，那麼老師就送給你一個福利！讓這個壞小孩……給你一場Golden Shower！好嗎？」

只見詹清崧的眼睛越睜越大，越睜越大！

塞著口球的嘴巴發出嗚嗚嗚的怪聲，不斷用力點著頭，還馬上引著頸、揚起頭，就像一

註4：OTK是英文Over-The-Knee「翻到膝上鞭打」的縮寫，來自BDSM、SM或S&M次文化的性虐名詞之一。

株長得奇形怪狀的植物，等待著被黃金雨滋潤。

夜叉夫人瞟了一眼皮革男，他的表情竟然浮起些許不自在，被她的目光催促了幾秒後，才非常不情願地拉下了褲襠拉鍊，將下盤挺了出去擺出了小解的姿勢。

不知是被夜叉夫人和詹清崧緊緊盯著很彆扭，還是事前水喝得不夠多，皮革男遠遠瞄準著詹清崧的臉，看著對方塞著口球的嘴脣，與幾乎快變形的僵臉，還不斷淌著口水，那幅靜止畫面變得越來越尷尬，甚至必須憋著笑避免岔氣。

他只好將目光專注在詹清崧嘴裡那顆鏤空的橡皮口球，想像著那就是小便斗裡鏤空的濾水蓋，上面還停了一隻肥滋滋的綠頭蒼蠅，必須用尿柱瞄準它！射死它！射死它！

就在那一瞬間，皮革男的身子抖了兩下，只見詹清崧活像在拍攝洗髮精廣告，趴在地上迎著尿下來的黃金雨，像一頭海狗似地不斷搖頭晃腦、甩著頭髮。

他盯著詹清崧被尿撒得狼狽不堪的滑稽模樣，再也忍不住仰頭噗哧地大笑了出來！

皮革男才剛尿完，夜叉夫人早已嫻熟地將手機遞到滿臉是尿的詹清崧面前。原本如痴如醉的他，看到手機上還插了個奇怪的掃描鏡頭，頓時愣住了。

「不好意思喔，這邊要跟您做一個行動支付的動作！LINE Pay、Google Pay、Apple Pay、悠遊付……還是街口支付，我們都收喔！」夜叉夫人如數家珍地說著，如櫃姐般甜美的語氣和剛才完全判若兩人。

詹清崧恍然大悟，用袖子揮了揮滿臉的尿，儘管嘴裡仍含著口球，表情卻恢復正常，還比了個「稍等一下」的手勢，俐落地從身旁的公事包挖出了自己的手機，確認了夜叉夫人螢幕上的金額無誤後，就將螢幕上的QR Code遞給她掃描。

夜叉夫人看到交易成功的訊息後，馬上起身和皮革男肩並肩站在一起，兩人深深鞠了一個快九十度的躬，嘴裡還異口同聲念著：「再次感謝您使用『Lady Fans Only』ＡＰＰ，並且選擇了夜叉夫人的『黃金』加值套餐！期待在不久的將來，能夠再。度。為。您。服。務。」

語畢，兩人就提著那只裝滿調教道具的健身背包，匆匆準備離去。

剛才那位扮演夜叉夫人的女子，臨走前還語氣甜美地丟下了一句：「我們這邊就不做口球和成人尿片回收的動作了，詹先生可以留下來當紀念品喔！」

就那樣，高跟皮靴與馬靴的喀喀聲響越走越遠。只留下橫躺在黑暗之中，臀部火燙還突兀包著成人尿片、塞著ＳＭ縷空口球，又被黃金雨淋得滿臉是尿的——詹清崧大律師。

☆☆☆

「你剛才是在笑屁啦？就叫你事前多喝一點水，你又不聽……喂，不准偷看喔！」夜叉夫人橫躺在後座，一邊嘮叨地唸著，一邊使勁地脫下了馬甲與ＰＶＣ皮褲。

「啊就，真的很好笑呀！從來沒有想過，會有人趴在地上像海狗求雨似地，等著被我撒那一泡尿……」皮革男忍不住拍了拍方向盤，又大笑了出來。

他不經意瞄到副駕駛座的地毯上，放著一個裝酒的紙箱子：「唉喲，晚上要開Party喔？買了那麼多酒。」

「沒啦，酒商客戶送的，知道我喜歡調『龍舌蘭日出』和『瑪格麗特』。」

「Tequila喔？妳喝酒精含量那麼高的烈酒？」

夜叉夫人並沒有回話，開始與那雙過膝的紅皮靴奮戰，還自顧自地說著：「油腔滑調！要不是我跟你媽那麼熟，也不會想到找你來當代班助手，你總不可能一輩子都當接送酒店小姐的車伕吧？我覺得你是可以栽培的。」

「好啦好啦，邱秋姊不要生氣嘛，我會好好跟妳學習！」

脫下全身人造皮衣褲與皮靴的夜叉夫人，終於套了件寬鬆襯衫，回復了邱秋美的日常裝束。

她隔著襯衫拉了拉胸罩的肩帶：「唉，你不要哄我了，我又不是你媽會吃你那一套。反正，你想要有固定的高收入，還想滿足抽人的快感，那麼『調教師』這一行才是王道啦！」

「可是，我這種臭男生有市場嗎？也能夠成為ＳＭ調教師？」皮革男看她換裝完畢，也順手發動了車子。

「誰說沒市場？剛才等著被你尿滿身的那一位，不就是？我的客戶很多都是金字塔頂端的豪門貴族，越是社經地位崇高又有點錢的男女，越是會有一些不可告人的奇怪性癖好。」

邱秋美用卸妝濕巾擦掉了血紅的唇膏，仰頭灌了幾口礦泉水。

「你看那位詹律師，下單訂購『黃金』加值套餐時，在附言裡洋洋灑灑寫的那些服務需求，還有我該如何用字遣詞才能搔到他癢處……等等的備註。大概就可窺探出他小時候，肯定是在學校或安親班經歷過什麼不為人知的體罰。

或許曾在課堂上憋尿，又不小心尿在了座位上，還被心中仰慕的妙齡女老師抽藤條或戒尺處罰。那種尿意、解脫感，與皮膚被抽得灼熱的痛楚，在成長的過程交雜於記憶之中，逐漸被轉化成內心深處充滿性暗示的快感……」

「邱秋姊是什麼性行為的心理學家嗎？」

她當然不是性行為的心理學者，甚至連高中都還沒畢業，就曾因為未婚先孕，從此再也沒有臉回到校園了。邱秋美曾經以為，只要守住身邊的那個好男人，就算提前結束十七歲的花樣年華，一頭栽進奶瓶與尿片堆，她也在所不惜。

只可惜，那確實是個好男人，但自己卻並不是那個好女人。他陪著她、呵護著她，所生下的那個男嬰，到頭來並不是那男人的孩子。打從他將那張「親子鑑定」的紙頭，往她臉上一丟的那天起，好男人就再也沒有回到他們共組的那個小家庭，那間只有一張床墊的雅房。

每日以淚洗面的邱秋美，卻還是不確定到底誰才是那孩子的生父。

直到有一天，四個月大的男嬰發燒，還燒了好幾天。每天揹著孩子如行屍走肉般，四處尋找那個好男人的邱秋美，根本無心留意到孩子的異樣。當男嬰發高燒到三十九度，並且開始翻白眼、全身發抖時，她才意識到情況危急，馬上送到了醫院急診室。

怎料男嬰還是逐漸沒了呼吸，搶救了半小時後仍宣告死亡。

她的兩位閨蜜接到電話後，馬上趕往醫院陪她，當她們得知小男嬰已經離世後，全都放聲哭了出來。只有邱秋美，靜靜地杵在走廊上，沒有任何激烈的反應，不知道是被嚇傻了……

還是，一切早在她的意料之中？

「邱秋姊，那我就在這邊先下車了，只差幾條街妳自己可以開回家吧？」皮革男將車停在路邊，順勢拉上了手煞車。

「為什麼要在這裡下車？」邱秋美睡眼惺忪地從後座爬了起來，開了車門準備換到駕駛座。

「就我媽啦！打電話說和客人約在這裡K歌，我是怕她待太久會被灌醉了。」

「好啦好啦，那你早點帶她回家，你媽酒量真的很差……而且酒品也差！」她大笑了兩聲，就鑽進了駕駛座。

皮革男朝著那間KTV店家走了幾步，正想回過頭向邱秋美揮個手再見時，卻冷不防目睹了那一場令人不寒而慄的畫面。

才剛剛坐進駕駛座扣上安全帶的邱秋美，突然低下頭驚惶失措地盯著自己的胸口，就在她要扯開襯衫的那一瞬間，一道猛烈的火舌從她的胸口噴了出來，火焰竄上了車窗玻璃，旋即從儀表板向下延燒。

她使勁推開了車門，卻怎麼也解不開安全帶，頭髮與身上的襯衫也霎時化為黑色的灰燼。她只能死命驚聲尖叫，那一陣無助的嘶吼聲，還夾雜著車窗玻璃爆裂的聲響。

人行道的行人全都驚呆了，有些人拿起了手機撥著一一九報警，也有好幾位路過的機車騎士，只是高舉著手機面無表情地錄著影，或許正在直播那一台Lexus迅速化為一片火海的恐怖影像。人們舉著手機拍攝或滑著手機發貼文的場景，早已忘記了可以衝進一旁的幾間店面，向店員們呼喊需要滅火器。

終於，她側著臉動也不動了，靜靜地躺在前座熊熊烈火的皮椅之中，她的胸口也宛若火山噴發後的景象，塌陷出一個焦黑的空洞。

正當幾名KTV員工捧著滅火器衝出來時，副駕位置卻突然傳出一陣巨響，火焰也跟著燒得越來越旺。有些路過的長者擔心汽車可能會爆炸，紛紛喊著那些正準備滅火的員工，以及許多靠得太近的好事者們。

那一箱燃燒中的龍舌蘭，應該也被邱秋美給帶走了，讓她在黃泉路上有酒相伴。

原本還呆立在人行道的皮革男，也陷入了天人交戰之中。

他不能讓任何人知道，自己才剛從那一台車走下來，更不能讓警方知道，其實整晚都和死者在一起……他不能成為這一場意外的目擊者或嫌疑人。

因為，他根本就還在假釋期！如果有任何違反假釋條件的疑慮，就可能被法院撤銷假釋，再度被羈押起來。他受夠了那種牢籠中的生活，絕對絕對絕對不想再回去了！

皮革男咬著牙，隨著眾多的圍觀者往後退，將自己融進那些七嘴八舌的討論聲中，或那些透過手機向親朋好友們炫耀著，自己正身處於火燒車意外現場的無知人們。

然後，他一轉身，就混進了身後的ＫＴＶ店內。

☆☆☆

「……我們經過的時候，那輛汽車就已經燒起來了……是什麼抗議示威的自焚嗎？」

「我當時坐在窗邊的位置，一抬頭就看到那個女的胸口噴出了一道火焰……」

「……妳有沒有見過歐洲中古世紀的那種惡龍？對對對！她的胸口就像那種會噴火的惡龍！」

「我和店裡的幾位同事捧著滅火器，正衝過去準備滅火時，副駕的位置就突然轟隆一聲，有什麼東西爆炸了……嚇死我們……」

「我男朋友有拍到整起火燒車的影片，你們電視台需要的話可以授權給你們喔……」

幾位受訪者的預錄片段結束後，電視分割畫面上播放著路人們拍攝到的火燒車畫面，不同角度的十多秒影片，駕駛座上的罹難者全都被打上了馬賽克。站在封鎖線外採訪的女記者，握著麥克風激動地報導——

「這一起火燒車的意外事件發生在松江路上，大約是晚上十一點半左右，有多名行經此路段的機車與汽車駕駛，都目睹了坐在駕駛座上的車主，胸口突然噴出了火焰，火勢迅速延燒至車內，也引發了不明物體的爆裂聲……警方目前仍在調查罹難者是否為車主，並且將釐清是否又是另一起電動車的失火意外，還是其他的人為因素……以上是森立新聞網『夜線生力軍』記者，鄔美淑帶來的報導。」

錢得樂走出灰色的廂型偵防車，右手還護著車門讓身後的兩位男子下車：「你們從另外一個方向離開，不要再被電視台的記者攔下來了，也先不要向任何人提起警方詢問過你們什麼事情，謝謝喔！」

兩名目擊者靦腆地點了點頭，其中一位金髮男剛剛才上過電視，還以噴火龍形容那一道從死者胸口噴出的火焰。

凌晨時分，那一輛被燒得面目全非的Lexus汽車，被一塊巨大的防火毯密實地蓋著，路面仍殘留著大量的消防泡沫，罹難者燒得碳化的遺體，已被移到一旁的警用藍色帳篷內。

錢得樂戴上了口罩和頭罩，探首進去：「剛才查到了車主的姓名為邱秋美，身分證字號是……已經聯絡家人早上到殯儀館確認身分……」

「這樣的狀態家屬恐怕不太容易辨認喔，你再聯絡一次他們，請他們提供往生者使用過的梳子，或是報請檢察官讓親屬來採集檢體，比對ＤＮＡ確認身分。」

警用帳棚裡的楊嘉莎一邊說著話，一邊由冷法醫協助拍攝著死者身上的一些狀況，尤其是焦黑的胸口上，也有那行燙金的草寫字體——「如來已離．三界火宅」。

「這是怎麼一回事？為什麼和上次那一起墜樓案有相同的印記！」

「目前還不能讓媒體知道這個線索，不然可能會造成恐慌。」

「學姊是指……信義皇寶的墜樓案和這一起火燒車案，並不是什麼意外事件？難道是同一名兇手所犯下的謀殺案？」

楊嘉莎並沒有回答。

冷法醫按下了手中的錄音筆，繼續記錄著初步勘驗時的線索：「目前看來，兩起命案的死者有許多相似的徵狀。原本以為皇寶的死者是因為從高樓墜落，才造成了肋骨斷裂與臟器外流。但是，這一名火燒車罹難者的胸口，除了也有火山口般的巨大傷口，同樣是胸口結構塌陷，應該也有好幾根肋骨斷掉了。看來，從兩名死者胸口噴出的那一道火舌，具有強大的爆裂威力。」

她從死者的胸口夾起了一些焦黑組織，放入了攜帶型的試管中：「喔，對了！你們知道我在皇寶死者的傷口組織中，化驗到什麼嗎？」

楊嘉莎和錢得樂不約而同搖搖頭。

「糖！」

「西字旁的醣嗎？」楊嘉莎確認地問道。

「不是，是糖果的糖，還有少量的氯化銅。」冷法醫語氣平淡繼續說著：「我很好奇這一名死者的傷口中，是否也有相同的化學成分？如果是的話，那麼兩起命案除了有同一位兇手留下的文字印記，或許也能依此追查出做案方式了。」

「氯化銅是致命毒物嗎？」楊嘉莎問。

冷法醫轉了轉眼珠子：「應該不是。」

錢得樂滑著手機螢幕：「維基百科上說，氯化銅是銅的氯化物，化學式為CuCl2。是一種黃棕色的固體，可在空氣中緩慢吸收水分生成藍綠色的二水合物。自然界中氯化銅存在於很稀有的水氯銅礦中……氯化銅為弱的路易斯酸，也是溫和的氧化劑……」

「唸完了還是沒看懂？倒是沒提到屬於致命毒物。」他皺了皺眉。

楊嘉莎下意識撥了撥耳際的髮絲，彷彿在確認那一頭中長度的髮型，是否完好遮住右耳上那只小巧的藍芽耳麥。沒多久還是弓著身子先離開了警用帳篷，也交代了錢得樂接手記錄冷法醫的初步勘驗。

「你說什麼？夜叉夫人……誰是夜叉夫人？」

楊嘉莎走到封鎖線的另一頭，刻意摀著嘴說話，深怕嘴形會被遠處媒體記者的攝影機捕捉到。

她時刻告訴自己，不能重蹈學長們那起「華僑幼稚園綁架案」的失誤。當年，某家新聞台的攝影記者潛入了被綁架女童家的豪宅大院，偷拍到家屬與綁匪通電話的片段，透過脣語老師的解讀後，得知了交付兩千萬贖金的時間與地點。

電視台導播為了收視率，竟決定要以直升機高空轉播交付勒贖的過程，企圖營造全民追兇的錯誤示範，還差一點造成那名六歲的女童被撕票！

「就是你們剛才說的那位車主邱秋美呀！如果DNA比對後確認死者就是邱秋美，那麼她就是在『暗網』上有些知名度的——夜叉夫人。」耳麥那頭傳來一陣陣清脆的咀嚼聲，像是有人正在啃著洋芋片的咖滋咖滋響。

「我在『洋蔥』裡面搜尋了好久，才確認那位邱秋美就是夜叉夫人！在暗網的APP商店還可以下載到她與團隊專屬的APP『Lady Fans Only』呢！」

楊嘉莎聽得雙眉都快打結：「童奇杰！你要我讓你偷聽法醫和鑑識人員是如何勘驗現場，說什麼可以協助我釐清頭緒！結果，你卻在那一頭上色情網站？你才幾歲？十歲耶！」

啃洋芋片的咖滋聲，頓時停了十多秒：「是十一歲！大姊姊，妳不會真的不知道什麼是暗網？什麼是洋蔥？什麼是洋蔥瀏覽器？什麼又是網際網路的暗黑交易世界吧！」

咖滋聲又繼續響起。

「我…知…知道呀！Dark Web嘛！不過，我平常都用維基百科就很足夠了。」

「大姊姊，這麼說好了。我寫的這款暗網與深網的搜尋程式，只要輸入任何身分證號碼、信用卡號碼、手機號碼或電子郵件地址，就可在十秒鐘內查詢到，是否有任何暗網匿名者使用過那些號碼，或是在深網中做過什麼交易。」

「不是在說暗網嗎？怎麼又突然冒出一個叫深網的東西？」楊嘉莎納悶了。

「我簡單解釋一下吧，大姊姊平常使用Google或Bing搜尋到的網頁或網站，我們稱它們是『表層網路』（Surface Web）。而所謂的『深網』（Deep Web）通常是一些比較無趣的加密文件存放區域，譬如網路平台交易後存在伺服器上的加密數據、雲端資料，一般搜尋引擎找不到那些深入的頁面，才會被稱之為深網。」

「那暗網又有什麼不同呢？」

「『暗網』顧名思義就是所謂的『黑暗網路』，那一類的網頁檔名通常是以.onion結尾，而不是一般.html之類結尾的傳統網頁。因此，必須以暗網的特殊工具才能讀取到，也就是許多使用者暱稱的洋蔥瀏覽器，譬如Tor就是屬於洋蔥瀏覽器的一種。」

「那些在暗網中，將自己如洋蔥般層層加密與匿名的使用者，到底聚在那裡幹什麼？」

「大姊姊應該不會很想知道啦！譬如：討論與分享非法或叛亂活動的相關話題；武器、軍火、毒品和其他非法物品的黑市交易；販售被盜的信用卡、銀行卡資訊；拍賣被盜的各種帳號密碼；取得非法或不願為人知的特殊服務……」

楊嘉莎的表情霎時茫然。

「是不是？暗網中所隱藏的各種非法交易，根本就和大姊姊日常的警務工作息息相關！」

童奇杰聽不到那一頭的任何回應，馬上接著道：「好啦好啦，我有空可以教大姊姊如何在暗網中尋找犯罪的線索，然後將它們和現實世界的罪犯連結起來，一網打盡！」

楊嘉莎這會兒才打起了精神：「所以，你查到那位邱秋美在暗網從事的非法交易是什麼？販賣毒品？武器……還是軍火？」

「也不算是非法交易啦！但卻是許多人不太願意外人所知悉的一種特殊服務——性。虐。調。教。師！」

楊嘉莎腦袋裡的偏頭痛，頓時有一種正在盪鞦韆的錯覺，從左邊的太陽穴，一溜煙盪到了右邊的太陽穴，再盪回了左邊、右邊、左邊、右邊。十一歲小童清純的嗓音，喊著「性虐調教師」的回聲，如穿腦餘音繞著她的腦門，彷彿只是在喊著「歡樂美味，在麥當勞」那般天真無邪。

「邱秋美在暗網的BDSM社群和APP上，提供施虐與受虐不同心理層面的特殊服務，從權力交換、臣服行為、支配行為，到各種施以痛苦的感官遊戲，譬如：摑屁股、滴蠟、夾刑、綑綁、上銬、上Y吊架、包保鮮膜、窒息式性愛……」

「好好好好好……大姊姊瞭解了！我知道你是個天才兒童，但有些事情是不是可以……不要研究得那麼透徹、那麼細節？畢竟，你身體的發育還沒有到達那種……必須認識那麼多性知識的階段呀。」

童奇杰的雙眼如清澈的湖水望著楊嘉莎，不太能理解她話中的意思。

「算了，就當我什麼都沒說好了。」楊嘉莎搔了搔頭。

「腦內啡……」童奇杰喃著：「我只是對他們透過各種痛苦的刑具，所追求的那種『腦內啡』快感非常好奇，尤其是動物的體內竟然可以自行生成『類嗎啡』的化學合成物。那些自虐與被虐的行徑，會讓我聯想起西方宗教的某個派別……」

「自虐？你說的難道是主業會？」

童奇杰並沒有否認：「那些長年在大腿上纏繞倒鉤尖刺的金屬鏈，並且在『肉刑』中以金屬帶鉤的鞭子，鞭打自己的年輕苦行僧們，全都認為只要能夠克制住肉體上的痛楚、禁止人性中的七情六慾，就不再會感覺疼痛與不適，還能夠感受到自己更接近上帝……那些會不會也是腦內啡釋放的愉悅？」

楊嘉莎的表情霎時凝住，原本還以為童奇杰只是因為對性的好奇心，才會那麼積極閱讀關於ＳＭ調教師各種千奇百怪的虐刑。

結果，他與常人不太一樣的邏輯思維，所在意的竟然是ＢＤＳＭ族群在施虐與受虐之間，所追求的那種「飛昇」愉悅，是否與歐洲宗教中苦行僧所信仰的，必須在自虐與自律的刑罰之中，才能感受到與神同行的契合。兩者之間是否有什麼共通之處？或者，那些全都只是「腦內啡」釋放後的一種滿足感而已？

「就像在十九路棋盤上，布滿了數十顆黑色與白色的棋子。大姊姊知不知道我們每一次舉棋之前，最重要的任務是什麼嗎？」

「找出對手的破綻嗎？」

「嗯，也是啦！不過主要還是要尋找出所有的『關聯性』，觀察棋盤上自己的每一顆棋子，相互之間能夠組合出的關聯性，可否布局成對手看不到的陷阱，方能一步步引君入甕！反而觀之，也必須提防對手每一顆棋子的關聯性與陷阱，窺看出隱藏在整個棋盤中的詭計謎團！這或許，也是大姊姊在那兩起命案之間必須尋找的關鍵……」

「假如邱秋美真的是這一起火燒車的被害者，那麼除了『如來已離・三界火宅』的燙金烙印之外，劉滿足和邱秋美會有什麼共通之處？」

耳麥另一頭的童奇杰停了幾秒：「我從大姊姊整理出來的劉滿足資料中，至少看到了她曾經對『完整』的渴求。」

「對完整的渴求？」

「為了一段完整的婚姻，劉滿足曾經一再容忍丈夫的暴力相向，一再原諒不斷認錯卻又故態復萌的家暴男。她同樣也為了給女兒一個完整的家庭，而委曲求全把自己的人生陪葬下去，將那個虛像的完整，建築在自己皮開肉綻的模糊血肉之上。」

「許多人不也都是在追求一種自以為的完整……」楊嘉莎嘀咕著。

「直到劉滿足逃離前夫後，靠著事業上的成功取得經濟上的獨立，或許心中也燃起了另一個完整的渴求——將女兒接到台北，她、邱復仁與分離多年的女兒，可以共組一個完整的家庭。」

「前幾天，錢得樂也下高雄調查過她的前夫。」

「大姊姊認為劉滿足的前夫也有嫌疑？」

「他雖然有充足的不在場證明，但我並不認為他有那種天分，能設計出讓人體噴火或自燃的謀殺方式，只能算是例行的辦案步驟。況且，他已經再婚多年，妻子也為他生了個兒

子，還將女兒送進了需要住校的私立中學。我是不覺得他還是那個將女兒當成籌碼，想繼續折磨劉滿足的前夫了。」

「有時候，我對一名有施暴慣性的男人，是否真會因為娶了另一名女子，走進另一段婚姻後就能脫胎換骨，變成一位不再有控制慾的好丈夫，有著非常多的存疑。畢竟，那些從成長過程之中經歷過的心理創傷，所醞釀出對女性某種精心算計的支配慾，並不是那麼容易就能擺脫的。

要不就是他們在過往的施暴經驗中，學習到了更精準控制煤氣燈效應的開關；也或許是抓到了訣竅，知道如何能將自己的暴力隱藏得更完美。」

楊嘉莎吁了一口氣：「你自己聽聽看，剛才這些話哪像個小五生？我知道你們這類的小朋友，喜歡追根究柢研究新的事物。就像我剛才說過的，有時候許多事情必須循序漸進，如果你太早去接觸、去思索那個還未踏進的大人世界……本來應該擁有的快樂童年，不就被壓縮掉了？」

童奇杰笑了出來，語氣又轉回太傻、太天真的人設：「被壓縮掉了？大姊姊的口氣為什麼和我阿嬤那麼像啦？」

「像你阿嬤？這算是一種讚美嗎？」

「是呀！我阿嬤在日治時代也是個資優的女神童，只不過一輩子都必須隱藏著自己高智商的秘密，尤其是在她成長的父權社會中。雖然那時候還沒有ＷＰＰＳ魏氏幼兒智力測驗，或ＷＩＳＣ兒童智力的量表標準，不過她在九歲時就已經讀完高中課程、通過所有檢定考了……」

「我想起來了，我的資料裡有查到你和阿嬤都是門薩國際的成員，聽說是因為台灣或亞洲的門薩，並不開放給二十歲以下的未成年人入會。」

「其實，阿嬤當年是顧慮到自己的處境，也不希望再讓老家的父執輩們知道，自己依然是那個比其他兒孫輩還要絕頂聰明的『女流之輩』。她年輕時藉著到英倫旅遊的名義，在牛津通過了門薩國際的入會考試，終於確認了自己的智商是全世界前２％。我想那對她來說，是一種定位吧？一種自我歸屬感的定位。」

童林美嬌七歲時，就被當時「公學校」的日籍老師齊藤優一，發現了她異於其他兒童的記憶力與學習能力。齊藤老師除了協助她在九歲時就完成高中學歷，還計畫以「台灣首位天才兒童」的名義，為她申請赴日本留學，預計安排她十一歲時完成大學學業、進入研究所攻讀碩士與博士，一系列天才兒童的培育計畫。

童林美嬌的母親曾經衝到學校，跪在齊藤老師的面前，懇求他阻止女兒一再跳級升學，深怕女兒如果太過於聰明，長大後會沒有男人敢娶她。童林美嬌從來就不在乎嫁不嫁得出去，但是在成長的過程中，卻早已飽受男同學們的欺凌，甚至是父執輩的冷嘲熱諷。

當她的智慧越是超越其他兒童，能夠說話的對象也就越來越少，所需要遠離的朋友也就越來越多。在她成為齊藤老師重點栽培的天才兒童後，也奠定了自己成為公學校裡的女巫地位，那種被男同學們嫌惡的好學生，被女同學們嫉妒的資優生，生活中也充滿了調侃、孤立與惡作劇。

她開始因為自己的與眾不同而鬱鬱寡歡，那種與周遭格格不入的童年，讓她有了嚴重的抑鬱傾向。童林美嬌得天獨厚的冰雪聰明，並沒有帶給她一個快樂的童年，她的情緒高低起伏、喜怒無常，常在沒有外界刺激的情況下，也會出現暴怒、煩躁或低落等情緒。

她再也提不起興趣去讀書，或像過往那樣如海綿般，吸收所有想要學習的事物，因為太聰明的女孩會成為被排擠的女巫。

她決定要放棄那個被壓縮的童年，不想再當那種被討厭的女神童。

童林美嬌想過，依照齊藤老師為她規畫好的天才培育計畫，九歲讀完高中、十一歲拿到大學文憑、十二或十三歲結束研究所，取得碩士、博士或雙博士。那麼她在十五歲之前，就如影片快轉那般，解鎖了大多數人要花三十年才能完成的人生任務。

那麼十五歲之後，她還能去完成什麼？

當許多同齡少女，仍在編織著對未來或愛情的憧憬時，她卻已經提前走完那些原本可以慢慢來的未來，或許還要面臨尚未成年，卻要提前進入職場與社會的窘境。問題是，當年那種重男輕女的社會氛圍下，到底有誰會雇用一名身高不足一米五的十五歲女博士？

當童林美嬌退出齊藤老師的天才培育計畫後，她有一種雙腳逐漸回到地面的感覺，手中曾經緊緊握住，那一把自以為能夠讓她一飛衝天的掃帚，也從掌紋之間緩緩地剝離。

回到了那個比較快樂的童年。

「難怪，你阿嬤一直不希望孫子步入自己的後塵，我看就連你爸媽好像也不知道你是WISC兒童智力175的天才兒童。」楊嘉莎問。

童奇杰乾笑了兩聲：「呵呵，他們還是不要知道比較好！不然妳想想，我爸是社區內一間電腦維修中心的老闆，我媽則是新店郵局的櫃台業務人員，他們七嘴八舌的擴散率，應該比在FB上買廣告還要快吧！」

「如果你阿嬤受過日治時代的教育，現在應該也有八、九十歲了吧？」

「她已經往生了。」童奇杰的回答出奇平淡。

「對不起，貿然提到你的傷心事！」

「小鬼頭，我跟你下了那麼久的棋，你從來沒有跟我提過阿嬤的事？現在反而跟莎莎娓娓道來！」耳麥裡傳來一陣中年男子的聲線。

「你又沒有問過我！」

「柯老師，怎麼會是你？我都不知道這是三方通話？」

「我在一旁聽你們說就可以了，妳都不知道奇杰一邊跟妳討論案情，還能一邊在『木野狐』跟我中盤廝殺，提取了我好多顆白棋呀！真的是不專心都不行！」

「原來，你們連週末凌晨也在線上對弈！」

耳麥的另一頭停了好幾秒，童奇杰冷不防冒出了一句。

「我。阿。嬤。是。被。謀。殺。的。」

柯林德與楊嘉莎幾乎異口同聲喊了出來：「什麼！」

「我說，我阿嬤並不是醫生診斷所說的那樣……

因心肌梗塞造成猝死，而是被大魔神所謀殺的！」

第五章　桂亞力

「我叫桂亞力，他是我哥鄒子睿。」

從小到大，我向新朋友或同學介紹自己時，總會很驕傲地拉上杵在一旁的子睿，因為多了一位能與自己肩並肩的小哥哥，對童年的我而言是一種榮耀、一種無形的倚靠。我才不在乎別人怎麼想，為什麼你哥和你不同姓？你是從孤兒院領養回來的嗎？

我他媽的，為什麼要回答每一位三姑六婆的戶口普查！

沒錯，我媽就是人們口中的那種後媽，帶著個拖油瓶的那種咖。只因為，我那跑船的老爸，在巴士海峽遇上那個叫什麼布拉萬的颱風，而成了和漁船葬身於海底的漂流屍，至今連個牌位或墓碑都沒有。

四、五歲大時，我還經常吵著要去基隆港接老爸，老媽被問煩了總是嚷著：「你老爸去當『海底人』了啦，不會再回來……不會再回來了！」

我小時候曾經以為老爸是跟美人魚私奔了，有夠浩呆吧！

直到遇上同樣喪偶的鄒爸後，那一對孀婦與鰥夫也不知為什麼，就那樣一時天雷勾動了地火。不過，在我模糊的童年記憶中，老爸還沒去當海底人之前，鄒爸就曾經來過我家好幾次，通常都是老爸去跑遠洋漁船的那段時間。

好囉，我知道你在想什麼，我媽曾經是個小三嘛！

那又怎麼樣？你媽就比較高級？你確定你爸沒有小三？沒有約過炮嗎？男人心，海底沙啦！不然，我當車伕進進出出警局那麼多次，被掃黃、掃黑、掃個卵葩，條子還不是問東問西問不出個所以然？幹，我海底人的兒子咧！沙子還更多呢！

我在鄒家生活的那一段日子，應該是人生中最快樂的一段記憶吧？尤其是和子睿在一起的點點滴滴，兩個同樣失去父親與母親的孩子，在各自有缺口的那個圓，找到了可以互相切入對方圓心的共通點。

我們曾經在無人的海邊望著遠處的煙火，一起流下感動莫名的眼淚。夜空中綻放與消逝的圓型光芒，也同樣在深藍色的海面上輝映著，雖然水中的煙火倒影是扭曲的、是變形的、是偏暗的。但是，它們之間仍是形影不離，同步脈動著。

就像，曾經青澀的我們，在那一年透明的夏夜中，交纏成一體的線條。

只不過在一場火災之後，老媽就帶著我搬離了鄒家大院，已經將近十年沒有聯絡過子睿了。火災的原因？我哪會知道……總之，那一幢豪宅的男主人被燒死，老媽過往的靠山也跟著沒了！她曾經想和鄒爸的妹妹鄒幸子對薄公堂，要名正言順繼承亡夫所留下來的財產與房地產。直到那時候，傻逼老媽才發現，自己根本就沒有繼承的資格。

是呀，為什麼老媽不能繼承鄒爸的遺產？我媽和鄒爸確實都在「結婚書約」上簽名蓋章，就連身分證和戶口名簿，也曾經交給他去辦理手續。鄒爸還誆我媽，有了雙方的那些證件就可請戶政事務所的朋友私下登記，如此剛喪妻的鰥夫和帶著拖油瓶的寡婦，就不需到公家機關拋頭露面辦手續。

當然，鄒爸從來就沒到戶政事務所辦過什麼結婚登記，他死了之後我媽又哪申請得到什麼「結婚證明書」來爭取遺產？當她翻找鄒爸的遺物時，看到那一份沒有被登記的結婚書約，一直以來都躺在書房檔案櫃的抽屜底層時，她整個人完全抓狂！

假如我是鄒爸，應該也會提防那一對孤兒寡母來到鄒家大院，所圖的到底是什麼吧？

他或許只是想在喪妻後的短時間內，將那座寂靜的豪門大院恢復過往的生氣，也讓兒子的成長過程擁有一個看似像樣的家。只不過，那位一家之主在滿足了速成的甜蜜家庭後，仍會擔心枕邊人是否真能成為那個家族長遠的一份子？或者只是那種幾年後就吵著要離婚，瓜分掉一半家產的過客？

可憐的老媽當初被愛情沖昏了頭，還真以為自己飛上枝頭變鳳凰了，衝著那男人以妻子剛剛過世為由，就真的讓他去低調處理一切。結果，卻被一個沒有實質配偶身分的男子，白白操了七、八年。

我們當然搬出了鄒家大院，不，是被鄒幸子派人給掃地出門的，反正那幢宅院少了男主人，充其量只是個家道中落的豪門空殼而已。

我和老媽又回到基隆那一棟布滿壁癌的公寓，過著和老爸剛去當海底人時相同的苦日子。老媽在附近的髮廊重操舊業，幫那些退休的老男人剪髮、修面，有時也充當「熟茶（註5）」幫客人「手工（註6）」或吹吹喇叭賺些外快。

過往在鄒家光鮮亮麗、裝模作樣的那幾年，對她來說只是一場夢，一場自以為是少奶奶的春秋大夢吧！

那一場火災後，子睿就被那個狗眼看人低的鄒幸子給接走了。這麼多年以來寄人籬下的生活，我相信他應該過得比我還不快樂吧？尤其是他那個陰陽怪氣的小姑丈，和那一對怪胎表姊，真不知道子睿那些年是怎麼撐過去的？

我和子睿、惠美與惠里算是從小一起長大，對她們母女三人也算印象深刻，儘管我和老媽住在鄒家大院許多年，鄒幸子卻從來沒有將我們當成一家人。套句現在的話來形容，她們全都有嚴重的「兄控」傾向，對待每一位接近自己兄長的女性，絕對不會有好臉色！

在我的記憶中，每一次鄒幸子帶著女兒們回到鄒家聚會時，從來沒有正眼瞧過我老媽一眼，我印象中也不記得她們曾經面對面說過話。許多鄒幸子對老媽的不滿之詞，都是從鄒爸的口中轉述而來；許多關於老媽的流言蜚語，當然也是透過鄒幸子的嘴，傳到了鄒家長輩們的耳中。

我想鄒爸就是因為有這種妹妹，人生中的兩段婚姻才會一敗塗地。不對，我老媽還是個沒有實質婚配身分，被鄒爸白操的女人！反正，無論是子睿的母親或我老媽，從來都不討鄒家公婆的喜愛，前後兩個女人與長輩們見面的次數，也是五根指頭就可數完，肯定全是「腹黑兄控」的鄒幸子一貫的伎倆。我甚至認為，子睿的母親會莫名其妙死於肝硬化，搞不好還是被那女人長期下毒。

幹！她到底是有多想和自己的親哥哥亂倫呀？

惠美與惠里或許也遺傳了那種變態的情結，儘管她們並不住在鄒家大院，每個週末或假日總還是會被鄒幸子藉故丟過來，美其名是讓孩子們可以玩在一起，誰不知道根本就是讓兩個怪胎女兒監視我老媽與鄒爸，許多鄒家大院光怪陸離的流言，就是由她們通風報信傳給鄒幸子，再透過那個女人向家族長輩們添油加醋。

子睿一向就很討厭惠里，因為她從來就無法專心在同一件事情上，小時候一起玩桌遊或電玩時，她總是那個幾分鐘後就喊著很無聊，然後擅自更換遊戲的「顧人怨」。聽我老媽

註5：熟茶—色情行業術語，指年齡比較大、年長、熟女級賣春者。

註6：手工—色情行業術語，幫男客人用手解決。

說，那些都是ADHD的症狀，不過當時年紀還小，根本就不懂那幾個字母代表什麼意思。

我和子睿也非常確定，惠美與惠里都有偷窺的習慣，我們曾經在後院見過惠里躲在無盡夏的花叢裡，偷窺著鄒爸和老媽房間內的風光。但每當她被發現，卻從來都不會覺得害臊或馬上跑開，而是仍藏在花叢裡只露出一顆腦袋，臉上緩緩泛起一抹詭異的笑容。

就像許多青春期的男孩一樣，我和子睿對自己生理上突如其來的變化，充滿了驚恐與不知所措，也曾在好奇心的驅使下，彼此探索過對方的身體……有時候，我們會窩在子睿的房間，用電腦播放著從同學那裡借來的色情碟片，從第一次觀賞時內心的吃驚、悸動、難以按捺，直到彼此尋求著慰藉，相互激烈地摸索。

我和他因為各自失去生命中最重要的那位至親，因緣際會走進了同一個家庭，那種童年時彼此的惺惺相惜，在逐漸長大後，卻成了另一種自己所無法理解的感覺，一種能為對方犧牲一切也在所不惜的情感。

還記得，我和子睿十三歲那一年，許多連自己也搞不清楚的情愫，如潮水般在我們的內心翻攪著，無論我們如何去否定與逃避，彼此的眼神卻總是在面對面時，又讓對方陷入一次次無法自拔的漩渦。在情難自控的交融之中與自己的繼兄弟……陷入萬劫不復的深淵！

我從來沒想過，我和子睿有一天也會成為惠里偷窺的目標，甚至完全不清楚，她到底發現我們的秘密多久了？難道鄒幸子也知道了嗎？

只記得，當我發現子睿的窗簾隙縫之間，有一陣微弱的光線閃起時，才驚覺有人正躲在外面偷拍我們！子睿半裸著身子掀開了窗簾，直接從窗戶跳到了後花園，正準備追趕時才發現，自己的表姊惠里正若無其事地站在那裡。她手裡握著手機，臉上又浮起了那種似曾相識的詭異笑容。

「妳在我窗外幹什麼？這麼晚了，為什麼會在我家？」子睿神情緊張地喊了出來。

惠里依然掛著詭異的笑容：「我和我媽來送月餅呀，她正在客廳和你爸聊天，我就過來看看你們在幹什麼……」

「妳偷窺狂喔！」我忍不住朝著窗外喊了出來。

子睿深吸了一口氣：「妳看到了什麼？」

惠里的雙手交叉在胸前，靜止了六、七秒都沒有回答。

「妳到底看到了什麼？」

「什麼都沒有啦！你的窗簾拉得那麼密實，哪能看到什麼？難道你們在裡面偷看愛情動作片？」

子睿鬆了一口氣：「妳才偷看色情片啦！給我滾！」

當他正準備從窗台爬回房時，花園裡的惠里也轉過身往客廳的方向離去，不過卻冷不防說了一句：「鄒子睿，你以後最好不要再對我那麼沒禮貌了。」

她一邊走一邊舉起了手機，揚了揚，彷彿裡面藏了什麼不可告人的秘密。

我從窗台跳了出去，一個箭步衝到她身後，奪下了那支手機：「幹，偷拍犯法，妳知道嗎……」我氣得罵了一長串。

她只是幽幽地喃著：「檔案剛才已經同步到iCloud了喔，你就算拿走我的手機也無濟於事。」

從那天開始，我們和惠里的關係有了些微妙的變化，子睿對那兩姊妹稀奇古怪的行為，開始視而不見，不再像過往那般嗤之以鼻。因為，我們永遠不知道惠里的腦子裡，到底在想些什麼？何時又會將我們的秘密向鄒家上下抖出來。

還記得，我和子睿為了爭取校際盃的參賽，曾經帶領著足球隊向新來的女校長靜坐抗爭。當時在同一所學校讀國三的惠里曾告訴我——

「你要是再那樣搞下去，拖累了子睿被記過或退學，你就看看我會怎麼樣公諸於世……」

因此，當我們在操場上抗議時，看到惠里和幾位女同學站在校舍大樓的頂樓，準備展開那一面兩層樓高的白布條時，我的心臟其實是撲通撲通地跳著，直到看見布條上斗大地寫著「教育部體育署請看過來！」

我才鬆了一口氣！

幹，我還以為那個也有兄控傾向的怪女人，會在上面寫什麼「看過來，足球隊隊長是個小受受！」之類的話報復我！

為什麼人生不能停格在最美好的時光？

我還記得老爸每次隨著遠洋漁船出海前，總會帶著我到基隆廟口的夜市閒逛，那是他每次出門遠行前的習慣，就只有我和他，長滿繭的大手緊緊牽著我的小手，任由我吃遍各種攤販的小吃。

印象中，從來就沒有老媽。

長大後的我常常反覆思索，老爸是否早就知道，他每次跟著遠洋漁船出海時，家裡就會有一位陌生的男子出現？也或許，他早已從我童言稚語的口中，套出了許多蛛絲馬跡，只是四、五歲的我從來不知情。

老爸出海去當海底人的那一次，我們同樣去了夜市裡的奠濟宮，他依照慣例向開漳聖王稟報即將遠行，並且祈求一帆風順、滿載而歸。那也成為我日後的習慣，每次經過那條熱鬧非凡的街道，我仍會轉進那座古樸且香火鼎盛的宮廟，向聖王報告那些日子我不小心幹過的一些壞事，希望祂能夠保佑我不會被條子抓。

在雕梁畫棟的殿內，古色古香的紅黃燈籠下，總能將我拉回童年時的記憶，彷彿再次感受到老爸的那隻大手，溫暖地包覆著我的手心和手背。

還記得，我和老爸最後一次去基隆廟口時，我曾經蹲在賣玩具的店面，怎麼也不願意離去，吵著要老爸買一把扣下板機後，就會投影出「哆啦A夢」影片的玩具槍。

老爸問了價錢後，咋舌撇了撇嘴：「亞力乖，把拔這次經過菲律賓，到那裡的玩具反斗城買一把最新、最厲害的給你！」

其實，眼前的玩具手槍和老爸會從菲律賓帶回來的那一把，我都想要！但還是半推半就被老爸給拖離了玩具店。

當然，我從來就沒有收到那一份從菲律賓帶回來的禮物，因為那一艘遠洋漁船在巴士海峽遇上了布拉萬颱風，老媽還不耐煩地告訴我，老爸去當海底人了。幾年後，我才知道他其實成了和漁船葬身在海底的漂流屍……

我曾經好幾次夢到老爸，他在夢中總是流著眼淚，雙手捧著一把閃閃發亮的玩具槍，用一種很卑微的姿勢佇立在深海的細沙之中，就像一株深埋於海床的珊瑚，露出一種很過意不去的表情，不斷將手中的玩具槍推到我面前。

我聽不見他在水中說了些什麼，只聽到一種宛若水族箱內的水泡聲，咕嚕咕嚕……咕嚕咕嚕……從他口中冒出來，雙眼仍紅腫地淌著淚、看著我。我勉為其難接過那一把曾經朝思暮想的玩具槍，他才終於牽起嘴角笑了出來，彷彿終於完成了什麼心願。

就在我扣下扳機後，並沒有投影出哆啦A夢的影片，但老爸的身體卻像被爆破後坍塌的舊大樓，在一瞬間化為漂浮於深海中成千上萬的海砂。

玩具槍的槍管也如吸塵器般，將眼前的海砂、海藻、海水、珊瑚、沉船……全都吸了進去。直到周遭只剩下伸手不見五指的黑暗，我才從夢中驚醒。

四、五歲時就失去老爸的我，對父親的形象混雜著矛盾的陌生感與渴求慾。

當老爸發生船難後，鄒爸也就更頻繁地出現在我家，或者說更肆無忌憚地與老媽留宿過夜。原本只屬於老媽、老爸與我的那張大床，也逐漸被鄒爸占據了男主人的那個床位，甚至在年幼的我熟睡時，毫無忌諱地與老媽交歡。

有的時候，我被激烈的震動驚醒，在雙眼迷濛之中看見老媽背對著我，跨坐在鄒爸的大腿上。她彷彿承受著極大的痛苦，從喉間發出若有似無的呻吟聲。

小小的我完全不知道發生了什麼事，只是睜著恐懼的雙眼，看著映在牆壁上搖晃的巨大影子。直到面朝著我的鄒爸，發現被褥中的我醒來後，他的眼神閃過一抹光芒，對我咬著唇露出了詭異的笑容，就像一尾黑曼巴蛇，雙眼直勾勾地盯著我。

他緩緩將老媽往後仰，讓她躺到床上沉入了雙人枕頭之間。鄒爸緩緩將上身傾向我的位置，雙眼也沒有離開過我的臉、我的頸。他的左肩擋住了老媽的臉和視線，因此她並沒有發現鄒爸伸出了右手，慢慢在我的髮絲、我的臉頰上游移著，直到我驚恐地往一旁挪開來！

鄒爸的手停在半空中，露出了一種憐憫般的笑容，就像正小心翼翼安撫著一隻毫無抵抗能力的幼犬。與此同時，也像觸動了他內心深處某種不為人知的快感，如野獸般凝視著我，就在發出一陣低沉的嘶吼聲後，才終於趴在老媽的身上用力地喘氣。視線卻從來沒有離開在角落中顫抖的我。

直到長大後我才明白，原來我們能夠進入鄒家大院，並非是因為老媽，而是我。對鄒爸來說，老媽充其量只是個表象，他內心深處最醜陋的遐想與渴望，卻是那名沒有血緣關係的年幼繼子！

就像我五、六歲時，每每被他抱在大腿上，在客廳和老媽一起看電視時，總令我覺得非常不自在。當時完全不知道到底是哪裡不對勁，那種感覺和老爸以前抱著我時完全不同。因為，老爸從來就不會有奇怪的硬物，隔著褲子頂著我！

我從小到大就不斷告訴自己，一定要離「鄒俊彥」越遠越好，絕對不能讓他有任何機會得逞！如果他真的像小時候那樣，肖想我……我一定會讓他不得好死！

只不過，我從來沒想到一切來得如此快。

在我還沒有壯大到能夠還擊、能夠保護自己之前，就發生了。我永遠記得十三歲那一年，花園裡的無盡夏全都開出了火紅色的花朵，紅得就像我心臟淌下的血，無從止息。

記憶中的那一晚，老媽和鄒俊彥又大吵了一架，最後跑了出去和姊妹淘們喝酒、唱KTV。我寧願她逃離那個家到外面喘幾口氣，至少還可將一肚子的大便向閨蜜們傾倒。通常經過一整夜的哭天喊地和嘶吼飆唱後，她總能道貌岸然地回到鄒家，好幾天安分地不再說半句重話。畢竟，嗓子也喊沙了、喉嚨也唱啞了。

鄒家大院上上下下誰不知道，她這些年吵來吵去都在嫌棄那男人沒那麼愛她了，尤其是搬進來後更是越來越冷淡。青春期叛逆的我，看到被折磨得瘋瘋癲癲的老媽，有好幾次都想衝上去賞她幾巴掌，打醒她！

我好想對著她大喊：「妳這個傻女人醒醒吧，鄒俊彥根本就不愛妳！妳只是一組工具，是那男人用來營造家庭假象的女配角！在他閉著眼睛幻想其他兒童時充當的替代品……」可是，我並沒有勇氣告訴老媽！小時候，我認為沒有大人會相信我的話；長大後，我知道如果告訴了她，那對天真無知的老媽來說，將是一輩子無以復加的凌遲。

那個中秋週末的下午，嫌惡姐妹花惠美與惠里，一如往常被鄒幸子丟到了鄒家，通常要等到夫婦倆和朋友打完牌，才會在晚餐前後將女兒們接回家。鄒家大院除了我和子睿，還有在廚房忙進忙出的兩位幫傭，以及在房裡喝得酩酊大醉的鄒俊彥。

我窩在子睿的房裡陪他打電動，並不知道老媽已經出門了，子睿握著搖桿執意要破那一關，我只好趁著他還在闖關時，先尿遁衝到了洗手間。

我和子睿的房間是在口字型日式房舍的東面，要穿過一個半露天的日式小走廊，才能到達位於南面角落的廁所。我記得那天吁了一口氣小解完後，回到半露天的走廊上，卻聽到主臥房裡傳來有人在說話的聲音，我往那個方向走了幾步，朝著半掩的拉門內端詳了幾秒。

「馬麻是妳嗎？」

我探頭往裡面望，並沒有看到任何人，卻聽到有人微弱的抽噎聲。我擔心會不會是剛才他們大吵一架後，老媽被欺負得躲在房裡偷哭。我躡手躡腳跨進了主臥房，往席夢思大床另一頭的床頭櫃走去，卻看到床沿與牆壁之間的走道，有個穿著和式睡袍的男子，蓬頭垢面地坐在榻榻米上，拎著一只酒瓶自言自語說著話，還露出一種似哭似笑的詭異表情。

是鄒俊彥！

他不經意抬頭看見我，臉上的表情霎時僵住，整個人也像被什麼定住了，他的雙眼發出一種異樣的光芒，對著我又露出那個熟悉的詭異笑容。我當然記得那種發光的眼神和笑容，就像四、五歲時，我在黑暗中見過他那如蛇精般的目光，與吐著蛇信般的薄唇。

就在我還來不及反應前，他早已彈了起來撲向我，用粗壯的手臂鎖住了我的喉嚨，然後拖著我拉上了房門、扣上了門閂。隨之將我一把推倒在床上，把我面朝下用力地壓制著，我的雙手也被他緊緊地握著反背在身後。他充滿酒氣的右手掌摀著我的嘴，其中兩根手指還探進了我的口腔，狠狠地壓住了我的舌頭，讓我完全無法發出任何聲音。

就在那短短的幾秒鐘，我感覺到自己的運動短褲和內褲，迅速被扒了下來。我死命地扭動、死命地呼救，卻完全發不出任何聲音。

「噓噓噓……你要乖乖的，我已經等你好幾年了，終於等到你長得像一頭美麗的小公鹿，翹著屁股、抖著毛茸茸的小尾巴……」

他不斷在我耳邊發出噓噓噓的氣音，伴隨著濃濃的酒氣，緊緊抵住我舌根的兩根指頭，也夾雜著令人作噁的菸草味。只是，在他的指頭之間好像還夾著什麼，一種顆粒狀宛若藥錠的物體，逐漸在我的舌頭上化了開。

我隱約聽到他低聲喃著：「不要以為我不知道你和子睿的事情，我等了你這麼些年，等到我最愛的青春期肉體，等到你的生理有反應時，你竟然將第一次給了懵懂無知的他……」

我不記得他還說了些什麼。那時候只覺得全身突然越來越虛弱，虛弱到不想再掙扎了、不想再反擊了，也不想再求救或拒絕了。我覺得他正在舔著、咬著、親吻著我的身體，我卻像在夢境中感受不到任何應該會有的觸覺。

我，沒有興奮感、沒有疼痛感、沒有羞恥感，也沒有被侵入感，就像一尾躺在砧板上奄奄一息的土魠魚，任由鄒俊彥上下其手宰割我。

我的腦中閃過子睿的臉，模糊之間彷彿也聽到了他的呼喊聲，伴隨著一陣陣拍門聲和拉門被撞開的聲響。猶如在夢境裡，我看見子睿衝了進來，一把推開了趴在我身上的鄒俊彥，用床單將我赤裸的身子包覆了起來，然後抱著我衝出了主臥房。

他將我倚在走廊的憑欄前，然後又衝回鄒俊彥的房裡。

我聽到子睿的嘶吼聲、聽到鄒俊彥的咆哮聲，也聽到家具碰撞與摔碎的聲響，然後是父子倆大打出手的爭吵聲。

我的眼皮越來越重，所有的聲音也越飄越遠，最後只剩下一片漆黑的寧靜。

☆☆☆

當我再度醒來時，眼前卻是一片橙紅色的景象，睡眼惺忪的我伏在子睿的背上，他正揹著我從東面的房舍跳進了中央的日式禪風庭園，然後穿越了布滿鵝卵石的小徑直衝向北面房舍外的大門。

我分不清到底哪個才是夢境？剛才在鄒俊彥房裡發生的一切是噩夢？還是眼前整座鄒家大院陷入火海的場景才是噩夢？它們都是那麼不真實地存在著，子睿將我扶到對街的人行道上，不斷地拍打著我的臉，呼喊著我的名字。

「亞力！亞力！醒醒……你醒醒！」

直到他看見我再度睜開眼睛後，才鬆了一口氣，用力摟住了我：「你嚇死我了，我還以為你會死掉……」

虛弱的我倒在子睿的懷裡，撇著臉仰望著頭頂被火焰染成橙紅的那片夜空，深黑色的煙霧急速竄起，就像一朵巨大的黑色蕈狀雲，籠罩在鄒家大院的上空，宛若詛咒般久久不願消散。

我低下頭看著自己，原來並不是裸體或裹著床單，而是像平日睡覺時那樣，穿著一套短袖與短褲的睡衣。只不過，我和子睿全身上下都沾滿了黑炭般的汙漬。我看見鄒家的兩位女幫傭，還有惠美與惠里也都逃了出來，就站在離我們幾步之遙的人行道旁。

當現場的火勢逐漸緩和後，消防隊員與幾位救護人員合力從火場抬出了一副擔架，上面正躺著一具靜止不動的軀體。直到剛從計程車裡跳下來的鄒幸子夫婦，衝了過去聲嘶力竭地哭喊時，我才更確定那具遺體應該就是鄒俊彥。

我回過頭凝視著子睿，他的表情沒有絲毫情緒波動，甚至帶著點無法言喻的冷漠，彷彿早就預料到鄒俊彥的下場。

這麼多年以來，我時常問自己，那個晚上的一切，難道曾經真實發生過？或許子睿真的破門而入，將我從鄒俊彥的魔掌救了出來，然後在爭吵和打鬥中誤殺了自己的父親，甚至意外引發了一場火災企圖毀屍滅跡？

無論我如何去否認十三歲那一年，在鄒俊彥房間裡發生的事，身體上的傷害卻騙不了自己。

那晚，我和子睿被送進醫院觀察了一陣子，確認有無吸入濃煙後造成呼吸道的燒灼傷。

當我在病房的廁所準備換上老媽買來的乾淨內衣褲時，卻發現換下的褲襠內竟然布滿了深褐色的斑斑血跡，我的心臟頓時像被一塊巨石重重地砸了下去，血花四濺地爆裂開了！

我窩在廁所的角落，遠遠望著地上那條沾著血跡的內褲，久久不能平復，只能不斷用拳頭搥打著磁磚地面，直到關節上滲出了血絲、直到聲音都哭啞了。我只能無聲地嘶喊著，深怕被門外的老媽和子睿聽見。

但是，再也沒有任何更粗鄙卑劣的髒話，能夠發洩我對鄒俊彥的恨！我當時只想親手殺了他，將他的下面剁下來餵狗！

但是，在我還沒有機會將鄒俊彥千刀萬剮前，他卻已經遭天譴被燒死了！那種無法報仇的失落感，那種要永遠帶著傷口活下去的憤怒，曾經讓我以為這輩子再也擺脫不了那些陰影，也不可能繼續走下去……

只是，當我看到老媽因為失去鄒俊彥，而失魂落魄的憔悴模樣，我猶豫了。她甚至責怪一切都是自己的錯，如果那天下午她沒有任性與他大吵大鬧，沒有跑出門和姊妹淘們廝混，或許鄒俊彥就不會借酒澆愁，也不可能喝得酩酊大醉，躺在那張該死的席夢思上抽菸，更不會引發鄒家大院的那場火災了。

是的，那張她親自挑選的萬惡席夢思！那張鄒俊彥白白操了她七、八年，又性侵了她未成年兒子的席夢思！

當我得知鄒俊彥從來就沒有委託戶政事務所的朋友，為老媽和他辦理過結婚登記，我決定永遠不告訴她，鄒俊彥對我們母子倆真正的意圖，與他內心最醜陋的那個秘密。然而，就在他葬身火窟後，我卻成為繼承那個醜陋秘密的倖存者，而不是他所遺留下的任何遺產。

老媽那一張沒有實質婚約的「結婚書約」，與根本就不存在的「結婚證明書」，在鄒俊彥死亡後，完全沒有資格與鄒家任何人去爭奪遺產。我和老媽在未被燒毀的北面房舍住了幾星期，在空氣中仍充滿嗆鼻煙味的環境中生活。

只因為，她嚥不下那口氣，這個由她親手張羅許多年的豪門宅院，最後竟然與她沒有任何關係。老媽說過，她就算死拖活賴也要霸在那裡，直到鄒家的長輩們給她一個交代。哪怕是做鬼，她也要在鄒家大院的廢墟上吊！

當時，子睿已經被鄒幸子帶離鄒家大院，我還記得他臨走前，我們淚流滿面站在那片被燒得面目全非的廢墟裡道別。我永遠記得最後的那些對話——

「對不起……我爸竟然對你做出了那種事情……我一定會為你守住那個秘密，以後會更加小心保護你。」

「為什麼要向我對不起？又不是你的錯。」我雖然說著話，雙眼卻無法直視他：「而且……我們既然已經不是繼兄弟了，日後也不可能再有機會生活在一起，你哪還能保護我？」

「我每個週末都可以到基隆去找你，好不好！」

「你可不可以不要再煩我了？至少不是這幾個星期、這幾個月或……這幾年。」

「為什麼？難道你不想再見到我？」

「沒錯！」

我深吸了一口氣：「你不會懂的，我現在面對面看著你的時候，內心是多麼地痛苦，需要提起多麼大的勇氣，才能直視著你的眼睛，你知道嗎？因為……你和你爸爸長得太像了……讓我無法不去想起他所帶給我的那些傷害……」

我想不起當時為什麼一定要說出來？自從鄒俊彥去世後，每當我凝視著子睿的眼睛時，總會聯想起鄒俊彥那一雙在黑暗中如蛇精般發光的眼神，以及那兩片宛若吐著蛇信般的薄唇，在我的身上舔著、咬著、啃著、吞噬著我的一切！

我記得子睿聽完後，馬上將臉撇開，彷彿也怕自己的面容嚇到了我，然後才緩緩轉身離開了那座滿是斷垣殘壁的家，跳上了鄒幸子派來的那輛車上。

他始終沒有回過頭，沒有再讓我看到他的臉。

子睿離開後沒幾天，我和老媽也被攆出了鄒家大院，就在鄒幸子和老媽三番兩次交涉無果後，派來了近十名彪形大漢，將頑強的老媽和我扛出了北面的房舍，連人帶行李被塞進他們的廂型車內，押回了我們在基隆的老家附近，就如同被棄養的動物，將老媽和我丟包在馬路旁。

老媽結束了飛上枝頭的鳳凰夢，而我終於脫離了長達七年多的夢魘，也離開了曾經默默守在我身邊的子睿。

每當我想起子睿說過的話，他會為我守住童年時那個醜陋的秘密，我內心底層的聲音也會跟著應和著——

假如，當初是你，

為我殺掉了鄒俊彥，

為我燒掉了那個家，

那麼我也會為你守住那個秘密。

第六章　無憂角

楊嘉莎的車子繞過了第二殯儀館主樓，在後方「台北市相驗暨解剖中心」的幾個車位停了下來。她和門口的工作人員打了聲招呼，便逕自走進左邊的法醫準備室，對方往她身後望了望，露出了有點不解的表情，不過並沒有說什麼。

她敲了敲門，冷法醫已經在裡面等候了：「對不起，剛剛路上有點狀況，所以晚了幾分鐘。」

冷法醫同樣往她身後看了一眼。

「啊，這是我外甥啦！我姊和姊夫出國，要我幫忙照顧幾個星期，我只好帶著他上班。來！小杰叫人，這一位是冷阿姨。」

「什麼阿姨！」冷法醫彎下腰，聲線突然變成幼幼台姊姊的那種語氣：「底迪，我叫冷東施啦！你以後可以叫我東施姊姊呦。」

她禮貌性脫下了口罩和髮罩，讓童奇杰看清楚她的長相，髮罩下蜜糖色的長髮也如瀑布般洩了下來，她馬上用五根指頭打鬆著髮絲，不經意露出了嫵媚的表情。

「冷凍屍？好酷喔！法醫姊姊怎麼可能那麼年輕漂亮？根本就是偶像劇裡的明星！」童奇杰也跟著她用太傻、太天真的語氣回話，逗得冷東施笑得花枝亂顫，活像一盤海鮮。

一旁的楊嘉莎實在受不了這種場面，馬上轉移話題：「小杰對解剖也很有興趣，剛才還一直吵著要跟我進解剖室，冷法醫覺得……能夠讓小朋友開開眼界嗎？」

童奇杰的額頭差一點冒出三十條線，心裡還喃著怎麼連說個謊的技術也那麼差？日後怎麼能晉升高階警務人員呀？

「你們是好萊塢警探影集看多了，我們解剖中心現在的新設備，連檢察官都不見得需要進入解剖室，就可以直接透過室內的十五台攝影機，在隔壁的監看室內觀看或指揮解剖步驟！」

冷東施一邊說，一邊將他們領到另一個房間，裡面有一面如電視牆般的攝影鏡頭分割畫面，桌上則有一些控制不同攝影機的搖桿設備。好奇的童奇杰立刻跳上了座位，開始把玩起攝影鏡頭的搖桿與按鈕。

她回到法醫準備室，盤起了頭髮戴回口罩與頭罩，也穿上了防護衣進入了解剖室內。楊嘉莎和童奇杰眼前的電視牆，也切換到另一個解剖台的分割畫面，上面正躺著一具胸口被剖成Y字形的焦黑大體。

看來應該就是松江路火燒車案的遇害者。

「經過邱秋美家人所提供的DNA檢體比對，確定這就是車主邱秋美的大體。」冷東施的聲音從桌上的擴音器傳了出來。

「正如我之前所懷疑的，除了與劉滿足的大體相同，有燙金的草寫字體『如來已離．三界火宅』，皮膚上的皮屑也同樣驗出了糖分與氯化銅，而邱秋美燒焦的皮膚上，還驗出了氯酸鉀！」

童奇杰向一旁的楊嘉莎低聲喃著：「氯酸鉀是傳統火藥的製造成分，如果混合了硫與磷這些還原劑，就會形成不穩定的爆炸性混合物；混合白糖的話，則可點燃出火焰；要是在密閉條件下混合了鋁粉，則會產生爆燃的音效，因此被當成爆鳴劑用來製作爆竹。」

「你真的像會走路的百科全……不，應該是會走路的AI！」

「死者大體的胸口除了燒出如火山口的洞孔，胸腔的十二對肋骨也斷了八對，因此造成了胸腔嚴重塌陷。目擊者們見到兩位死者的胸口都噴出一道火舌，其實並非只是火焰，而是帶著強大爆裂威力的人體自爆。」

「人體自爆……」

「為什麼氯酸鉀這種火藥成分，會出現在受害者的皮膚上？有沒有可能氯化銅或氯酸鉀，是某種護膚產品的成分，因為不小心碰上其他不知名的還原性物質，才產生了爆炸？」楊嘉莎問。

冷東施搖搖頭：「不可能，氯酸鉀有毒，會造成血紅蛋白變性與分解，導致急性中毒，因此不能內服或塗抹在身上。」

那麼這種有爆裂疑慮的物質，

怎麼會出現在兩名死者的皮膚上……

☆☆☆

離開台北市相驗暨解剖中心後，楊嘉莎直接將童奇杰帶回刑事警察大隊辦公大樓，因為錢得樂和組員們已經查到，松江路火燒車的那個晚上，與邱秋美有最後接觸的兩名男子。

「我外甥啦！我姊和姊夫出國，要我幫忙照顧幾個星期……」楊嘉莎一踏進刑事警察大隊，已經向打過招呼的同事們，重覆了好幾遍相同的話。

當她回到辦公桌前，錢得樂已迫不及待揮著手，捧著一台筆電放到了她的桌上，也不經意往她身後望了望。

「我外甥啦……」她已經沒什麼耐性再重覆了。

「我們透過學姊的指導，使用Tor洋蔥瀏覽器在暗網的ＡＰＰ商店，下載了邱秋美，也就是夜叉夫人與她的團隊專屬的ＡＰＰ『Lady Fans Only』，終於透過客服循線與她所屬的團隊搭上線！」

童奇杰揚了揚眉看了楊嘉莎一眼，看來前兩天告訴她的洋蔥、暗網與深網的知識，她很快就派上用場了。

「當天晚上，夜叉夫人帳戶裡記錄的最後一位客戶，與調教交易結束後行動支付的戶名，都是一名叫詹清崧的男子。小畢查核過對方的帳戶身分，確定就是那位很有名氣的人權律師詹清崧！」

楊嘉莎的腦袋有點混亂，還蠻難將摑屁股、滴蠟、夾刑、綑綁、上銬、上Y吊架，甚至是包保鮮膜、包尿片，或窒息式性愛之類的畫面，和那位西裝筆挺的人權大律師聯想在一起。

「另外一位男子……」錢得樂移動著筆電上一段監視器影片的時間軸。

「這是我們調閱到松江路火燒車附近一些店家的監視器畫面，這一段是旁邊那間ＫＴＶ對著外面拍攝的監視器，原本是用來提防ＫＴＶ的客人喝醉酒鬧事，或在門口排隊等候的人聚眾滋事。結果，卻意外拍攝到火燒車的整個過程。」

楊嘉莎和童奇杰緊緊盯著電腦上的畫面，有一名穿著皮衣皮褲的男子，從那輛Lexus的駕駛座走了出來，然後邱秋美從後座換到了駕駛座。

「那名穿皮衣的男子，原本應該是朝ＫＴＶ的方向走來，可是就在那時邱秋美的身上卻起火了……」

他們終於從監視畫面中看到剛坐進駕駛座上，扣好安全帶的邱秋美，不知為什麼突然低下頭驚惶失措地盯著自己的胸口。就在那一瞬間，一道猛烈的火舌從她的胸口噴了出來，火焰竄上了車窗玻璃，一直延燒到儀表板和內裝。

監視器清楚拍攝到邱秋美使勁推開了車門，卻怎麼也解不開安全帶，頭髮與身上的襯衫也霎時化為黑色的灰燼。她不斷地驚聲尖叫，夾雜著車窗玻璃爆裂的聲響，十多分鐘後才終於一動也不動了……

「注意看那名皮衣男子，他一直盯著火燒車，卻緩緩地往後退。」

「是縱火犯在欣賞自己作品的舉動嗎？」

楊嘉莎喃著，就像在跟童奇杰交換著意見，可是卻不見他有任何回應。這或許是童奇杰第一次透過４Ｋ解析度的畫面，看著一名活生生的女子瞬間自爆，然後逐漸被火焰吞噬為焦黑的軀體。

最令他毛骨悚然的是，周遭的人群全都靜止著。不，他們並不是驚呆了。

而是有一半以上的旁觀者，正冷冷地舉著手機在錄影，也或許是在ＦＢ或ＹＴ上直播。他們並不擔心車體會爆炸，有些人反而越靠越近，朝著駕駛座上的遇難者拍攝特寫畫面。也有些人立刻與家人或女友視訊，語氣誇張地炫耀自己遇上了火燒車。還有一名年輕女子，正背對著那輛浴火的Lexus自拍，裝出了驚訝、嘟嘴、揉眼睛哭哭的網美三連拍。

沒有人意識到，那位別人家的女兒、母親，和一條人命，正在他們眼前悲慘地消逝而去。

「皮衣男子繼續往後退，然後混入了人群，也混進了ＫＴＶ店內……」錢得樂點選了另一段影片：「這是ＫＴＶ櫃台往大廳拍攝的畫面，十分鐘後……就是這裡，那位皮衣男子扶著一位有點醉意的中年女子，從包廂走了出來，穿過了大廳，就那樣離開了ＫＴＶ……」

楊嘉莎根本沒聽錢得樂說完，就喊著：「快！將他的長相從影片裡截圖出來，馬上呈報給隊長，看看能不能發給幾位媒體大哥和ＦＢ社團，將這一名嫌疑男子給肉搜出來！」

「不用了，我知道他是誰。」

他們冷不防地回過頭，原來是一直站在身後的另一位同事——小畢。

「我一眼就認出來，那是我經手過的一起仙人跳詐騙案的主嫌『桂亞力』，這小子才剛出來還在假釋期間，怎麼又開始闖禍了？他扶出包廂的那名中年女子，應該就是他的母親『丁月溶』！」

「這麼巧？那就麻煩小畢聯絡他的檢察署觀護人，我們這邊需要請桂亞力跑一趟刑事警察大隊釐清案情。」

小畢點了點頭，回到辦公桌前滑著手機準備打電話。

與此同時，一名身著制服的值班員警東張西望走了進來：「學姊，前台有一位女孩想見妳。」

「找我？你沒問她是誰嗎？」

「有，她說她是什麼……滿足？喔，劉滿足的女兒啦！想要見『信義皇寶豪邸墜樓案』的承辦人員。」

楊嘉莎停下了手邊的動作，和童奇杰對望了兩秒後，兩人快步衝出了辦公室，前往樓下大堂的會客區。

那是一位看上去只有十三、四歲的少女，身上還穿著南部某所國中的水手制服與藍色格子裙。她手中握著一杯顏色鮮豔的手搖飲，低著頭怯生生地坐在角落，只要一有人經過就會神經質地抬起頭，露出一種徬徨與詢問般的眼神。

「妳好，敝姓楊，是調查『信義皇寶豪邸墜樓案』的組員之一，這位嗯……是暑假來參加『市警小偵探』的實習探員童奇杰小朋友！」

童奇杰的額頭冒出幾滴冷汗，因為現在根本就不是暑假期間呀！

不過，為了符合楊嘉莎胡亂安給他的人設，他倒是立刻用太傻、太天真的童音接腔：「大姊姊和組員們每天都很努力辦案，現在有了『市警小偵探』的實習探員協助，真。相。肯。定。會。從。細。節。中。浮。現。」語畢，還擺了一個很假面騎士的蹲馬步姿勢。

「該如何稱呼妳？」楊嘉莎問。

「方……方曉詩……我是劉滿足的女兒……」

當她說出自己是「劉滿足的女兒」時，腔調突然哽咽著，眼眶也紅了起來，彷彿那曾經是一句非常陌生與遙遠的名詞。

楊嘉莎環視了會客區，將她和童奇杰帶進一間閒置的會談隔間內。

「我只是想知道，我媽媽在遇害時是否遭遇了極大的痛楚……」

「這該怎麼說……」楊嘉莎並不是很確定，該如何回答眼前這位青澀的少女。

「經過法醫的檢驗結果，令堂是因為不明原因引發的人體自爆，而造成全身衣物大面積起火，也因為好幾對肋骨碎裂造成胸腔塌陷的窒息恐慌，讓她不慎從高層的陽台墜下……一切發生得非常突然，或許她還沒感受到身上嚴重灼燒的痛楚前，就已經失去意識墜樓身亡了。」

「都是我的錯！要是我對她再好一點，她就不會帶著那麼多痛苦與遺憾離開，我現在連彌補的機會也沒有……是我傷了她的心！」

「不是那樣的，妳母親確定不是自殺，有可能是意外，也或許是……」楊嘉莎停了下來，不希望向方曉詩提及，劉滿足的案子有謀殺的可能性。

方曉詩的目光越過楊嘉莎的肩頭，不經意凝視著牆上那幾幅裝飾用的複製畫。

「我曾經非常關心、非常在乎我媽。我記得三、四歲時，常會在夜晚聽到父母房間傳來吵鬧聲，每一次他們吵架時我都睡不著，只是在自己黑暗的臥房裡，睜大雙眼仔細聆聽著。雖然，當時的我還不懂什麼是離婚，可是從父母每次爭吵的語氣中，我知道那是很嚴重的一件事。」

「因為……每次只要我媽喊著要離婚時，通常就是我爸理智線斷掉發狂、發狠，拿起皮帶狂抽我媽，對她拳打腳踢的開始。所以，我縮在自己的被窩裡，總是豎起耳朵認真地聽著，很害怕……很害怕我媽會說出『離婚』那兩個字，然後又會被打得鼻青臉腫。」

方曉詩用手搖飲附的餐巾紙擦去臉上模糊的淚痕：「每一次吵完架的第二天，我都會偷偷問她，你們昨天又吵架了喔！她總會裝傻地問我，有嗎？妳怎麼會知道？」

「我那時回答……因為我都沒睡覺……還聽到把拔朝著妳砸菸灰缸的聲音……」方曉詩霎時彎下腰，將臉俯在自己的膝蓋上，不斷地抽泣著：「我還用小指頭指了指她額頭上的紗布和膠帶，很認真地『秀秀』，親了親那塊紗布下的傷口……」

原本與她隔著桌子面對面的楊嘉莎，緩緩起身坐到了方曉詩旁邊，然後輕輕撫著她不停抽動的肩膀。

「我不知道自己曾經守護媽媽的心情，為什麼後來回不去了！就像有一天我爸什麼也沒有說，就把我送到了奶奶家。我當時也不知道自己到底做錯了什麼事，才會突然被送走，從那天開始，就再也沒見過自己的媽媽！」

楊嘉莎清了清嗓子：「我相信妳母親那時候的心情也很亂，連夜逃離了那個有著家暴陰影的家，隻身躲到了北部那麼多年。或許，也是為了能夠將妳接到台北一起生活的那一天，一直努力著。」

「是我對不起她，小時候的我一直以為她是因為個人的私慾拋棄了我，而我從小到大也在奶奶與爸爸的耳濡目染之下，認為她是個拋棄前夫與女兒，只為了到光鮮亮麗的大城市，去追求虛榮的壞女人。我卻忘記了……小時候曾經見識過她所遭受到的暴力與虐待！」

「我的奶奶是南部傳統的女性，對於婚姻中的離異非常不能接受，尤其提出離婚的是女方，她更是無法容忍，甚至許多年以來都禁止我與媽媽見面。直到這幾年，她自己的身體也不好，我爸爸又再婚無暇照顧我了，奶奶才終於放手希望我能和媽媽團圓，這樣的話就算她這幾年走了，也還是會有個人能關照我。

我就像是一顆人球，被爸爸踢給了奶奶，現在奶奶卻想將我踢回她口中那位十惡不赦的壞媳婦手中？」

童奇杰的語氣也跟著低沉了下來：「其實，我也是阿嬤一手帶大的，只不過她不久前去世了。我從小到大當然也聽過她挑剔我媽的許多壞話，什麼媳婦又懶又都不會帶小孩、或是自己沒品味也就罷了，還將小孩穿得像要飯的。要不然就是嫌棄她聯絡簿都沒有檢查與簽名、那麼笨的媽媽怎麼會生出那麼優秀的兒子……之類的話。

直到後來我才知道，其實那些話她從來沒有當著我媽的面說過，也才發現她之所以會告訴我那些壞話，全是因為我阿嬤沒有安全感。假如，我從小就和媽媽太過親近的話，阿嬤會擔心我長大回到父母身邊後，就會將她忘得一乾二淨，甚至不會再去探望她了。

我記得在阿嬤去世的前幾天，她突然告訴我，其實我媽並沒有她說得那麼一無是處，而且還是個非常孝順的好媳婦，叫我以後一定也要好好孝順她……

幾天後，阿嬤就去世了。她再也不需要靠著講媳婦的壞話，來取得兒子或孫子所帶給她的安全感了。」

方曉詩聽著這位陌生的小學生，突如其來的老成話語，淚水早已在眼眶中打著轉：「可是……那麼多年以來，我一直生活在自己是被母親拋棄的耳語之中，根本就不知道該如何去做她的女兒了，只是不斷逃避她的善意，無止盡地拒絕她想和我見面的請求……然後，有一天卻發現她就那麼莫名其妙……帶著遺憾走了……」

「我想給妳看幾樣東西。」

楊嘉莎滑了滑手機，打開了一本相簿，裡面全是她在不同刑案現場信手拍攝，一些可能會是證據的遺留物相片，她點開了其中一張縮圖。

「這是我在案發的公寓現場，所拍攝到妳母親的一些遺物，這兩張是她的手機，另外這張是她手拿包裡的皮夾。」

她將手機遞給了方曉詩：「我相信妳會瞭解，無論妳曾經如何逃避與拒絕她，妳的母親仍是那麼愛妳。就算現在，應該也是懷著滿滿的美好回憶，離開了這個世界……」

螢幕上是一張劉滿足手機解鎖畫面的照片，背景影像則是方曉詩大約兩歲左右的沙龍照；另一張則是翻拍了劉滿足手機中的其中一本相簿，裡面全是同一名小女孩密密麻麻的相片縮圖。方曉詩認出每一張縮圖，全都是她從嬰兒到童年時期的照片，每一張都是劉滿足親手為她記錄的成長影像日記。

最後一張，則是一只桃紅色的香奈兒女用皮夾，夾層裡插著一張母女倆的合照。那是一張年輕時的劉滿足，舉著手機的自拍照片，大約三歲左右的方曉詩，正親吻著她額頭上那一道已經結痂的疤痕。

方曉詩握著手機，聲音沙啞地哭了出來。

她想起那些曾經支離破碎的記憶片段了！三歲時的她，曾經每一天都要對著那一道傷口呼呼、秀秀與親親，直到劉滿足額頭上那道被菸灰缸砸傷的疤痕逐漸淡去。

只是長大後，

她與媽媽的連結或所有的共同記憶，

竟然也像那一道疤痕般，越來越淡……

楊嘉莎目送方曉詩離開刑事警察大隊辦公樓後，卻發現身後的童奇杰早已一溜煙不見人影？她回到辦公室後，才看到童奇杰不知從哪裡搞來一張木製的十九路棋盤，面帶微笑端坐在她的辦公桌旁。

「我發現員工休息室有這個耶！大姊姊，想不想跟我下棋？」

「嗯，可是我還在上班，你到旁邊去玩吧。」

「我只是想教大姊姊下圍棋，而且，妳手上的兩起案子完全沒有任何進展，腦袋需要冷靜一下，下棋可以重新整理思緒喔！」

不知道是心理作祟還是什麼的，她覺得童奇杰的語氣帶著點嘲弄，不過還是拉了另一把辦公椅坐了下來。

「其實下圍棋就像是在電玩裡招喚小精靈、小幫手或神獸，協助妳對抗敵手的每一顆棋子，所幻化出來的魔獸或陷阱！當妳將棋子放在十九路棋盤的任何一個交叉點，也如同是召喚師開始了魔法陣的布局。」

童奇杰用食指與中指尖夾著一顆黑子，噠一聲！很帥氣地將棋子定在左上角星位的附近。

每當他談起圍棋時，總令人覺得這名小五生的身體裡，住著一縷成年人的精神意識，在瞬息萬變的日常生活中，不斷地切換、不斷地偽裝著，世俗眼光對他的年齡與外表，所應該流露出的言行舉止。

「咦，被你那麼一形容，圍棋聽起來成了非常迷惑人的遊戲？」楊嘉莎也在黑子的附近下了一顆白子。

「當然迷惑呀！我不是說過連邢居實的《拊掌錄》都形容過，圍棋變幻萬千，令人傾其心智，猶如狐狸精幻化的美麗女子，人們一旦受其迷惑，便難以自拔，沉醉不已。」

「我記得，所以才會暱稱為『木野狐』，沒錯吧！」

「大姊姊，棋子不是下在空格裡啦，要下在線與線交叉的十字處！只有十字交叉點上才能布局妳的魔法陣，召喚出想要的神獸！」

楊嘉莎吐了吐舌頭，馬上將白子移到十字處。

「當妳將它放對了位置，棋子就會像人一樣可以呼吸了，我們稱為『氣』！從這一顆棋子所在的十字處，延伸出去的四個十字交叉點，就是這一顆棋子的氣。

所以，妳的一顆白棋就有一、二、三、四……四氣！當然，如果棋子是下在棋盤最邊緣的T字處，那麼它就只有三氣，或者下在棋格上的任何一個角上，那麼就只能延伸出兩氣！」

「你忘記了，之前就教過我四氣了呀！」

她的領悟力非常高，不到十五分鐘就已經學會如何守住自己的氣，或是圈圍起對手的氣數。

「注意看這一顆白子，已經被三顆黑子包圍，只剩下一氣，就快氣盡被我『提取』了！這個時候妳必須要『叫棋』，招喚妳的另一顆白子來補起那個缺口，讓黑子們無法得逞提取妳的白子，新的那顆白子也可因這個陣法『再生』出三氣。」

說時遲，那時快，就在楊嘉莎還搞不清楚狀況時，童奇杰已經下了第四顆黑子，堵住白子的最後一氣。

「提取！」

楊嘉莎眼睜睜看著自己的白子被吃掉，扁了扁嘴抱怨了一聲。

童奇杰用食指數著棋盤上的黑點：「棋格上的這些黑點叫做『星』，十九路棋盤上共有九個黑點，稱為『九星』。中央的這個星點又稱為『天元』，整個棋盤可分『邊』、『中腹』，還有四個『角』。」

「其實，我今天想教妳的就是這個像極了魔法陣的……無憂角！」童奇杰指了指右上角的那個黑點，在黑點十字線的左右，各有兩顆宛若門神的黑棋。

「無憂角？」

「所謂的『無憂角』也就是『守角』，這個術語來自日語的『締り』。是指棋盤上局部的一個位置，通常是位於角落附近，那個位置經過刻意的布局後，形成了一種……魔法陣！除了自己的棋子不容易被攻擊，對方也無法發揮複雜的召喚術，或侵入那個角落所圈的地……」

童奇杰的話鋒一轉：「就像還躲在角落暗處的兇手，也在這種位置下了兩顆棋子，所召喚出的『無憂角』聖獸，讓他能夠更輕鬆發展自己的局部地盤，並且也不容易受到對手的威脅。」

楊嘉莎彷彿悟出童奇杰所傳達的訊息，聽著聽著雙眼睜得越來越大。

「對手的『無憂角』，著眼於在棋盤上找到一處相對安定的位置，以減少自身受到的攻擊與不確定因素的影響。但是，大姊姊要注意的是，這並不代表兇手的無憂角是無懈可擊，或者能獲得最後的勝利……圍棋是一種高度複雜的遊戲，整個棋盤的局勢互相影響，要取得勝利必須要有更全面的策略。」

童奇杰從兩個棋甕中各抓了一些黑白子：「要打破無憂角有至少三種手法，我會將白子下在黑子的無憂角外側，然後白子上扳，拆二獲得安定，成功破掉了黑子的潛力，也打破了對方的戰略意圖。」

他快速地以食指和中指尖，示範定下了每一顆棋子，然後得意地喊了一聲：「打入破空！」

「所以……『打入破空』就像是引蛇出洞，才能破解掉無憂角的魔法陣。」楊嘉莎凝視著棋盤上的黑白子，喃喃自語：「那麼，我必須先停止朝著案情的核心深挖，因為那些根本就是兇手所布置出來的障眼法。而是，要先從它的外側下手，只有將那些看似毫不相干的支線釐清後，才能夠以一記回馬槍，破掉兇手的無憂角！」

她的雙眼閃過一絲光芒，突然站了起來，朝著辦公室的另一頭喊著：「小畢，麻煩將桂亞力犯下那起仙人跳的檔案調出來給我！」

☆☆☆

柯林德拎著幾本過期雜誌，神色匆忙走進社區活動中心的樓梯間，順勢用面紙擦了擦額頭上豆大的汗珠，才走進了二樓的棋牌室。

「唉！我還在想都已經七點多了，你會不會等不了我，就先回新店了！」

「不用擔心啦，我有跟老爸老媽報備過，今天參加刑事警察大隊的『市警小偵探』一日遊，有警花姊姊會護送我回家。」童奇杰端坐在一排長桌前，正聚精會神凝視著棋盤，只是漫不經心地說著話，連頭都沒有抬起來。

「而且，童爸爸為了確認我真的是警花姊姊，還和我通話……講了好久。」

「對呀！結果被我媽發現後，馬上搶走了話筒……」

柯林德抓了抓頭，看著他們倆連正眼都沒瞧他一眼，就在那兒你一言我一語：「咦，怎麼妳這丫頭也在棋牌室？」

「我在學圍棋呀！看不出來嗎？」楊嘉莎馬虎地回了兩句。

童奇杰馬上抬起頭答腔：「我發現大姊姊的悟性非常高，不假時日棋藝搞不好就可超越柯杯杯了！」

「好了，先停一下。你們兩個可清閒了，卻讓我花了兩天時間去跟蹤這個人。」他晃了晃手機上的畫面。

「我見識過柯杯杯跟蹤小學生的本領，就覺得你應該可以勝任這一項任務呀。」童奇杰促狹地笑著。

「跟蹤誰呀？」楊嘉莎握著柯林德的手腕，望了望他手機上的照片：「邱復仁？」

柯林德點了點頭。

「可是，警方這邊已經初步排除他的涉案可能了。」

「大姊姊，我只是想確認最後一件事情，這樣才能將他徹底從我的嫌疑人名單上排除。」

「確認什麼？」

「他對火的認知或暗示！」

「不懂……」楊嘉莎歪了歪腦袋。

「還記得，大姊姊那天轉述『信義皇寶豪邸墜樓案』的現場情況時，一直覺得邱復仁有什麼地方怪怪的，卻又說不上來。」

她用力點了點頭。

「我也是。」

「我記得大姊姊的紀錄上提到，邱復仁目睹劉滿足的鎖骨之間竄出一道火舌，整個胸腔像透著火光的燈籠，火焰迅速延燒到她的長髮、絲質居家服，與桌上的餐巾、桌布。她還低頭看著燃燒的自己，驚聲尖叫不斷地打著轉，撞翻了周圍的傢俱和家飾品，火苗隨之竄上了沙發、燈罩與窗簾……描述如此詳細的起火過程，通常大概會是多長的時間？」

楊嘉莎朝柯林德望了一眼，不是挺肯定地回答：「至少……兩分鐘吧？」

「也就是說，劉滿足在室內起火時，至少有兩分鐘的時間，邱復仁是毫無任何作為，也或者他只是在觀望？一般男性看到心愛的女友身上起火時，可能會想到各種方法去撲滅，譬如衝上去將她推倒在地上翻滾、扯下窗簾、防火毯或局部地毯去包裹她、打破水族箱……

可是，那一、兩分鐘他卻什麼都沒做，直到劉滿足衝到露臺時，他才開始使用滅火器朝她身上噴，為什麼？難道是想使用滅火器的粉末與壓力，噴在她的身上、臉上或雙眼後，造成她失去方向感而墜樓？還是，另一個讓我思索了好幾天的心理因素？」

「什麼心理因素？」

「恐火症！」童奇杰滑了滑手機螢幕，將畫面遞給楊嘉莎閱讀。

「恐火症是恐懼症的一種，通常是指某些人對特定情境或物體，產生強烈且非必要的恐懼情緒，並且有明顯的焦慮症狀。恐火症患者不敢看火，甚至是書籍圖片或螢幕上的影片也不敢。有些人是不敢點火，不敢使用打火機，不敢在火爐前烹飪，嚴重者甚至不敢觀看與觸碰會冒煙的物體，就連能點燃火焰的任何裝置也會懼怕，深怕會引發火災而被燒傷。」

楊嘉莎將手機還給童奇杰，他若有所思地說：「邱復仁要不就是個逮到機會的負心漢，冷冷地看著全身起火的劉滿足，在最後關頭使用滅火器，給了她墜樓前的臨門一腳。再不然就是，自身對火焰的極大恐懼，才會錯失了撲滅火勢的時機。他在露臺時，或許還是發著抖、緊閉著眼睛，將滅火器胡亂噴向她，才意外釀成了墜樓的悲劇……」

柯林德將手機放在桌上，也順勢刷著這兩天所拍到的一些照片：「奇杰希望我接近邱復仁，在他面前很隨興地點菸、玩打火機，或是翻閱這些封面有聖誕壁爐與燭火的過期雜誌。」

「結果呢？」楊嘉莎問。

「我本來以為這種事情，只要跟蹤他到公共場合，最多一兩個小時就可搞定，結果卻折騰了整整兩天才找到答案。我認為他對打火機、香菸或蠟燭並沒有任何恐懼，因為他所用餐的兩家餐廳，晚餐時段都會在桌上擺放薰香蠟燭。」

楊嘉莎點了點頭：「沒錯，我在火災現場也發現，劉滿足平日有使用高腳燭台的習慣。」

「當我與他在路上擦身而過時，還故意在他面前點起香菸、玩著都彭打火機，他並沒有太大的反應，頂多是摀著鼻子露出了嫌惡的表情。不過進入餐廳後，我刻意在隔兩桌的位置翻看著這幾本雜誌，當他發現封面上是一整頁橘紅色的壁爐火焰時，迅速就將臉撇了開！」

「有反應了喔！」童奇杰揚了揚眉。

「他可能並不清楚，那家法國餐廳新菜單上的火焰料理，其實是由廚師所表演的一種桌邊秀。當他對桌的一對情侶，所點的『浴火牛排』與『火焰薄餅』上菜時，廚師當場點燃了牛排與薄餅醬汁中的金賓威士忌，餐桌上霎時竄起了兩道熊熊的火焰。

當其他客人還在鼓掌，發出讚嘆聲時，我卻聽到隔兩桌的他發出越來越急促的哮喘聲，隨之還打翻了桌上的水杯和酒杯，東倒西歪衝出了那間餐廳。我盯著邱復仁停在客用停車位上的特斯拉，驚魂未定的他，至少在車內發呆了快半個小時，才終於開著車離開了。」

童奇杰恍然大悟：「難怪是開電動車，而不是駕駛有內燃引擎、燃料系統，與點火裝置的燃油車！」

「這麼說來，他真的有恐火症，而且是恐懼燃燒中的強烈火焰，或許是什麼童年陰影所造成的後遺症吧？」楊嘉莎說。

童奇杰一邊收拾著桌上的棋盤與棋甕，一邊思索著：「看來，如果邱復仁患有恐火症，就不太可能是設計出人體自爆，造成劉滿足與邱秋美接連被火焚的兇手。」

「妳那邊的情況如何？」柯林德朝楊嘉莎引了引下巴。

「小畢從監視器畫面認出邱秋美遇害當晚，與她同車的那一名男子，是有詐騙前科目前還在假釋期間的桂姓男子。我們已經聯絡他的檢察署觀護人，通知對方到刑事警察大隊做案件說明。」

楊嘉莎從背包內挖出了一只卷宗夾，封面上一如過往，用黑色奇異筆潦草地寫著「桂亞力」三個字。

「前年八月底，一名胡姓受害人在交友約會APP結識了化名為『小舔舔』的李女，兩人私訊聊過幾次後，胡男就私下邀約過許多次，但是都被小舔舔拒絕。直到桂姓男子得知後，見有利可圖，便串通小舔舔將胡姓男子約了出來。」楊嘉莎簡明扼要讀著小畢幫她整理好的案情紀錄。

「結果，胡男背著妻子興高采烈去赴約，兩人才剛入住賓館，胡男正準備寬衣解帶大戰幾回合時，卻被桂男領著三名小弟闖進了房間。一進門，就將他痛打在地，強逼胡男簽下兩百萬元的本票，聲稱『如不從就打斷他的手腳』，並要小弟持重物攻擊被害人的頭部及雙膝。

胡男被四名加害者圍毆，頭部嚴重撕裂傷、腦震盪及腿部骨折，被迫簽立欠款本票，對方離去前不但刪掉了APP上所有與小舔舔的私訊與影像檔，還惡意將他的手機重置。除了滅證之外，一行人甚至強行拍攝了胡男的裸照，恐嚇被害人不得向警方報案。」

「老男人的裸照？確實是仙人跳的經典手法。」柯林德搖搖頭笑了出來。

「不過，胡姓受害者被他們所拍攝的裸照，卻被迫與小舔舔擺出了各種不堪入目的體位。雖然照片中的小舔舔臉部被打上了馬賽克，卻可明顯看出她刻意露出自己裙底的『男性特徵』……」

「胡男約炮的對象是男扮女裝？」

楊嘉莎往前翻了幾頁：「根據偵訊紀錄顯示，小舔舔是一名跨性別的第三性公關。」

「大人的世界那麼勁爆？」童奇杰睜著圓圓的雙眼。

「不過，胡姓受害人事後並未收到任何勒索電話，或暴力討債公司憑本票去追討的情況？正當他還在偷偷慶幸時，網上的『暴露公社』就貼出那些令人尷尬的馬賽克裸照，小舔舔還以被害人之姿，爆料身為跨性別者在網上交友約會，竟然慘遭歧視與性虐待暴力，施暴者還是一名過氣中年名媛的夫婿。那一起豪門女婿特殊性癖好的貼文，在社交平台上瘋傳，就連胡男妻子的真實身分，也被酸民惡意肉搜出來。」

「就在胡姓受害人報案後，當時負責該案的分局馬上成立了專案小組，還和該款交友約會APP的開發公司合作，查到了小舔舔上網的IP位址，並循線追蹤到對方從事『車伕』一職的好友桂姓男子！在九月初，就持拘票、搜索票兵分多路，檢肅桂姓主嫌、化名小舔舔的李姓男子與黨羽，共五人到案。

雖然在偵訊的過程中，小舔舔否認是設局詐騙，還主動提出身上的DNA證據與驗傷證明，指稱雙方是在兩情相悅下才有了親密接觸，但是胡男卻是重口味的性虐者，在過程中對他暴力相向，他才會趁胡男完事淋浴時，發訊息向桂男求救。」

「主動提供DNA證據和驗傷證明？這些表現實在太過老練，好像在偵訊之前就已經準備好了？這起案子並不單純喔！」柯林德道。

楊嘉莎點了點頭：「沒錯，專案小組在小舔舔的住處，還查扣到其他多筆被害人簽立的本票、借據、讓渡書和還款收據，以及空白本票、借據、收據、切結書等贓物。全案依涉嫌組織犯罪、重傷害、意圖恐嚇取財、妨害秘密……等，將罪嫌移送地方檢察署偵辦。

但是，被認定是主謀的嫌疑人桂亞力，卻否認作案動機是企圖恐嚇取財，而是要報復被害人胡默生的妻子與家族，對他與母親曾經造成的巨大傷害。」

「哪個家族？這個胡默生的妻子到底是何方神聖？」柯林德問。

「鄒家，台日合資連鎖超市『潤舟集團』，已故執行長鄒俊彥的妹妹。」

「妳是說鄒幸子？」

童奇杰也驚訝喊了出來：「就是去年底新聞報導了好幾個星期，那個才接任集團女執行長沒幾年，就在日月潭發生意外溺斃的死者……」

第七章　赴會圖

晚間十點多，大廳裡傳來由遠而近的高跟鞋聲響，敲在大理石地面上更是格外清晰。Emmy早已習慣在這座燈火通明卻人跡罕至的五星級酒店內巡視。她在籌備期就被幕後的馬來西亞財團招聘進來，經過了半年的培訓後，將成為這間來自北美的連鎖酒店，開幕後的大廳經理之一。

她一如既往檢視著酒店大廳內的一景一物，確定部門的員工們已經將明天中午開幕酒會的所有擺設就定位，讓餐飲部一大早就可入場開始擺設宴會用的餐點與酒水。Emmy走到大廳中央的噴水池，花藝部門的大姊們已經將水池上那一座巨型的大理石花器裡，插滿了五顏六色的時令花卉，有她認得出來的跳舞蘭、石斛蘭、香石竹、山巔百合、卓錦萬代蘭，還有幾朵穿插在繁花中的向日葵。

當她看到大廳角落的施坦威三角鋼琴上，也插上了一朵朵如孩童腦袋般大小的無盡夏繡球花時，心中浮起了一抹童年時熟悉的美好感覺。她一邊繞著鋼琴四周檢查著房務部的阿姨們是否擦拭得夠乾淨，一邊用指尖輕輕撫過施坦威那一道如波浪般的流線側邊。她的心跳無端加快，緩緩走到那一台三角鋼琴前，輕輕掀開了沉重的琴蓋。

那一瞬間，彷彿有百隻、千隻、黑的、白的蝴蝶，從琴蓋下的黑白鍵裡竄了出來，不斷在她的眼前飛舞著、旋轉著。她迅速闔上鋼琴蓋，不讓內心那一股悸動繼續蔓延下去。

大廳東西面的牆外仍被密實的簾幕遮住，簾外還有一名站崗的保全人員，因為只有特定的工作人員才能進入後方的工作區。

那是明天中午即將揭幕的兩幅大型藝術作品，也是台灣較少見以義大利古老的「濕壁畫（註7）」技法，在挑高三層樓的壁面上，所繪製的《神仙赴會圖》。牆面上兩幅以西方古老的濕灰泥畫技，融合東方神仙意象的巨型濕壁畫，預計在明天酒店開幕後，將會成為觀光客打卡的新景點。

Emmy和保全大哥打了聲招呼，掀開簾幕走了進去，迎面所見到的是牆上一整排神仙長袍的下襬佇立在雲霧之中。她抬頭往上望了望，這幾個月以來搭建在牆前，給五位繪師們上色用的鷹架已經拆除了，最後這一晚只見到主筆的壁畫家柳樹，和他的女助手羅美辰，正在做最後的醒筆。

註7：濕壁畫—（Fresco）是一種十分耐久的壁飾繪畫，泛指在鋪上灰泥的牆壁及天花板上繪畫的畫作。這種壁畫技法在十四到十六世紀期間，流行於義大利的畫壇。

《神仙赴會圖》的原畫是兩幅淪落於北美的元代晉南道教壁畫，目前收藏於安大略皇家博物館，聽說館方在一九三六年左右從一名日本人的手中購得。原始的壁畫並無題記，根據圖像的風格和宗教意涵來看，它們大約是十三世紀晚期的畫作。

兩幅巨型壁畫與永樂宮三清殿壁畫在風格和圖像上極為相似，壁畫描繪了道教中諸神朝拜的華麗場景，每一位神祇的面容大多是半側面像。西面壁上共繪製了三十一位神祇、東面壁則有二十八位神祇，有文有武，有男有女，有主有從，服飾華貴，神態雍容。祂們分處於東、西兩壁上，面朝著中央，在仙霧繚繞之中雲遊著。

柳樹在北美的一趟美術館之旅中，見到了這兩幅巨大壁畫的原作，也對畫中五十九位東方神仙的神態為之著迷。終於，在承包下這間觀光酒店的壁畫案初期，說服了馬來西亞的投資者，以大廳兩側的《神仙赴會圖》，來展現這間也來自北美的新興連鎖酒店，將會在亞洲成功立足的好兆頭。

「要下班了呀？」穿著工作服的柳樹，從兩層樓高的升降台往下喊。

「是呀，開幕典禮前的最後一趟視察！咦，你們不是幾天前就完工了，怎麼又回來工作？」

羅美辰也喊了一聲：「來幫五十九位神仙『點睛』！」

「真的？我只聽過畫龍時，才需要在最後關頭點睛，怎麼畫神仙也有這種規定？」

「我規定的啦！」柳樹沾了沾筆刷上的顏料，細心地為其中一位神仙點上了瞳孔：「古書上不是都說過，如果將龍畫得栩栩如生、維妙維肖時，要是太早點上眼睛，龍就可能會騰雲駕霧飛走了！所以嘛……這些神仙也都是用飛的來代步，當然也要在最後關頭的良辰吉時，才幫祂們點上眼睛，省得一票神仙早早就飛走了！」

「好啦，那麼兩位也早點休息，不要忙到沒時間回家穿美美，來參加開幕典禮喔！」

「不會的，我連訂做款的小禮服都帶來了！今晚就住在酒店的客房呢，太感謝你們公關部的招待了！」羅美辰得意洋洋，如少女般比了個Ｖ手勢，頸子上那一對白粉蝶刺青，彷彿也翩然起舞。

Emmy離開前才發現，兩幅壁畫右下角的牆面，被挖成陰刻字體的幾個題字，已經亮起了ＬＥＤ燈，約莫半個人那麼高的橫書字體內，泛著淡黃色的燈光，也將原本塗著墨色的「神仙赴會圖」五個巨大字體的凹洞內，襯上了點金黃的色光。

其實，今晚Emmy也必須在酒店內過夜，不過卻是在員工休息室的值班人員寢室內。畢竟，明天的開幕典禮將是星光熠熠、眾星雲集，許多豪門仕紳、貴婦名媛都會出席這一場酒會。

因此，四位輪值的大廳經理也很難得需要同場值班，確保不會發生任何突發狀況。

或許是開幕前各方面的工作壓力，這幾天Emmy的右眼皮總是跳個不停，她盡量不去往壞的地方想，只希望一覺醒來，這一場忙碌的噩夢也能快點結束。

她並不是很喜歡留宿在B2的員工休息室，除了因為是地下樓層，空氣中也常會飄出莫名的霉味。有時候，還會在夜裡被奇怪的味道嗆醒，一個人在亮著小夜燈的雙人房內驚恐地環視著四周。

或許，是她聽聞過那一片土地曾是日治時代處決犯人的刑場、上個世紀兵工廠的靶場，還流傳過深夜會有赤腳的小孩在地上撿彈殼，以及「無頭騎士」出沒的一些都市傳說。儘管酒店大廳的《神仙赴會圖》多麼莊嚴威儀又可趨吉避凶，卻顯得那些捕風捉影好像真有那麼一回事。

Emmy在休息室還睡不到五個小時，就被餐飲部早班的幾個領班給吵醒了，詢問哪些餐檯應該擺哪些Finger Food或酒水。她有些惱火跳下床穿回大廳經理的套裝，決定上樓去臭罵他們一頓。這些開幕酒會的擺設規定，早在上個月的跨部門會議時就已經定案，Memo也發給所有相關部門了，餐飲部到現在還要跟她再確認什麼？

總之，她那麼一上去，就沒有再回到休息室睡回籠覺了，而且還一路忙完了開幕典禮的迎賓、剪綵，也即將要進行那兩幅《神仙赴會圖》巨型壁畫的揭幕儀式。

「柳先生和羅小姐呢？還剩二十分鐘就要揭幕了呀！」公關部的兩位專員急得像熱鍋上的螞蟻，正各自撥打著手機。

「沒人接？不可能還在客房吧？請房務部那個樓層的人去敲門看看。」

Emmy左右張望著：「柳樹老師已經下來了呀！我剛才還看到他在吧檯前和總經理聊天。」

其中一位專員總算找到正在和賓客攀談的柳樹：「沒關係有柳先生、總經理和美方連鎖酒店的亞洲區代表，就可以先進行揭幕儀式了！」

典禮司儀恭請了三位揭幕的貴賓就定位，長桌上各有一顆閃閃發光的按鈕，當螢幕上象徵良辰吉時的秒數倒數完畢後，他們同時按下了按鈕，那兩面挑高三層樓高的紅色布簾，就那麼迅速從空中落了下來，展示出巨幅壁畫上那五十九位騰雲駕霧的東方神仙。

當圍觀的來賓們正讚嘆地欣賞著壯觀的壁畫時，卻有人冷不防尖叫了出來，而且一陣陣的驚聲尖叫也迅速往後擴散，人潮隨之往壁畫的反方向推擠著！

「這……到底是怎麼回事？」

「大家為什麼一直往後擠？」

「救命呀！不要推我……」

「幹什麼啦！這裡有小孩子，不要推好嗎？」

「小心，請不要再往後擠了，大家冷靜下來！」Emmy也朝著人群大聲喊著。

「有死人！上面有死人！」

「真的耶，牆上有一具黑色的屍體……」

那幾句駭人聽聞的話，更是讓不明就裡的群眾，死命地往外衝！

「你們不要推啦！這樣才真的會死人！」姚愛美擠在人群之中，雙臂使勁環抱著兒子，還不斷用手掌護著兒子的臉與頭部。

她沒想到這個長週末拉著兒子出來看熱鬧，卻遇上這種驚人的電影情節，早知道就認分待在家裡，幫老公照顧電腦維修店的生意。只不過，被她抱得死死的童奇杰，一聽到有屍體整個人就精神了起來，猶如一尾逆流的鮭魚，拚命朝著壁畫的方向「游」回去。

姚愛美連拖帶拉揪住了童奇杰：「傻兒子，你抓緊馬麻，不要亂跑呀！」

「我想去看看那個什麼……黑黑的屍體！」

「真拿你沒辦法，屍體有什麼好看的啦？馬麻會怕耶！」

他不管三七二十一，就將姚愛美推進了大廳的前台，裡面還有兩位和她表情差不多誇張的櫃台人員，正望著同一個方向花容失色地抱在一起。

「奇杰，你不要亂跑！」

他朝著那個方向跑了過去，兩幅巨型壁畫前的人潮，早已退到十多米之外，有些人甚至跑上了二樓，舉起了手機由上往下朝著其中一面牆拍攝。

童奇杰看到那個黑色的物體了——

那是一具女性的屍首，就像蜷伏在洞裡冬眠的動物，一動也不動。也或者說，她更像是被硬生生塞進壁畫上，那一行陰刻字體的洞裡，原本墨黑的《神仙赴會圖》五個巨大的字體，在「圖」的口字型凹洞內，蜷縮著那具有點焦黑的大體。

童奇杰就那麼凝視著眼前那幅驚悚的獵奇式謀殺現場，就連身後一陣高跟鞋敲在大理石地面的聲響停在了身旁，他也沒有留意到。

Emmy緩緩歪著頭，端詳著洞縫裡那副弓著身子的軀殼，灰濛濛的面孔在肩膀與大腿之間側著臉朝外望，那雙如貓頭鷹般驚恐的雙眼，也成了死者生命中最後的一個表情。

她遲疑了好幾秒：「羅……羅……羅小姐！」才終於脫口而出。

那是柳樹老師的助手！Emmy認出羅美辰頸子上那一對白粉蝶的刺青！她回過頭在人群中搜尋著柳樹的身影，剛才還站在長桌前的三位揭幕人，只剩下總經理和美方連鎖酒店的亞洲區代表，正在台下交頭接耳。

就在此時，一組表情凝重的警方人馬，也以迅雷不及掩耳的速度衝進了酒店大廳。

領頭的一男一女還朝著人群大聲喊著：「請大家盡量往後退，退到正在拉起的那道封鎖線之外，謝謝！」

「兩位麻煩也請退到封鎖線之外……」那位女警停了下來，猛盯著童奇杰打量：「咦，怎麼你也在這裡？」

童奇杰朝著大廳前台引了引下巴，只見姚愛美不斷朝著童奇杰比著「傻兒子，你快給我滾過來」的手勢與口型。

當她發現那位女警和兒子聊了好幾句之後，心中的警報器馬上鈴聲大作！難道，那位就是護送過兒子回家的警花姊姊？花痴老公還藉機在電話裡和女警閒聊過十多分鐘！姚愛美狠狠地盯著那個身影。

楊嘉莎的背脊突然有一股涼意，還冷不防打了個哆嗦。

錢得樂也朝Emmy走了過來：「聽說妳也是今天值班的四名大廳經理之一？請問該怎麼稱呼？」

「胡惠美。」

楊嘉莎在一旁側著頭想了幾秒，為什麼覺得這個名字很耳熟？

Emmy繼續說著：「我昨晚要和保全收班時，有見到羅小姐和柳老師……那時的她還活蹦亂跳，說要留宿在酒店一晚……怎麼現在會變成這個樣子？」她的眼眶閃著點點淚光。

「柳老師是哪位？」錢得樂問。

「柳樹老師是承包這兩幅《神仙赴會圖》的濕壁畫藝術家，羅小姐還有其他助手都是柳老師工作室的繪師。」

楊嘉莎忍不住問了一句：「妳昨天晚上收班時，應該已經很晚了吧？他們還在這裡做什麼？」

「點睛！柳老師說要在揭幕之前，才幫五十九位神仙點上眼睛，不然如果老早就畫好眼珠子，祂們就會飛走了！」

「還有這種習俗喔？」楊嘉莎揚了揚眉。

一旁的童奇杰仰著頭，仔細端詳壁畫上每位神仙的面容，祂們清一色都是慈眉善目中流露著莊嚴感，西面壁上的三十一位神祇與東面壁上的二十八位神祇，全都是四十五度角的側臉朝著北面而行。

「為什麼是五十九位神仙，而不是六十位？是不是少畫了一位呀？」童奇杰仰著頭轉圈，數著壁畫上的每一位神仙。

Emmy看著眼前的小毛頭，露出了尷尬的笑容：「這個我也不清楚，要問柳老師或工作室的人才知道。」

錢得樂剛接起手機，講沒幾句就掛上了：「小畢和房務部確認過，柳樹的房間沒人。保全部門那邊檢視過監視器，並沒有看到他從正門或兩個側門離開。」

「所以，他還在酒店裡？為什麼要躲起來？」

錢得樂嘟起嘴：「這間觀光酒店號稱有八百多間客房，是要從何找起？」

「不可能的，就算人力充足，也不可能有個八百多張搜索票，能夠一間間去臨檢客房！

不過，倒是可以……」楊嘉莎話鋒一轉，詢問Emmy：「警方需要向你們借調一間會議室，詢問酒店內每一位曾經與死者或關係人有接觸過的員工或房客，是否方便？」

Emmy停了兩秒：「好的，請先給我時間向主管回報，之後就可為你們安排會議室與聯絡樓層的員工們。至於，與他們接觸過的房客應該不會太多，因為這幾天還是Preopening階段，所以並沒有實際的入住房客，通常是員工家屬或招待廠商的試住客。」

「好的，那麼麻煩幫我們向上回報與聯繫，謝謝！」

楊嘉莎轉過頭，正想請童奇杰留下來協助時，才發現當大家都忙得團團轉時，他早已纏上了剛剛抵達的鑑識小組和冷法醫。她的腦袋轉了又轉，索性走到警用封鎖線外，想直接取得童奇杰母親的同意。

也才發現姚愛美的身旁，不知何時多了一位長得像熊的男子，是童奇杰的爸爸童國雄嗎？或許是看到電視新聞的報導，才跑了過來保護妻小吧？

「請問兩位是童馬麻和童把拔嗎？」她才一開口，就覺得自己的語氣，怎麼活像個安親班的老師。

姚愛美瞟了童國雄一眼，又望向迎面走來的「警花姊姊」，淡淡地點了點頭，還上下打量著她。楊嘉莎的腦子一片空白，還不知道該怎麼開口，總不可能開門見山就說——

「哈囉！妳兒子是ＷＩＳＣ兒童智力ＩＱ１７５的天才兒童，去年還協助新北市警方逮捕了『兔臉男無差別連續砍人事件』的一干人犯，現在市警局的刑事警察大隊也想徵調妳兒子，協助辦案呦……」

不過還沒等她開口，童國雄就先搭腔了：「我認得這個聲線！妳該不會就是奇杰參加刑事警察大隊那個什麼……『市警小偵探』一日遊，帶領他的那位警花姊姊吧！」

聽到「警花姊姊」這個老派得快掉渣的花痴名詞，姚愛美忍不住又瞪了童國雄一眼。

楊嘉莎一聽，乾脆順水推舟附和了起來：「是呀是呀！我剛好想向童馬麻和童把拔報告一下，奇杰是這一屆所有『市警小偵探』最優秀的小學生，我們決定趁這個機會讓他加入實案見習！」

「實案見習？今天嗎？」姚愛美問。

楊嘉莎笑容滿面，馬上點頭如搗蒜。

「妳是說見習這一起案子？」

她繼續點著頭。

「可是，這不是殺人案嗎？那具屍體還燒焦了耶……」

楊嘉莎的腦中突然覺得不妙，姚愛美肯定會搬出許多「兒少法」的規定，她的腦袋又繼續運轉，思索著許多開脫之詞。

「啊就～不是啦！我是說平常我的烤小牛肉，只不過是燒焦了一點點……一點點而已喔！奇杰都會嫌棄好噁心，連碰都不想碰。」姚愛美往遠處那具大體瞟了兩眼：「妳確定燒焦成這個程度，他可以接受嗎？我懷疑耶……」

楊嘉莎的笑容突然僵在那，完全聽不懂這位媽媽的邏輯。

「唉，我也不想去干涉小孩子太多啦，只要他爸爸ＯＫ讓奇杰去見習，我就沒意見！」

童國雄連想都沒想，就很爽快地回答：「當然沒問題！男孩子就是要讓他多方面去學習呀！妳想想看我以前也是只吃五分熟的牛排，自從和妳結婚之後，妳每次不小心烤焦的香烤小牛肉，我後來也是吃得津津有味呀！或許讓他見識一下這些真實的刑案，他以後就不會那麼挑食了。」

楊嘉莎的臉上浮起了一個個問號，彷彿在與另一個宇宙的生物溝通。

而且他們真以為自己的兒子很傻？這到底要歸功於童奇杰平日裝傻的演技好，還是他們對「傻」的邏輯和常人不太相同？難怪當年童林美嬌曾經堅持要親手帶大童奇杰……

「好啦好啦，你說了算數！我也不想管了，人家後面還有我們郵局『賴』群組，每個月的那個Ｋ歌之夜呀！你快送我到金櫃ＫＴＶ好不好？」

語畢，夫婦倆還不忘回過身恭敬地說著：「那麼就勞煩警花姊姊，見習結束之後再幫我們將傻兒子護送回家喔，謝謝！」

她還來不及搞清楚狀況前，那對夫婦就像秋風掃落葉似地離開了。

楊嘉莎走回警用封鎖線後，發現冷東施已經幫童奇杰套上了一件小號的防護衣，還讓他戴上了頭罩與口罩。

冷東施從警用的藍色帳篷內探出了頭：「妳姊姊和姊夫又出國了嗎？」

「喔喔喔……是呀。」她回答得有點支吾。

「我知道帶著小孩上班很辛苦，但還是要注意一下，不能讓小朋友破壞命案現場喔！不過妳外甥倒是非常乖……」

「外甥……」楊嘉莎這才想起之前信口說過的謊言，也發現自己好像需要用更多的謊言，去補足那個越編越龐大的謊言世界觀。

「怎麼樣，妳見識到我父母的可愛了吧？」童奇杰低聲問。

「可愛？」她雖然覺得那樣形容有點草率，倒是不覺得有什麼違和感。

冷東施從警用帳篷內伸出了手，還比了個過來的手勢。楊嘉莎迅速套上了防護衣、戴上了頭罩與口罩。當她和童奇杰探頭往帳篷內望時，發現羅美辰原本弓著身的大體，已經是面朝上躺平在地上了。

冷東施按下了錄音筆：「肌肉中還有三磷酸腺苷的含量，肌肉纖維都還能滑動、收縮，並沒有屍僵的狀態，因此估計死亡時間大約是在二至六小時之內。」

楊嘉莎也將她講述的一些關鍵詞句，一一寫在自己的筆記本中。

「全身上下有燒燙傷的部位都聚集在腹部以上，其他部位的焦黑色應該只是一種水性的乳膠漆。或許，死亡前的最後一刻，她正在補刷這個陰刻字體內的黑色乳膠漆，卻被人從後方攻擊塞進了口字型的洞內。」

冷東施拿起了一旁的手機，朝著鎖骨下方那個窟窿拍了幾張照片，還打開了ＬＥＤ燈補了些光，然後將手機遞給了身後的他們。楊嘉莎以拇指和食指將螢幕上的那個窟窿拉大，才發現焦黑的皮膚上透著點細碎的金色，看來應該是沾到了黑色的乳膠漆，才蓋掉了那一行原本是燙金的草寫字體。

童奇杰盯著螢幕，輕聲唸出了那幾個潦草的文字：「如來已離．三界火宅」

楊嘉莎倒抽了一口氣：「所以……幾乎可以確定，這是來自同一名兇手標誌性的謀殺手法，而且還是個殺了三名女性的連續殺人魔！」

「這下子許多喜歡趴踢或夜歸的女孩子們，可真是要人心惶惶了，台灣之前有什麼連環殺人罪犯嗎？」冷東施問。

「東施姊姊，上個世紀就有好幾個喔！殺死三名死者的『箱屍殺手』張人堡、犯下七條人命的『徐管不離』徐東志和管鐘演，還有殺了九名親人與好友的『詐保殺人魔』陳瑞欽……」

冷東施露出一種不可置信的表情：「小杰深藏不露喔，台灣警界後繼有人了！」

童奇杰馬上轉移了話題：「忘了說，我有一段影片要給大姊姊們看……」

他的指頭在冷東施的手機上飛快地敲著，沒多久出現了一段影片的播放格。畫面的開頭是三根插在木架上的玻璃試管，擺放的位置應該是理化實驗室的防爆玻璃罩內，試管內裝著八分滿的粉末，影片中隱約可聽到學生們與指導教授的對話。

「到底要滴多少到試管裡？」

「先試試滴個兩三滴。」教授回答。

畫面中的學生隔著防爆玻璃罩，以滴管在每一根試管內滴了兩三滴不明液體，然後迅速將手縮了回去。

「沒有反應？」

「那麼再滴個兩三滴看看。」

四名學生盯著防爆玻璃罩裡的試管，沒多久就七嘴八舌起來：「還是沒有任何反應？是不是將份量調錯了？」

「不可能，我們完全按照講義上的份量……」

就在他們還爭論不休時，左手邊的第一根試管突然竄出了火焰，然後整根試管炸裂了，第二根試管和第三根試管也接連爆炸，而且爆炸的威力比第一根試管還要強烈，因為試管炸裂後的玻璃碎竟然噴在防爆玻璃罩上。

學生們興高采烈還互相擊掌：「哇，比想像中的力道還要強烈！」

不過，防爆玻璃罩內的火焰依然竄著火舌，而且還越燒越嚴重。

「快點將滅火器拿過來！」指導教授朝著學生大喊。

那段一分多鐘的影片，在學生們一陣手忙腳亂下，草草結束了錄影。

楊嘉莎在觀賞影片時，嘴巴越張越大，因為那些火焰竄出和爆炸的畫面，與監視器錄到邱秋美胸口冒出的火舌如出一轍，火苗甚至在很短的時間內，就竄上車內的儀表板與皮座椅上。

「試管內的粉末是什麼東西？為什麼如此微量就可造成那麼嚴重的爆破？」她問。

童奇杰點進影片下方的「更多內容」，遞給了楊嘉莎去讀那些介紹文字：「是氯酸鉀混合了些許氯化銅，再加上那些白色粉末的物質，其實只是葡萄糖而已。這是一種叫『氯糖反應』的實驗，氯酸鉀和糖類在一定條件下，會發生劇烈氧化還原的作用，那些氧氣與葡萄糖反應後就會產生大量的熱能，才會發生剛才那種燃燒和爆破的現象。」

「你說的『一定條件』是什麼意思？他們剛才在試管裡滴的液體，就是所謂的一定條件嗎？」

「那是濃硫酸，因為濃硫酸與葡萄糖的化學反應，會釋出大量的熱，促使氯酸鉀分解後放出氧氣，才能加劇了葡萄糖的燃燒。」

冷東施詫異地看著童奇杰：「為什麼你這個小五生懂得那麼複雜的化學反應？難道現在的小學已經在教化學課了？」

「不是啦，我也是昨天才在YouTube上看到這段影片，然後就Google了一下那些化學名詞和反應，只是過目不忘、現學現賣而已！」

「是喔？」冷東施看著他，表情若有所思：「就像我跟你們說過的，劉滿足皮膚上的皮屑驗出了糖分與氯化銅，而邱秋美燒焦的皮膚上，還驗出了氯酸鉀！但是這些化學物質是如何轉移到兩位死者的大體上？或是如何在她們的身上發生一連串的化學反應，我就無法理解了。」

「沒錯，尤其是硬生生在皮膚上烙上了燙金的字體。」楊嘉莎道。

與此同時，錢得樂也上氣不接下氣，急匆匆地從電梯跑到警用帳篷前。

「找到柳樹了！」

「在哪裡找到的？」

「B2的員工樓層！」

☆☆☆

Emmy幫警方安排的會議室，是在酒店五樓的宴會廳樓層，裡面只有簡單的長桌與座椅而已。不過，那一類會議室的隔音設備通常非常專業，畢竟是用來舉辦國際會議或新品發表會的商業場所，因此很適合楊嘉莎與錢得樂警詢酒店的相關人員。

柳樹垂頭喪氣坐在長桌的另一邊，與稍早揭幕典禮上意氣風發的模樣截然不同。

「柳先生，關於羅美辰小姐的事情，我們感到非常遺憾，聽說她生前是你最得意的門生。」

他就像沒聽到錢得樂的話，只是自顧自低著頭，看不出是哭或笑的痛苦表情，糾結在他尚屬帥氣的臉龐。

「為什麼你要逃離現場？」楊嘉莎單刀直入。

柳樹幾乎是突然暴怒地喊著：「我沒有逃走，只是看到了她的屍首太震驚、太難過了，我需要冷靜一下，考慮該如何去面對後面的事情……」

「後面的事情？你是指工作室？」

「不是的，是我的兒子……難道你們不是懷疑……是元治殺了美辰嗎？」

楊嘉莎和錢得樂偷偷交換了眼神。

「沒錯，警方確實認為你兒子涉嫌重大，但是還要由你們兩位親口告訴我們，警方才能釐清這一起謀殺案背後的原委。」

她的口吻突然變得咄咄逼人，還向錢得樂與小畢比了個手勢，示意他們趕緊連絡到柳樹的兒子到案說明。

「還不是美辰逼著我和妻子離婚，要我在兒子和她肚子裡的孩子當中做出選擇，元治才會對我和美辰恨之入骨，甚至多次在我前妻面前提過，有一天要親手除掉那個破壞家庭的小三！」

「你和妻子已經離婚了？」

柳樹點點頭：「她說成全我們的背叛與低賤……因為美辰是透過我前妻的介紹，才開始到我的工作室當助手，她原本只是元治安親班畫室的美術老師。」

「你兒子幾歲？」楊嘉莎問。

「十三歲。」

錢得樂皺了皺眉頭：「我是不覺得以這一起謀殺案的複雜程度，兇手會是一名十三歲的少年啦！該不會是你想擺脫嫌疑，誤導警方將焦點轉移到你兒子身上吧？」

「我沒有！我才沒有……」

「十三歲的連續殺人魔，聽起來也有點扯。」

柳樹突然靜下來：「什麼連續殺人魔？你在說什麼？」

楊嘉莎馬上瞪了錢得樂一眼，他這才警覺到自己話說得太快、太得意忘形了。

她突然想到一個關鍵問題：「你剛才說，羅美辰肚子裡的孩子……難道死者是一屍兩命嗎！」

「如果是的話，冷法醫剛才應該檢查得出來吧？不是嗎？」錢得樂納悶。

「我不知道！她到底是拿掉了，還是根本就沒有懷孕過？我和前妻鬧翻之後，她才告訴我小產了，連小孩子也沒了！」

「這麼說來，你對她肯定非常不滿，她的情勒或謊言造成了你與妻子離異，也讓你兒子對你恨之入骨，這難道不構成你的殺人動機？」

「我為什麼要故布疑陣，在自己好不容易結案的藝術作品揭幕儀式，搞出如此殘忍的命案？就只是為了要報復她的所作所為，而讓我自己也跟著身敗名裂？」

錢得樂被他一股腦兒的反駁，也摸了摸鼻子不知道該如何警詢下去。

但是，柳樹的眼睛卻直勾勾地盯著他：「你說的連續殺人魔，到底是什麼意思？難道在美辰之前就已經有其他人遇害了？」

「沒有那回事，你不要亂猜喔！」這下子卻輪到錢得樂慌了。

「所以，警方明明知道有那麼一號危險人物，卻放著讓兇手繼續犯案，完全不讓市民知道到底發生了多少宗連續殺人案，甚至是兇手的特徵或犯案的區域，才會造成無辜的美辰成為兇手的目標！現在卻絞盡腦汁想將罪名栽在我身上？這就是所謂人民保母的辦案行徑？」

「柳先生，你誤會了，在任何一起命案未明朗之前，我們都會詢問這類尖銳的問題，尤其與死者最親近的家人或伴侶，理所當然也會成為重要嫌疑人，警詢或偵訊都是為了要一層層除卻你涉嫌的疑慮。」楊嘉莎吞了一口口水：「關於連環殺手的假設，我們目前尚未有百分之百的定案，一切都還在調查當中……還請柳先生代為保密，直到我們取得更多兇手的背景資料後，一定會向媒體公布消息。」

柳樹並沒有再說什麼，只是盯著桌子上的水杯發呆。

「那麼，可否請問柳先生，昨晚和大廳經理Emmy道過晚安後，你和羅美辰小姐大概幾點回房？是否發現她有什麼異樣？比如接到陌生的來電，或是遇到任何不尋常的人事物？」

柳樹的眼珠子流轉，思索了幾分鐘後，才開口：「我們結束點睛工作時，大約是凌晨兩點才回到房間。這些動靜大廳監視器應該都有記錄到，我不用多說吧？」

「我們調閱過監視器畫面，確實有錄到你們走出布幕離開的時間。但是，整個晚上你們在布幕後工作的狀況，完全沒有任何影像紀錄。也就是說，羅美辰為什麼會在一大清早重返大廳，在那兩片布幕後遇上了誰？又發生什麼事情？就不得而知了。」楊嘉莎道。

「我起床後發現她不在時，還以為她先下樓去吃早餐了。」

「經過法醫的死亡時間推估，她應該是在早上七點左右離世，那個時間點一樓豪菲廳的自助早餐也還沒開放，所以她到底是去見誰？你還記得入睡以前，她有跟你提過嗎？」

「我洗好澡要睡覺前，她還套上了小禮服，在落地鏡前比著要戴哪一對耳環和胸針，倒是項鍊她早已經確定……」柳樹的話哽在喉間，突然停了下來。

「她的遺體是穿著小禮服和戴著項鍊嗎？」

楊嘉莎回想著平躺在冷東施跟前的那一具大體：「她身上的穿著已經被燒得面目全非，我不太確定是不是你說的那一套小禮服。我倒是沒有看到她有戴什麼項鍊。」

「我早上穿西裝時，發現衣櫃裡那一套訂做款的小禮服已經不見了，原本放在保險櫃裡跟廠商租借的幾件首飾，也唯獨沒有看到她選中的那套項鍊……我還納悶她也太誇張了吧？早早就起床還穿戴得那麼正式，就到豪菲廳吃早餐？還是去炫耀那一身行頭？」

「也或許……是你睡著之後，她根本還沒來得及換下那一身行頭去梳洗，就被某個人發的訊息約了出去？還是兇手假借是房務部的員工，敲了門將她騙了出去？」

柳樹聽著楊嘉莎的猜測，不禁全身汗毛豎起，難道他也曾經與凶手只距離一門之隔？

「如果兇手真的曾經上樓將她騙出去，難道樓層的監視器沒有拍到他嗎？」

「這類五星級的國際觀光酒店，最忌諱在客房樓層的走廊安裝監視器，通常為了客人的隱私考量，一出了電梯後通往客房的走廊上，都不太可能有監視器，尤其是有密碼鎖的行政套房或總統套房。」

柳樹與羅美辰被公關部安排試住的確實是行政套房的樓層，那種兩房兩廳的房型，也難怪在主臥睡覺的他，完全沒有聽到客廳或大門外發生過什麼事……

當楊嘉莎才送柳樹走出會議室，手機就剛巧震了起來，她本來以為會是冷東施打來的，還想請她解剖時也查驗羅美辰是否曾經有妊娠或小產的跡象。結果，那頭傳來的卻是一陣老杯杯的聲線。

「莎莎呀，奇杰要我跟妳約下個星期三下午三點，在淡水河西岸見面！」柯林德在電話裡大聲地喊著，還可聽到風聲不斷灌進話筒所發出的雜音，和背景一陣陣像噴射機發射的咻咻聲。

「柯老師，為什麼要我到淡水河西岸？我最近幾個案子纏身，很忙耶！」

「反正妳來就對了，奇杰說有東西要給妳看，和妳正在辦的案子百分之百有關係……」

柯林德都還沒說完，手機不知為什麼就遞給了童奇杰：「大姊姊，妳一定要來喔！說不定會給妳很重要的破案靈感呢！」

「奇杰，你怎麼一溜煙就跑到淡水河了？我還要送你回家耶！你們這一老一小到底在說什麼啦？」

「別擔心啦，柯杯杯會送我回家，妳記得星期三要來看火箭發射喔！」

「火箭……？」楊嘉莎都還沒找到機會插話，童奇杰又是一連串的問句：「大姊姊，妳找到那三起連續殺人案的關聯性了嗎？」

楊嘉莎頓時語塞，因為她至今仍無法從三名出身背景與職業階級截然不同的女性死者身上，找到什麼重疊或相似的關聯性。三名死者的生活圈與活動區域也完全沒有交集。

「就像我上次說過的，棋盤上的每一顆棋子，相互之間能夠組合出某些關聯性，布局成對手所看不到的一些陷阱，引君入甕！我們也必須提防對手每一顆棋子的關聯性與陷阱，窺探出隱藏在整個棋盤中的詭計謎團！」

「大姊姊想知道我發現的關聯性嗎？」

楊嘉莎還在思索著該如何回答，童奇杰早已快人快語喊了出來：「母性的包袱！」

「母性的包袱……是什麼意思？」

「反正大姊姊往那個方向去探索，一定會有更多發現！」

童奇杰背景的咻咻聲越來越大聲，他的聲音也淹沒在風聲與噪音之中，沒多久電話就斷線了。

就在她正想回撥之際，錢得樂卻匆忙推開了會議室的雙開門，朝著欄杆前的楊嘉莎用力揮著手，還慌張地說著：「學姊，完了完了，我這次死定了！」

楊嘉莎衝回會議室，投影幕上正播著即時新聞，畫面上有一張熟悉的臉孔——柳樹就站在酒店的大廳，十幾支套著不同新聞台Logo的麥克風，從不同的方向堵在他的面前。

他不知何時換了一件西裝外套，頭髮還刻意梳得服貼工整，而他身後的背景正是那兩幅

《神仙赴會圖》的巨型壁畫。

剛才在會議室警詢時，表情還怯生生的他，此時卻搖身變成一副正義凜然的模樣：

「……我如果不站出來譴責警方的辦案態度，就愧對在這次事件中慘死的助理羅美辰小姐。因為，這不但是一起謀殺案，還是一系列連續殺人的事件！警方明明知道這座城市隱藏著一名專殺女性的連續殺人魔，卻一手遮天罔顧市民們的安全，讓我們的妻女、女性同學或同事，毫不知情置身在被獵捕與殺害的危險之中……」

「請問您是否知道哪幾起案子，是連續殺人魔所為？」

「警方有透露關於兇手的更多細節嗎？」

「柳先生，聽說警方還意圖將羅小姐的死，歸咎在你或你兒子身上……」

「我兒子只是個國一學生，怎麼可能會是連續殺人兇手……對不起，借過……謝謝！借過……」

柳樹在酒店保全人員的護衛下，一副揭發邪惡勾當的英雄模樣，朝著泊車小弟已經開上來的座車全身而退。他完美擺脫了記者們本來會追問，那些關於他對妻子的不忠，與死者複雜的感情關係，或被兒子認為是下流父親的種種提問。

反而成功將焦點轉移到了警方的辦案能力，與那一名連續殺人魔的身上。

更不著痕跡在全台各大新聞媒體前，宣傳了他身後那兩幅剛揭幕的濕壁畫作品！

楊嘉莎看著錢得樂的臉上一陣紅一陣白，完全說不出話的模樣。她也皺著眉揉了揉太陽穴，後面的幾天肯定會是一場場被媒體追逐的奮戰了。

第八章　糖火箭

推Agogo124：這新聞也太勁爆了吧！台灣也有自己的連環殺人魔了？

推BingWong：害我媽和阿嬤都不敢出門買菜了！

推Ponu168：我媽也是！我還安慰她不要擔心，人家又不是大嬸連環殺手……

→ Agogo124：聽說已經有人搜尋到至少三起謀殺案，有著相同的作案手法與印記。

推Aminana0707：消息那麼靈通，是什麼印記？

推Agogo124：死者胸前都有一行燙金偈語，好像是什麼——如來已離，三界火宅？

推Ponu168：咦，不會吧？好像是我之前讀過《法華經》裡的話！

→ BingWong：你說得沒錯，我Google到確實是《妙法蓮華經》。

→ BingWong：原文是——三界無安，猶如火宅，眾苦充滿，甚可怖畏……

→ BingWong：如來已離，三界火宅，寂然閒居，安處林野！

推ChuChuLiang38：在人的皮膚烙上燙金經文，又怕又想推。

推Agogo124：就像金洲殺手、綠河殺手或黃道十二宮殺手，是否也該幫他取個名號？

推BingWong：歪樓了，還要幫兇手取渾號？
推ChuChuLiang38：法華連環殺手！
推MaiNou2：人皮燙金殺手？
推Aminana0707：三界火宅連環殺人魔！
推WongWongDog88：推推推！
推Agogo124：這個不錯！簡稱 三界火宅之人 吧！
→ ChuChuLiang38：對耶，聽起來好屌！
推MaiNou2：大推 三界火宅之人——
推Ponu168：推推推推！

柳樹向媒體譴責警方的辦案態度，以及隱瞞市民有關連環殺手的即時新聞，不到幾個小時就在批踢踢、Dcard上被瘋狂討論，還傳遍各大電視網與社群網站。台灣上上下下掀起一股談連環殺手變色的恐慌，多家夜店酒吧宣布加強保全警戒，或是提早在凌晨之前就打烊了。

許多學校與公司行號，也發起了上學、上班不落單的互助行動，社畜們寧願窩在辦公室用APP訂餐，家庭主婦們也開始以網購取代逛市場，不敢像以往那樣拋頭露面。尤其是發生過三起人體自爆命案的台北市，更是風聲鶴唳人人自危，過往熙來攘往的信義商圈，如今仍敢在街上閒逛或購物的女性也大幅減少。

或許，每個人都深怕會成為下一名，胸口如火山口噴出烈焰的受害者！

隔天的報章頭條與周刊封面，不約而同沿用了批踢踢上的「三界火宅之人」稱呼那一名兇手。儘管楊嘉莎以專案小組發言人的身分，向媒體澄清幾起可能是三界火宅之人犯下的命案，並非是無差別的殺人事件，而是規劃縝密的設計型殺人，希望能藉此安定眾人對連環殺手所產生的不必要恐慌，媒體仍緊咬機會大肆報導。

電視上少了那些馬路三寶或酒駕汽車衝進店面的新聞，就連惡少在超商門口的鬥毆事件，以及墊檔用的所謂「翻拍」自網路的偷懶新聞，全都消聲匿跡。各大電視網全天候以不同的角度切入，報導著「台灣自己的」連環殺手，政論節目還邀請了多位真實犯罪的YouTubers或Podcasters，大談國外的殺人魔和「本土的」殺手，在謀殺步驟與印記上的差異。

甚至還有自以為聰明的名嘴，將這兩年陸續落網的長島連續殺人魔霍爾曼、金洲殺手迪安傑洛，和國產的三界火宅之人所犯下的命案，風馬牛不相及做成了圖表進行分析比對。從政論節目到網路上的討論，都著眼於兇手可能的犯案手法與動機，也鉅細靡遺講解了連環殺手在成長期間，會有所謂的尿床、虐殺動物與縱火慾的三項特徵。

然而，卻沒有多少人探討過劉滿足、邱秋美與羅美辰，那三名被連環殺人魔殘忍殺害的死者，與她們的家屬在觀賞過那些新聞後，是否將造成二度的傷害。彷彿三名死者的存在，只是為了彰顯兇手的冷血與殘酷，她們的一生就是為了迎接那一場被殺害的悲劇而生。如同開膛手傑克刀下的每一名女性死者，都可以草率被報導為是街妓、性工作者，會被謀殺是因為生活不檢點或事出必有因。

「把新聞給我關掉！」楊嘉莎在辦公桌前低著頭，低聲喃著。

小畢這才警覺到氣氛有點不對勁，馬上按下遙控器關上電視。自從連續殺人案的消息走漏後，不但楊嘉莎被叮得滿頭包，就連錢得樂也被迫休假三個星期。專案小組人員一步出刑事警察大隊辦公樓後，總會被各路的狗仔隊明的、暗的一路跟蹤，也因此讓原本的辦案進度一再延誤。

「學姊，樓下會客室有一位訪客指名要找妳。」一名身著制服的值班員警走了進來。

楊嘉莎翻了個白眼：「是記者嗎？不用說了，肯定是記者！」

「好像不是，她要我告訴妳，她是Emmy，妳知道她是誰。」

她的腦海中浮起那位酒店大廳經理的長相，和她那一抹總是欲言又止的表情。下樓之前，她索性在瀏覽器搜尋框鍵入了「胡惠美」三個字，搜尋結果竟然刷一下，跑出了幾千筆結果，而且大多是新聞資料庫的檢索。

她快速閱覽了其中幾個連結的內文，才終於想起為什麼那個名字會那麼耳熟。那是她剛畢業後，被調派到南投縣的集集分局時，經手過的一宗在日月潭溺斃的意外事件，胡惠美就是那名女性死者的大女兒！

而且死者還是赫赫有名的「潤舟集團」，已故執行長鄒俊彥的妹妹——鄒幸子。

「又是鄒幸子？」

楊嘉莎想起小畢經手的那一宗仙人跳，火燒車的嫌疑人桂亞力，當年詐騙的就是鄒幸子的丈夫胡默生，而且還不諱言之所以會犯案，就是為了報復鄒幸子。看來這些人之間確實有著不可言喻的關係？

她迫不及待朝樓下會客室的方向加快了腳步。出了電梯之後，遠遠走過來迎接她的，卻是一高一矮的柯林德與童奇杰。

「怎麼是你們？」

「看大姊姊跑得那麼匆忙，妳發現那三起連續殺人案的關聯性了吧？」

「我不是很確定。」

楊嘉莎的嘴雖然那麼說，可是腦中卻不由自主將桂亞力與胡默生串在一起，又將胡默生和鄒幸子連結起來，現在就連他們的女兒胡惠美，也走進了視線中！為什麼？

「奇杰要我將Emmy約過來，還說應該對妳打破兇手的『無憂角』有所幫助！」柯林德悠哉地走在奇杰身後。

她突然想起童奇杰教過的那個圍棋名詞，也體悟出那些顯而易見的關係與線索，有時候只是對手所設的局，就為了遮蔽某顆棋子與它底下的真相。

難道「鄒幸子」就是其中兩起命案所遮蔽的棋子？她和兩名死者又有什麼關係？這些女子從社經地位到人際關係上，完全沒有任何交集。最重要的是，三名女性都已經往生了，楊嘉莎根本無從警詢或偵訊。

她的腦中千頭萬緒，跟著奇杰和柯林德走進了會客室，裡面端坐著正是前幾天的酒店大廳經理Emmy，也就是「潤舟集團」前後兩位執行長的外甥女與女兒——胡惠美。

如果Emmy就是鄒家兄妹的二代，為什麼會成為那家酒店的大廳經理？楊嘉莎剛才的搜尋結果中，看到許多胡惠美從小到大參加國際級鋼琴比賽，甚至在潤舟的某些酒會中彈奏鋼琴的照片。她以為胡惠美應該會成為音樂家，或是在鄒幸子意外身亡後，與其他二代的成員協助接管家業？

「我幫奇杰連絡上Emmy後，確認了她就是鄒幸子的女兒，也告知前一起三界火宅之人的命案，有些線索中出現了她父母的名字，想請她協助調查。Emmy也提到在酒店的警詢時，有一些較私人的話題當時比較不方便提到，剛好可藉此機會來說明。」

柯林德說完後，引了引下巴望向楊嘉莎。

「妳好，我還是稱呼妳Emmy吧，柯先生是這幾起連續殺人案的委外調查員，還有妳之前已經見過的『市警小偵探』見習生童奇杰。希望妳不會介意他們加入這一次的警詢吧？」

胡惠美心不在焉點了點頭，就急著說：「火……我從小到大就見過許多詭異的意外……我還以為離開鄒家大院之後，就不會再遇上那些與火有關的怪事。可是……當我看到羅小姐焦黑的遺體後，許多恐怖的記憶又回來了。」

她脫下了套裝的外套，小心翼翼地捲起了絲質襯衫的袖子，手背上原本白皙的皮膚從手腕開始，變成了宛若泥濘般凌亂的膚質，看起來像灼傷的痕跡，一直延伸到臂膀上。

「這是我在高中時遇上的意外。」

「是火災造成的嗎？」童奇杰湊了過去看。

「鋼琴爆炸。」

他睜大了眼睛：「鋼琴怎麼可能會爆炸？裡面又沒有引擎或燃油？」

「沒錯，我也時常問自己，明明就是一台傳統的三角鋼琴，又不是需要插電源的電子鋼琴，沒有變壓器之類的物體，鋼琴到底為什麼會爆炸？我當時正聚精會神地練著琴，只記得在爆炸之前，從縫隙間隱約看到黑白鍵底下透出些許光線，還來不及反應時，琴鍵縫隙就竄出了好幾道火焰，一陣爆炸也將黑白鍵炸得四處噴飛，整台施坦威鋼琴就那樣……在熊熊烈火中燒了起來。」

「還好姊姊的臉沒有事，實在很難想像妳身體上所承受過的痛楚……」

「應該是因為我彈琴時習慣性的後傾與仰頭，所以火焰竄出時並沒有直接噴到我的顏面。但是，我的左手臂與前胸卻因為身上的衣物，造成了三級燒傷……皮下組織包括神經、血管和毛囊都受到嚴重傷害……所以，我的手指、手腕、手臂再也無法像過往那樣，靈活地彈奏鋼琴……」

「這聽起來完全不像意外事件，後來有查出是誰蓄意殺人嗎？會是潤舟集團的競爭對手或仇家嗎？」柯林德問。

「我這麼說好了，我媽是那種嚴禁任何家醜影響到家譽的傳統女子，我爸後來發生那件性醜聞案，她也是火速和他辦妥離婚手續，從此劃清關係。因此，那種疑似我們家族企業的競爭對手，或曾被潤舟設局併吞的受害廠商，所發出的報復攻擊，在我媽一手遮天的粉飾下，不但沒有報警還封鎖了所有消息。我被秘密安置在醫院急救，直到確定沒有走漏風聲後，才被送到了美國手術治療。」

「妳的家人在鋼琴爆炸事件之後，仍然繼續住在那裡？」

「我們當時才剛搬進鄒家大院。舅舅過世後，我媽接手那塊家族起家的房產，重新改建了被火燒毀過的鄒家大院。但是才搬進去沒多久，就發生了鋼琴爆炸的事件，他們當然馬上搬到別處避風頭。

我自小就很討厭去鄒家大院，總覺得那裡陰森森肯定發生過什麼怪事。可是沒辦法，我和妹妹每個週末都會被送到那裡，美其名是去陪自幼喪母的子睿，其實卻是去監視……」

「派小孩子監視什麼呀？」童奇杰有點納悶。

「我也不是很確定，我媽說只要我和妹妹見到任何陌生小男孩出現在鄒家大院，就要馬上打電話通知她。」

「妳們有見過嗎？」

胡惠美停了兩三秒：「好像有過兩、三次……應該是不同的小男孩，都是全身髒兮兮只穿著一條小內褲，瑟縮地躲在中庭的花叢裡流著眼淚發抖。我媽接到我們的通報後，馬上就會跑來鄒家大院，將我們支開後偷偷摸摸帶走小男孩，還不准我們告訴月溶、子睿或亞力，尤其是我舅舅。」

「亞力是桂亞力嗎？他和妳們有親戚關係？」楊嘉莎問。

「算是，也不算是。月溶曾經是子睿的繼母，所以我們那時候還是將桂亞力當成表親。直到舅舅過世後，我媽才查出來原來舅舅和月溶根本就沒辦理正式的結婚手續，母子倆沒多久就被我媽趕出鄒家大院了。」

「怪不得桂亞力那麼恨鄒幸子……」

童奇杰好奇地問：「妳見過的幾個小男孩年紀約莫多大？後來都沒有再見過他們嗎？」

「應該就只有六、七歲，比你還小，不超過十歲吧？我曾經好奇問過我媽幾次，她並不是很耐煩去說明細節，只是告訴我小男孩們現在很安全了。我從來不懂小男孩們當時為什麼不安全？而我媽所謂的很安全了，又是什麼意思？

總之，我小時候就對鄒家大院沒有好印象，因為週末都要待在那裡，無法和自己的同學或朋友出去玩。就連同一個屋簷下的子睿和亞力，也根本將我們當成是空氣。反正後來的那場大火，也徹底改變了那個家族的生態。」

柯林德點了點頭，告訴楊嘉莎：「我支援過鄒家大院那一場火災，原本頗具時代感的日式庭園造景與原木建築，被那一場大火燒得面目全非。雖然火場的勘驗結果，起火點是在男主人鄒俊彥和丁月溶的主臥室，判斷應該是酒醉的死者在床上抽菸，昏睡後菸蒂點燃了絲質的被褥與席夢思，才引發那一起快速蔓延的火災。想想看，到處都是日式的紙拉門與原木和式房間……」

「那場火，根本就不是意外事件，是謀殺！只是警方沒找到證據而已。」胡惠美的語氣篤定：「我和惠里那天都在鄒家大院，根本就不覺得舅舅有喝到那麼醉！」

童奇杰抓了抓頭：「如果鄒俊彥是在主臥室內喝悶酒，妳們又怎麼會知道房內的動靜？難不成有透視眼？」

「不是的，我們就是有看到！」

「所以是偷窺到的？」童奇杰的表情似笑非笑。

「不是！我妹說她只是將手機伸到窗縫……看到的。」

「那就是偷拍嘛！」

胡惠美漲紅著臉低下頭：「沒辦法，我們就是在那種不尋常的家族長大，自以為有名望、有地位，整天以為自己是這個城市的中心，大家都會圍著我們觀賞、恭維或看熱鬧，不能讓外人看到我們不正常的言行舉止，要大家閨秀、不要小家碧玉……那些話從小聽到大。

尤其，當我媽知道舅舅再婚的對象是一位曾婚內出軌的漁家寡婦，對家族形象力求完美的她，怎麼可能容忍那樣的女人嫁到鄒家，和她搶分一杯羹？她常會說，要是那個女人做了什麼誇張的傻事，要馬上告訴我，不能由她去丟鄒家的臉！」

「那是兄控吧？」

胡惠美眨了眨眼：「我從來不知道自己存在那個家族的意義？也不知道我媽到底在提防什麼？我可以感受到她那一股強烈的恐懼，也知道她要我們為她監視些什麼。但是，我卻從來摸不透那些恐懼、那些人、那些事件的背後，到底隱藏著怎麼樣的秘密？」

童奇杰抓了抓臉看著胡惠美：「我在網上有讀到鄒幸子在日月潭發生意外的新聞，但是當時的報導只是輕描淡寫，並沒有透露太多，姊姊方便告訴我們多一些嗎？」

胡惠美吐了一口氣：「那件意外會和這幾起與火相關的命案，有任何關聯嗎？」

她停頓了好幾秒，彷彿正在招喚著那些痛苦的回憶。

「子睿在我們家一直是很特別的存在，或許因為他是鄒家的男丁，也或許是他年少時就父母雙亡，因此我媽特別疼愛他。他二十歲生日時，我媽決定要帶著我、子睿和惠里，到日月潭來一趟小旅行，我記得行程中安排了雙龍瀑布、七彩吊橋和日月潭纜車。

我們大約是傍晚才抵達度假酒店，因此吃了晚餐後就回房休息，還約好了清晨五點鐘要出發划獨木舟，去看六點多的日出。」

「租獨木舟的店家那麼早就開了？」童奇杰問。

胡惠美露出淺淺的笑意：「你認為當年潤舟集團的孩子們需要用租的嗎？我記得喜歡戶外運動的子睿，在車庫裡就放了好幾艘進口的獨木舟和皮划艇。那天，固定在兩台休旅車頂上的獨木舟也是他帶來的。」

她停了幾秒：「我記得要去划獨木舟、看日出，好像也是他堅持要玩的行程，不然我媽也不會跟著去那種年輕人的活動。我因為手臂受過傷比較無法使力划槳，因此和子睿同一艘獨木舟，我媽則和也很會划獨木舟的惠里同一艘。

那個時間點的岸邊其實還是一片漆黑，湖面上不但沒有月光映照，太陽也還沒有上山。我唯一可以聽到的只有子睿的槳插入水中，使勁往後撐起的水花聲，和身後的餘波盪漾。」

楊嘉莎的腦中想像著當時的畫面：「妳母親的那一艘獨木舟是和你們並行的嗎？」

「不是，如果沒記錯的話應該是在我們後方，大約一百多米的距離吧？好像是因為我媽也跟著要划槳，結果將惠里的整個步調打亂了，還越幫越忙。我隱約聽到剛開始惠里還幫著數拍子，可是我媽就是跟不上節奏划槳，兩個人還小聲吵了幾句。

我當時還覺得好笑，終於有一樣東西，我媽無法完美掌控。我和我妹從小到大，就常聽我媽說，只要全心全意努力去做，就一定可以達到完美的境界，沒有什麼是不可能的……」

「就像妳每一次的鋼琴檢定或比賽？」

胡惠美頓時抬起頭，望著說出那一句話的童奇杰。

「所以，我媽去世後，我就沒再碰過鋼琴。」

「胡媽媽至少沒有直呼姊姊是笨小孩或傻孩子，胡爸爸也不會露出那種恨鐵不成鋼的遺憾表情吧？還是比我幸運一些些。」童奇杰自嘲地笑著。

「令堂為什麼會溺斃，現在許多水上運動不是都規定要穿上救生衣？」柯林德問。

楊嘉莎搭腔：「鄒幸子當時沒穿救生衣，我記得集集分局學長們的筆錄上是說，她嫌救生衣有臭味，還怕味道會沾到她Burberry的防寒外套上。」

「這樣呀……」

胡惠美若有似無地搖著頭：「她不想要的，沒有任何人可以勉強她。我看得出來打從一踏進獨木舟，她的心中就老大不願意，卻礙於親愛侄兒的面子不動聲色。不過，還是隱約聽到我媽在後面嘟噥些什麼，沒多久……

沒多久，就聽到有人落水的聲音，我聽見我妹的尖叫聲後，才發現落水的是我媽。子睿迅速跳入水中後，卻因為自己身上穿著救生衣無法潛下水救人，我還在一旁七手八腳幫著他脫下來，耽誤了一些時間。」

她的雙眼放空：「不知為什麼，我媽並沒有在水面有太多的掙扎，一下子就沉入漆黑的水中……子睿說他摸黑潛下去時，在伸手不見五指的水底下根本看不到任何人影。我不斷朝著岸邊呼救，惠里也撥著手機報警。子睿還是不停浮出水面換氣，然後又潛下去找人，不斷地重複著……」

「雖然這是好幾年前的事，但是我想確認一下，妳還記得那大概是幾點幾分的事情？」楊嘉莎問。

胡惠美遲疑了片刻：「我記得當時警方也有問過我，我那時候確實不記得正確的時間點，但是……」她嚥了一口口水：「辦完喪事後，我整理旅行時的一些物品和我媽的遺物，看到了她留下來的智慧手表。我和惠里也各有一支，都是她送給我們的禮物。」

「我馬上查詢了自己手機上智慧手表的ＡＰＰ，才從歷史紀錄中發現，那一天早上的五點四十三分，我的心率紀錄從划槳時的每分鐘九十多次，突然跳到了每分鐘一百二十多次。除此之外，在相同的時間點，我的情緒壓力值也突然高達95％。我猜想那或許就是意外發生時，我的生理反應所留下來的紀錄，那麼我媽呢？她的智慧手表是否也記錄了她心跳停止的那一瞬間？」

「原來智慧手表還有記錄死亡時間的功能！」柯林德驚訝地睜大眼。

「我打開了我媽的手機，藍芽馬上自動連上了她的智慧手表，並且開始同步手機與手表之間的生理與運動數據。ＡＰＰ中的歷史紀錄確實有她人生末了的那些重要數據……她在五點四十三分跌入水中後，心率也突然飆高到每分鐘一百五十多次，運動數據記下了她在那六、七分鐘左右，手與腳在水中出現過五十六次倉皇的動作，然後逐漸緩慢……她的心跳就停止了，死亡的時間大約是五點五十二分。」

胡惠美的眼睛不爭氣地流下了眼淚，雖然她從小就對自己的母親充滿複雜的情感，時刻期待著能夠早點長大成人、能夠早點結婚生子，唯有那樣才能逃出那個家，逃出在子睿口中那一幢無聊得要化膿的花園洋房。

可是，自己的母親在死亡面前，無助地在黑暗的水中掙扎，然後動作越來越慢的瀕死畫面，卻透過那些鉅細靡遺的生理與運動紀錄，無情地展現在她的眼前，那些數據也深深刻印在她的腦細胞中，成為一座無形的牢籠。

「妳後來有沒有將那些數據交給警方？」楊嘉莎問。

「為什麼要交給他們？人都已經死了、都已經火化了，我們當時只希望能夠早點逃離媒體的關注……」

童奇杰凝視著楊嘉莎手中的小筆記本，上面寫著胡惠美所說的那些時間點與數據。他的腦袋快速地運轉，與過往所讀過的那些新聞與資訊不斷匹配著，逐漸浮起了許多無法組合起來的問號。

警詢結束後，柯林德自告奮勇要順道載胡惠美回去，其實那也是童奇杰的授意。他將腦中的疑問告訴了柯林德，就看是否能在順風車的路上探出些端倪。

楊嘉莎帶著「外甥」童奇杰回到辦公室時，發現桌上竟然多了一份卷宗。隔著幾張桌子的小畢，迅速滑著辦公椅湊了過來。

「那是國際刑警科傳來的翻譯資料，他們提到『國際刑警組織INTERPOL』提出請求，希望瞭解台灣『三界火宅之人』連續殺人案，目前的調查進展。」

「有沒有搞錯？台灣又不是國際刑警組織的成員國，連個觀察員的資格都沒有，憑什麼對我們頤指氣使？上次的東南亞跨國人口販賣事件，我們向他們通報柬埔寨的詐騙園區，不但被認定是無效通報還拒絕協助偵查。搞得我們只得透過國際友軍協助傳遞情資、合作偵查，才解救了部分的台灣受害者。結果，他們現在反過來要求我提供調查進度？」

她氣得將那份卷宗推到一旁：「請國際刑警科那邊協助回覆INTERPOL總部，就說恕難從命，『請求無效』！」

小畢低聲地說：「妳還是先看一下我列印出來的那些翻譯文件，搞不好是我們需要向他們取得更多的資訊。」

「難道……在其他國家也發生過類似的連續謀殺案？」

童奇杰只是隨口說說，小畢卻露出驚訝的表情：「不僅僅是類似而已……」

楊嘉莎馬上翻開卷宗，裡面除了有好幾頁的案情介紹，還有發生在不同國家的三起命案被害人資料，以及死者的驗屍報告。小畢也開始讀著平板電腦上的原始翻譯文檔。

「艾麗夏．蜜勒（Alicia Miller），三十八歲，女性，美國紐約市人，是曼哈頓上城知名的健身女教練，專為紐約的名人們設計一對一教學的頂尖教練。去年初，在紐約時代廣場跨年活動後的凌晨，陳屍於附近的四十二街巷子裡。

死者上半身的衣物被燒毀，皮膚有大面積的二、三級燒燙傷。經法醫鑑定後，死亡原因是人體爆炸，爆炸的效應將胸口炸出了約兩吋的洞孔，造成了六對肋骨斷裂後，胸腔嚴重塌陷，壓迫了肺部而窒息死亡。」

楊嘉莎聽到「胸腔嚴重塌陷」幾個字，心頭不禁一顫，因為那也是造成劉滿足、邱秋美與羅美辰死亡的原因之一。

「參加跨年活動的兩位目擊者表示，曾在巷弄裡見到一名女子的胸口，突然竄出一道強烈的火舌，當時他們還以為是參與跨年的coser，服飾上射出的某種特效投影，因此並沒有太在意。直到元旦的午間新聞，報導了那一起人體爆炸與燃燒的命案後，他們才意識到凌晨所見到的火舌，就是命案發生的時間點。」

小畢滑了一下平板畫面：「另一起命案則是發生在加拿大西岸，死者是莎菈．威廉絲（Sarah Williams），四十一歲，女性，加拿大溫哥華市人，是『英屬哥倫比亞大學』亞洲文化觀察學系的助理教授。去年六月初的一個清晨，她被發現陳屍於助理教授的聯合辦公室，據稱她是當天第一位抵達辦公室的教職人員，因此命案發生時並沒有目擊者。

透過校區的監視器紀錄顯示，確認了她進入該系所的教學大樓時，是早上七點五十五分，下一位進入該大樓的同事，則是八點二十五分才抵達，並且在發現死者後，八點半左右就撥打手機報警。因此，警方判斷爆炸與起火的時間點，就是在早上七點五十五分到八點二十五分之間。」

「又是人體自爆？」童奇杰小聲地問道。

小畢點了點頭：「警方的火場鑑識人員，從引發火災的辦公室燃燒面積與燒毀程度判斷，爆炸後所引發的火勢應該只持續了十分鐘。法醫驗屍後，卻發現死者的燒燙傷級數與壞死面積，並不像是只在火場待了十分鐘而已。因此懷疑並不是什麼神秘的人體自爆，起因應該是某種有高助燃效果的爆裂物質。但是，加拿大綜合兇殺案調查組（ＩＨＩＴ）的鑑識人員，在命案現場並沒有發現任何高助燃物質潑灑或噴濺的痕跡。」

「還有另一起類似的命案，也是發生在亞洲地區。死者是周瑛，三十二歲，女性，中國上海市人。她的男友在上海經商多年，自稱是失婚的鰥夫，其實在台灣早有家室與兒女。死者生前曾在ＫＴＶ當陪酒師……」

「是調酒師嗎？」童奇杰問。

小畢又說了一遍：「不是，就是陪酒師。」

童奇杰嘛了嘴思索著：「ＫＴＶ的陪酒師是什麼呀？」

楊嘉莎索性答腔：「就像台灣的酒店公主，你總聽過了吧？」語畢，卻又懊惱自己幹嘛跟小五生解釋那麼多大人世界的名詞。

童奇杰倒是一副恍然大悟的模樣。

「周瑛在遇害之前已經辭去ＫＴＶ的陪酒工作，聽說她到處宣傳已經與台灣富商男友論及婚嫁，結婚後要到台灣當少奶奶了。」

「台灣富商男友？這年頭還有那麼天真的女孩？」

「都三十二歲也不算女孩了，聽說年少無知時還曾懷孕生子過！兩胎父不詳的兒女就那麼往大山裡送，交給了老家的父母扶養。

事發那一晚，周瑛的男友剛從台灣飛回上海靜安區的住所，卻在兩層樓的洋房裡不見她的身影。他撥了周瑛的號碼後，聽見手機鈴聲從家裡的某處傳來，循著鈴聲上樓走到了主臥房，發現原來手機還躺在梳妝台上。」

小畢像在講鬼故事似的，瞄了童奇杰一眼，提高了音量：「當他轉過身，走進步入式衣帽間查看後，才驚訝地看見那張面向落地鏡的歐式單人沙發上，竟然坐著一具幾乎焦黑的大體，就連上方的天花板也被燻黑了。沙發邊緣懸著一雙未完全燒透的小腿，上面還穿著周瑛剛入手的紅色高跟鞋。除了那一張單人沙發外，火焰奇蹟式地沒延燒到步入式衣帽間任何一處。」

「上海的驗屍官怎麼說？」楊嘉莎問。

「或許是周瑛的體型比較嬌小，因此胸口的爆炸點造成了肋骨全斷裂，胸腔也是嚴重塌陷壓迫了肺部……窒息死亡！」

「也不能因為這些相似的死因，就認定都是同一位兇手所為吧？」

「不是的……那三起發生在不同國家的命案，死者的胸口都有一句燙金的中文句子。」

楊嘉莎戰戰兢兢問道：「難道也是——如來已離・三界火宅？」

小畢點了點頭：「因為這個線索，剛開始美加兩地的警方，還將兇手鎖定為居住在北美的華裔居民、華人黑幫分子，或者當地的宗教團體所為，卻引起北美僑界的反彈與高度關切。」

「確實不對，畢竟這年頭能夠說寫流利中文的歐美人士，的確不計其數。光是在台灣走紅的外籍YouTubers，就有好多位母語並不是中文，有時卻講得比我們還字正腔圓！」童奇杰道。

「難道，會背誦《法華經》的歐美人士也有那麼多嗎？」

「大姊姊要不要我列出一份名單，告訴妳好萊塢的大明星當中，有哪幾位是虔誠的佛教徒？」

小畢舉起了平板電腦上的一張圖檔：「我將國外那三起人體自爆命案傳來的燙金字體，和三界火宅之人連續殺人案所烙下的燙金字體，在PhotoShop上以圖層做了比對，六起命案留在死者身上的印記，都是相同的篆體或隸書體！」

「我一直認為那一行字，應該是兇手使用某種已經刻好字體的模板烙印上去的，但是……從劉滿足、邱秋美到羅美辰，至少有兩名死者的遇害過程都有目擊者，甚至像邱秋美是在眾目睽睽之下被燒死，而羅美辰遇害時，酒店大廳的監視器也沒有拍攝到可疑的人物。

那麼，三界火宅之人又是如何在那麼短的時間內，每一次都能留下相同的犯罪印記？難道她們在生前胸口就有那些文字了？有哪種人會在自己的皮肉上燙上金字？」楊嘉莎納悶地抓了抓臉。

童奇杰端詳著那幾張燙金字的圖層：「發生在紐約、溫哥華與上海的命案，比台灣的三起連續殺人案，整整早了一、兩年。代表兇手的所在位置一直在移動，就像在棋盤上的各個星位布著棋子，有可能是工作上時常需要旅行，也或許……」

楊嘉莎接腔：「也或許是有錢有閒的大戶人家，將在各地殺人當成是遊戲人間的戰利品！」

「妳是這樣認為的？」童奇杰若有所思：「應該是時候了，大姊姊可以約談那兩個一直出現在幾起連續殺人案線索中的人名。」

「你是指桂亞力和鄒子睿？」

童奇杰不斷在腦中將這六起命案，套進他所見過的各種圍棋攻防技巧中，卻仍無法切入三界火宅之人的棋局，進入公平對奕的局面。他必須像下圍棋時那樣，在對手按下計時器按鈕的那一刻起，就能馬上識破脈絡，並且用一顆棋子摧毀對方的詭計。

他要在下一名被害者出現之前，找出誰是三界火宅之人。畢竟，他們現在所面對的，是六名無辜女子的人命！

☆☆☆

午後的淡水河西岸，天空萬里無雲出奇的藍，遠處鮮豔的紅色橋影與翠綠色的草地，交織成一幅濃烈的互補色。河堤上少了假日期間的自行車與滑板車，也沒有帶著孩子們散步的年輕家長，反而多了一群大學生長相的男孩，和幾位穿著動漫潮T、頭髮染成各種酷炫色彩的青年。

他們三三兩兩各自圍成好幾個圈，自顧自低頭安裝著某個裝置。那是個有著簡單支架的方形底座，上面直挺挺立著一支至少一、兩米高的細長火箭。每一個小組的火箭造型各有千秋，聽說有些導流片是以純手工雕塑出來，有些人則是用3D列印製作自己建模的火箭。

這種形體修長的小型火箭，被喜歡耍酷的國外年輕族群暱稱為「糖火箭」，顧名思義就是以「糖」為反作用動力，將火箭瞬間推送上空中。在沒有風阻的情況下，糖火箭至少能夠衝刺到三、四千英呎的高空。而其中最神秘的就是自製推進器的部分，那是一支約二十多公分長，外觀形似PVC水管的物體，它就類似糖火箭的拋棄式電池，每一管灌滿「葡萄糖」的推進器，只能讓糖火箭發射一次。

當柯林德載著童奇杰與楊嘉莎抵達西岸時，「康斯坦丁糖火箭同好會」試射活動的各組成員已經搭建好自己的火箭發射台，正準備將自製的推進器安裝到火箭內。只見童奇杰興沖沖地跑到空地中央半露天的帳篷，向幾位熟識的大男孩們介紹楊嘉莎。

「妳是刑警？自製糖動力的推進器應該不犯法吧？還是發射糖火箭會干擾到民航機的航道？可是，我都查過沒問題呀……」那位胖嘟嘟的男子嘟嚷著。

「不是啦，星哥哥，還記得你上次介紹過，糖除了可以用在烹飪、烘焙和飲料中，還能夠轉化成一種動力發射火箭！這位大姊姊就是想來見識糖的威力！」

童奇杰是透過台灣門薩的這位大哥哥黎明星，才知道台北也有這種在國外很風行的糖火箭同好會。尤其是「三界火宅之人」的連續殺人案，好幾名國內外死者的皮膚上，都被驗出燒焦或未燒焦的糖分，令童奇杰對糖產生了好奇。

「是為了哪宗案子嗎？」黎明星瞟了楊嘉莎一眼。

楊嘉莎摸了摸桌上的幾支推進器，顧左右而言他：「不是……很方便說……咦，這是PVC水管嗎？」

「是三界火宅之人吧！」

她的神情突然僵住：「你為什麼會那麼認為？」

黎明星露出一種似曾相識的微笑，就像童奇杰每次解答時的那種狡獪笑容：「只要在YT上觀賞過那一段KTV的火燒車外流影片，看到遇害者的胸口如火山般，竄出了火焰與爆破的畫面，都會懷疑那位連環殺手，會不會是使用糖動力殺人的『甜蜜殺手』！」

「甜蜜殺手……也太抬舉那種殺人魔了吧。」楊嘉莎搖了搖頭。

黎明星抓起了一支同好者們自製的推進器：「這種推進器的製作方法，是將七十五克的葡萄糖和一百三十克的硝酸鉀，分別用研磨機磨細後，一起放入玻璃瓶內搖晃均勻。

再將混合好的粉末，一點點倒入已經用石膏封底的PVC水管內，每倒進一些就用另一根稍細的ＰＶＣ管，像針筒那樣插進去將粉末壓實，重複好幾次將混合物都充填完畢後，同樣再用石膏泥來封頂。

最後就是將已經定型的封頂石膏，用電鑽穿出一個小圓孔，有些人會將傳統的引線塞進去，以火苗來點燃發射，有些人則會插入電子引線器的線路。當然，也有些人會使用其他化學藥品來助燃。別小看這一支僅僅二十公分長的自製推進器，以它的動力發射的糖火箭，飛行高度絕對可以超過三、四千英呎以上！」

黎明星轉了轉眼珠子，繼續道：「但是，如果三界火宅之人是使用糖來殺人，必須用到除了葡萄糖和硝酸鉀以外的更多物質，才能達到影片中的那種威力。」

「可是，我並沒有在那段火燒車影片中，看到車內有類似這種推進器的物體？」童奇杰也端詳著其中一支ＰＶＣ材質的推進器。

「我記得冷法醫在三位死者的身上，所化驗出來的化學成分，好像並沒有硝酸鉀？」楊嘉莎道。

就在此時，傳來了一陣陣鳴笛聲，原本圈圍住糖火箭的各小組人員，也因此撤離了自己的小型火箭台，往半露天帳篷的觀眾區移動，只剩下七、八支糖火箭在空地上一字排開。

就在工作人員再度鳴笛時，每一個小組那位握著引線遙控器的人，在不同的聲響後陸續發射了遠處的糖火箭。只見每一支糖火箭瞬間噴出強烈的火焰，在推進器強大的反作用力下，宛若一具真實的火箭冉冉升空！不同小組的人員也發出了歡呼與鼓掌聲。

十多秒鐘後，坐在帳篷內幾台筆電前的工作人員，也陸續將測速儀所測得每一支糖火箭升空高度的數據報了出來。

「第一號發射台，經緯號，測得的升空高度為3521英呎！」

「第二號發射台，新福音號，升空高度為4062英呎！」

「第三號發射台，火箭人，升空高度為3079英呎！」

「第四號發射台……」

就在升空高度的數據廣播完畢前，如拋物線般墜落的每一支糖火箭，也在空中開出了一朵朵如花朵般的白色降落傘，在微風中搖曳著，緩緩降落回空地上。

黎明星望著遠處的天空，飄著一朵朵白色的傘花：「看來又是新福音號飛得最高！」

「星哥哥剛才說，也有些人會使用其他化學藥品來助燃，今天的這些糖火箭裡，是否有那種以其他化學藥品當助燃的糖火箭？」童奇杰問。

只見黎明星走到筆電旁，敲了幾下後，又環視了帳篷內外的人們，然後搖了搖頭：「沒有來參加喔！但是你可以在暗網找到對方好像有個Tor站台，是關於糖火箭研究的簡介頁面。我個人覺得啦，這個人應該是同好會裡天資最高的糖火箭達人！」

「匿名是什麼呢？」

黎明星反問：「你又怎麼知道對方是用匿名？」

「唉喲，星哥哥，會在暗網裡活躍的人，怎麼可能會用真名啦？」

「那麼用洋蔥路由搜尋『媽媽的妖怪』試試看！」

楊嘉莎和童奇杰不約而同喃著那個奇怪的匿名：「媽媽的妖怪……」

第九章　六欲天

當楊嘉莎帶著童奇杰和柯林德趕回刑事警察大隊時，辦公室裡竟然有一種下午四、五點鐘，大家在等下班的閒聊氛圍？一小群人正圍在某張辦公桌旁有說有笑。

「是錢哥哥回來了嗎？」童奇杰問。

楊嘉莎看了一眼智慧手表上的日期：「已經三個星期了？」

「你不是明天才歸隊？怎麼今天就跑回來了？」她走到錢得樂的辦公桌旁，順勢打發掉圍在一旁的幾位隊員和制服員警。

「我每天窩在家裡都快悶瘋了，更別說一打開電視，全都在報導『三界火宅之人』的新聞，就連不斷轉台，幾個政論節目也在討論本土連環殺手，和國際知名的連續殺人魔大比拚……我在家裡怎麼可能坐得住！」

楊嘉莎看著他委屈的表情，打住了原本想唸他幾句的衝動：「好啦好啦，我就當你今天先回來整理辦公桌，為明天正式歸隊做準備。」

「嘉莎學姊，隊長那邊……還會讓我繼續調查那幾起連續殺人案嗎？」錢得樂問。

楊嘉莎停了幾秒，錢得樂顯然已經聽到什麼傳聞：「我會去跟他講，這一系列的殺人案有可能是跨國犯罪，專案小組需要更多的人手，我不能失去你這個重要的左右手。」

錢得樂頓時露出了感激的神情，眼眶裡甚至有點閃閃發光。她知道自從警詢柳樹時的失言風波，錢得樂成了隱瞞這幾起案子萬夫所指的代罪羔羊。

事實上，得知三起命案有著相同的殺人印記當下，沒有第一時間向該區域的居民發出警戒，這件事並不是錢得樂的錯，而是她這個副隊長的失職，甚至是隊上的長官們授意，要壓個幾天才公布，避免在一切尚未確定之前，就讓台灣上下人心惶惶。

然而，如今警方所承受的壓力，不單是全台灣人民被無所不在的連續殺人魔搞得人心惶惶，卻還抓不到兇手這件事，各大主流媒體或自媒體也日日推陳出新，在節目中挖出更多惟恐天下不亂的專題報導。除了森立新聞網駐美特派記者，在美國猶他州專訪了當年破獲「二月九日殺手」的專案小組成員，就連已經在康乃狄克州退休的華裔刑事鑑識學專家，也一再被各大新聞台越洋專訪。

神通廣大的電子媒體不知從何處挖到「國際刑警組織INTERPOL」的密函，信誓旦旦指出該組織將派遣國際刑警來台協助辦案，對於台灣為非成員國的不可行之處，報導中卻隻字未提。彷彿「三界火宅之人」的跨國連續殺人案，又再次讓世界看到了台灣！

楊嘉莎看到那些道聽塗說、東拼西湊的報導，尤其是標著「台灣也有泰德．邦迪了！」

或「比『密爾沃基怪物』還殘酷的本土殺手」時，她的白眼已經翻到尾椎骨了。到底內心是多麼的渺小，或多麼低落的道德感，才能寫出那些沾沾自喜的新聞，洋洋得意告訴自家媒體的讀者們，國際間都在報導我們了，就算是殺人放火的醜事……我們就是被看到了！

錢得樂突然想到：「嘉莎學姊，小畢已經先將人帶進偵訊室，在做一些基本的警詢。」

「現在是哪一位在裡面？」

「那個馬伕。」

楊嘉莎心領神會，從桌上拎了幾個卷宗夾，就三步當作兩步往偵訊室的方向走。童奇杰和柯林德連問都沒有問，就尾隨在錢得樂後面混進了隔壁的「指認室」。

她才一開門，就聽到有人油腔滑調地在跟小畢抬槓打哈哈。

「你要我講多少次才相信，我不認識劉滿足！不認識羅美辰！警察叔叔如果是想認識小姐的話，我可以推薦蘆洲的BLACKPINK：春麗、妙莉和小螺粒！或是香港小模姊妹花：侯賽蕾和侯賽芭，還是歐吉桑哈的是那種異國風情的落跑新娘？」

那名男子壓低了嗓音，往小畢的方向傾身：「吼～大叔該不會是興『那一味』的……我瞭解的啦，青菜蘿蔔各有所好，我也可以介紹泰國名模林智霖，或是越南舞孃蔡毅麟喔……」

「桂亞力，你給我閉嘴！」楊嘉莎還沒坐下，就將一疊卷宗用力甩在長桌上，來了個下馬威：「公然向警務人員拉皮條，你是假釋期間過太爽、活得不耐煩，想回牢裡了？」

桂亞力這才收起了油嘴滑舌，表情有點不情願地低頭斜睨著她。

「如果你希望我給檢察署觀護人的回報，能幫你大事化小，小事化無，那麼請配合我們的警詢，謝謝！」

楊嘉莎從卷宗夾內抽出一張照片，用兩根指頭壓在桌上，緩緩滑到他的面前：「你認識這一名女子嗎？」

桂亞力凝視了片刻，才點了點頭：「認識。」

「知道她的名字嗎？」

「我都叫她邱秋姊，並不知道她的全名，但是知道她接單時的化名……」

「夜叉夫人？」

桂亞力點頭。

「你應該早就從八卦雜誌上知道她叫邱秋美，你就是她遇害前接最後一單時，那位跟她搭配演出的調教師助理，沒錯吧？」

「我不是調教師助理，她那天剛好缺助手，我只是被趕鴨子上架。」

楊嘉莎將小畢面前的那台筆電轉向桂亞力。

「監視器畫面中，從那輛Lexus走出來的皮衣男，是你沒錯吧？」

他斜著眼盯著筆電畫面，又點了點頭。

「當你看到邱秋美身上起火，被安全帶困在駕駛座時，為什麼沒有及時搭救她？」

「我……我還在假釋期間，不想惹麻煩呀！你們都知道的，還要誆我？」

「只是這樣嗎？」小畢將一份影本遞給了楊嘉莎。

她才接著道：「邱秋美的『Lady Fans Only』團隊，提供給我們這一張私人的單據。她當初可能就是以防萬一，才將一份影本也交給了搭檔留存，還好現在派上用場了。」

桂亞力看了一眼後，馬上將臉撇開。

「一百二十萬的借據，還是你母親跟邱秋美簽署的喔！我們知道她欠下一些賭債，這借款是用來還債的嗎？」

桂亞力的雙眼突然如失焦般，望著桌面上的照片和影本：「我不知道，她的賭債不關我的事……」

「是嗎？可是上面清楚寫明，借貸的款項將從乙方的兒子桂亞力，為甲方接案的分紅中扣除。這一項條文的旁邊，還有你的簽名和指印！」小畢指著那張影本。

楊嘉莎深吸一口氣：「你當然知情，或許還認為……人不死，債不爛，所以才想辦法做掉了邱秋美！不是嗎？」

桂亞力的額頭冒著汗珠，雙眼越睜越大，牽起了瀏海下一層層深刻的抬頭紋。

「不是的！就算是欠邱秋姊的錢，我也不至於會去殺了她，更何況是用那種殘忍的手段……」

小畢冷笑：「你是指爆破或縱火？如果你的那些兄弟仔沒有說謊，你好像五、六歲就開始沉迷於玩火、玩火藥或煙火。他們還聽你豪洨過，說什麼當年鄒家大院失火時，你其實也住在裡面，你是在向他們暗示什麼嗎？難道是你放的火？」

桂亞力霎時抬起頭，眼神兇狠地盯著小畢：「玩火是小時候的事，並不代表我長大後會變成縱火狂！」許多塵封的記憶閃過他的腦海：「鄒家大院的火災……我和我媽確實就是遇難者，就是受害者！你認為我有在豪洨什麼？在暗示什麼嗎？」

空氣彷彿凝結了起來，桂亞力也在心中嘶吼著——

他多麼希望是自己親手放火燒掉了鄒家大院！

燒掉他老媽白白被操了七、八年的恥辱！

燒掉那天鑽進他身子內的黑曼巴蛇！

燒掉那一雙在黑暗中發光的眼睛、

那兩片朝他吐著蛇信的薄脣，

和十惡不赦的鄒俊彥！

可惜並不是他。

如果是他除掉了鄒俊彥，現在內心或許會好過些，就不會像一隻壞掉的什麼東西，在外人面前虛張聲勢、囂張跋扈，內心卻自慚形穢不敢再見到鄒子睿，永遠只能站在遠遠的街角望著他。

楊嘉莎默默從另一個卷宗夾內拿出了幾張照片：「照片裡的人，是你嗎？」

桂亞力心不在焉瞥了一眼：「現在又是哪裡的監視器影像了？」

「台北京越酒店。」

他皺了皺眉，彷彿在搜尋著腦中的那張台北市地圖。

「七月八日，台北京越酒店開幕的那個凌晨，你是否到過那邊？」

「你馬幫幫忙，我每天要載那麼多小……我是說那麼多客戶到各大旅館或賓館，哪會記得這麼多？京越是哪一家啦？」

「東區附近的國際連鎖觀光酒店。」小畢道。

「五星級酒店喔？你們也太抬舉我了吧！我們的客戶哪有那麼高級？我都是載到商務旅館或賓館，就那種休息兩、三個小時的地方啦！」

楊嘉莎用食指點了點那幾張照片：「再仔細看清楚一點，你那一天真的沒有到過台北京越酒店嗎？」

桂亞力有點不耐煩，慢條斯理又多瞄了那幾張照片幾眼，他的視線頓時停了下來，歪了歪頭，雙眼越睜越大，眉頭也逐漸糾結在一起。

他將桌上的照片一把抓了起來，湊到眼前仔細地端詳：「怎麼會這樣？」

「什麼怎麼樣？」楊嘉莎問。

照片上的人確實非常像他，應該說對方的穿著打扮與他極為神似，從頭上淺藍色的漁夫帽、鮮豔的台客花襯衫、UNIQLO的工裝褲，全都是他入手過的物品，甚至是一模一樣的款式與花色。就連他現在手腕上戴著的四五條牛皮手環，和迷彩色的傘繩手環，也如出一轍出現在對方的手腕上。

他彷彿曾經夢遊到某個地方，清醒後卻完全不記得發生什麼事，直到看到監視器的翻拍照片後，才發現自己的腦子一直都在騙自己。

有那麼十多秒，桂亞力的確是那麼認為。

直到，他發現那個在別人眼中非常微小，對他來說卻是個極為明顯的瑕疵後。

「這個人不是我！我不確定對方的意圖，但是他只不過是個刻意模仿我穿著的人……」

桂亞力的心中突然不踏實起來，難道真的有那麼一個怪胎，平常會偷偷跟在他身後，他前腳入手了一些服飾與配件，對方後腳也跟著買了相同的款式或花色？那到底只是剛好有那麼一次，還是一直都有人在跟蹤著他，觀察著他的一舉一動？

小畢有點不以為然：「雖然看不清楚對方的五官，但是這些衣服不就是你平常穿過的？

你看看連手環都和你現在戴的一模一樣！」

「有沒有搞錯，這就是你們警方大膽假設、小心求證的辦案觀察力？」

桂亞力二話不說站了起來，小畢與楊嘉莎還愣了兩秒。不過，只見他將身上的釦子一顆顆解開，脫下了那件也是台客風的藍白花襯衫，露出了只掛著一枚紅色護身符的赤裸上半身。

他將身子側了過來指著自己右手腕和手臂的關節處，有一小片如羽毛形狀的刺青，他的指頭一路順著手臂往上移動著，更多的羽毛狀刺青纏繞在手臂上，一直延伸到他的肩膀、後頸，最後圖案停在他背後的右肩胛骨上。

那是一大片單翼翅膀的刺青。

落單的翅膀宛若獨臂般，從後往前緊緊地擁抱著他。

桂亞力指了指照片中的人：「你們有看到他右手的袖口，尤其是關節的地方，有任何羽毛形狀的刺青嗎？」

小畢接過了那幾張照片，儘管監視器並非畫質非常高，但仍可留意到那個人袖口下的手臂，確實沒有任何類似刺青的圖案。

就在此時，楊嘉莎口袋裡的手機突然震了兩下，她拿了出來瞄了瞄螢幕，那是一則柯林德的LINE訊息，或許是指認室裡的童奇杰用他的手機發過來的？

楊嘉莎走到一旁打開了訊息，讀完後朝著那面單向玻璃的鏡子，不落痕跡地點了點頭，才回到和桂亞力對坐的那一張警詢長桌前。

「小畢剛才說你曾經告訴過兄弟仔們，你小時候很著迷於玩火、玩火藥或煙火，那麼應該對『黑火藥』不陌生吧？就是鞭炮裡那種用硫磺、木炭和硝酸鉀混合在一起的黑火藥。」

桂亞力並沒有回答，只是面無表情地凝視著她。

楊嘉莎單刀直入問道：「那麼，你是不是也聽說過，那種以葡萄糖和硝酸鉀為動力的糖火箭？」

他仍是紋風不動坐在那裡。

「你是……媽媽的妖怪嗎？」楊嘉莎終於說了出口。

桂亞力的表情放空了好幾秒，才回過神：「什麼是糖火箭？是和糖葫蘆一樣，吃的嗎？」語氣並不像是在裝傻。

「妳好像從頭到尾都在找一些名目，想栽給我？我只不過是五、六歲時愛玩火或火藥，在你們的推斷下，現在好像連火箭、飛彈……或發射人造衛星，都可能是我搞出來的？」

他顧左右而言他嚷嚷著，其實是想壓抑住內心對「媽媽的妖怪」一詞的熟悉感。那段記憶雖然遙遠卻仍然清晰，從一名五官模糊的孩子口中，那個詭異的名詞憎恨似地吐了出來。

他永遠記得那一年，在鄒家大院的第一個夏天。鄒俊彥興高采烈地將老媽和他帶離了那棟布滿壁癌的老家，開著香檳色的賓士，光鮮亮麗地將他們接回鄒家大院。剛開始，子睿還借住在鄒幸子的家裡，偌大的宅院只有鄒俊彥、老媽和他，幾位白天的幫傭或雜工通常在晚餐後，就會各自回家，屋內並沒有留宿的全職傭人。

每個深夜裡，古色古香的雕花木門、日式窗櫺上透著詭異的光影，或是後花園中一顆顆如人頭般碩大的無盡夏繡球花晃動著，都是他初來乍到時的驚魂夢魘。

老媽有時候纏著鄒俊彥，不知道在哪間房裡甜言蜜語或翻雲覆雨，小小的他通常會乖乖地待在客廳的角落拼樂高積木或玩風火輪小汽車。他一直覺得那幢陰森森的日式老宅裡，或許住著什麼看不見的古老鬼怪。

直到有一天，他真的看到了。

在半露天的長廊盡頭，祂彷彿從幽暗的後花園裡匍匐爬上來的蠑螈，緩緩將自己蜷縮在黑暗的角落，卻如蚯蚓般坐立不安地蠕動著。桂亞力看不清楚那如剪影般的人到底是誰，儘管他才剛搬過來沒幾天，宅院上下也沒認識幾個人。但是，他非常確定那身形應該是個小孩子，或許是個跟他年紀差不多的孩童。

倚在紙門邊玩積木的他，距離那個如剪影般的孩童只有十多米，彷彿還可以聽到對方細微的抽泣聲和喃喃自語。

桂亞力原本還打算假裝沒看到，繼續低著頭專心玩樂高，各種問號與好奇卻不斷在他的小腦袋瓜裡盤旋。他終於斜著眼偷偷地抬起頭，用力端詳著陰影中的那個角落。

他多麼希望那只是自己眼角裡的錯覺或殘影，還不斷告訴自己這個世界上根本沒有鬼。要是有的話，沉到巴士海峽當海底人的老爸，早就會變成鬼回來看他了；要是有的話，老媽當初也不會那麼明目張膽，讓不同的裙下之臣躺在死去丈夫那一邊的床位。

「你為什麼在哭？」桂亞力鼓起勇氣將頭探出紙門，朝著長廊角落的祂問道。

抽泣的聲音突然停止，但仍如蟲般不安穩地蠕動著：「我沒有在哭，只是冷而已……」

桂亞力這才看到後花園的幾個水窪上，不斷綻出急促的漣漪，才發現原本的毛毛雨不知何時已轉為傾盆大雨了。他也更確定對方的聲線是個小孩子，也或者……是一縷小孩子的亡靈？

他褪下老媽剛才披在他肩上，那張布滿卡通圖案的小毯子，放在光滑的櫸木地板上，使勁地往對方的角落滑過去。祂馬上從陰影中伸出了手，一把抓了過去，將小毯子從頭到腳包裹著自己，原本隱約可見的臉孔剪影，也只剩下巴還露出來。

「你也住在這裡嗎？」

孩童的剪影搖了搖頭。

「這麼晚了，你為什麼跑到這裡？」

祂停了好幾秒才回答：「我媽媽不喜歡我，時常把我關起來，我是剛剛才逃出來的……」

「為什麼？不是所有的媽咪都會保護自己的小朋友？為什麼你媽媽要把你關起來？」

「我不是普通的小朋友，我是妖怪！我是媽媽說的妖怪！」

桂亞力的眼睛睜得老大，吞著口水，身子不禁往後傾了些。

「我是會讓大人丟臉的妖怪，她必須要把我關起來，我才會聽話。」

小小的桂亞力一直以為，妖怪應該就是妖怪生的，為什麼會有一個媽媽生出了妖怪？還要將與眾不同的孩子關起來？

「你不要難過了，其實我老爸是海底人！」他的小腦袋瓜子開始想著些安慰的話：「老媽說因為她已經不喜歡我老爸了，他才會回到海裡去當海底人！」

「你是海底人的兒子？」

「對呀，應該就是人類和人魚生的那種奇怪小孩，所以我們是一樣的！」

「我們是一樣的……」祂重覆著桂亞力的話。

桂亞力雖然看不到祂的表情，卻可以感覺到對方的目光正凝視著他的臉孔。

正當他想詢問妖怪的名字時，老媽邊走邊喚著他的聲音傳了過來，聽起來還有些許醉意。

「馬麻，妳快來看，這是我認識的新朋友！」

就在他朝著丁月溶說話時，長廊外傳來一陣窸窣聲，祂早已如青蛙般跳進了後花園的草叢裡，消失在大雨滂沱的泥濘中。

丁月溶望了望紙門外的長廊一眼：「見鬼了呀，哪有什麼人？你不要故意嚇馬麻喔！」然後，她心不在焉地躺到了沙發上，按下了遙控器觀賞著她的電視節目。

那一年，桂亞力六歲左右，非常確定並不是自己的幻覺，他見過一名小孩子的亡靈，或者是雨夜中才會出現的孩童妖怪。只不過那一次之後，他再也沒有見過那個如剪影般的妖怪了，他也常在心中問著自己，逃離媽媽監禁的妖怪後來跑到了哪裡？是否還過著讓祂痛不欲生的日子？

有些人說小孩子在六歲以前，能夠看到周遭大人所看不到的妖魔鬼怪，甚至記得許多前世的記憶。只不過長大之後，那些能力也會被封印起來，再也無法與不知名的靈體或生命體溝通了。

也許，他六歲時的能力已經消失了，

但是卻抹不去他對「媽媽的妖怪」這個詞的深刻印象。

而那遙遠的名詞，如今卻從這位女警的口中，再度敲進他的記憶中。

「媽媽的妖怪……是你在暗網上的暱稱嗎？」楊嘉莎又問了一次。

「什麼妖怪啦，我比較像媽媽的小寶貝吧？啾咪～」

看著桂亞力又開始油嘴滑舌，她有點不耐煩了：「你明明就知道些什麼，卻還是一問三不知跟我在打啞謎。好吧，那麼我就向檢察署的觀護人……公事公辦的回報囉。」

「你們別要脅我了，妳要我講什麼？是不是要我告訴妳，我小時候在鄒家大院時，遇過一個人不人、鬼不鬼，稱自己是『媽媽的妖怪』的人？還是告訴妳，祂是個被自己媽媽囚禁的小孩或靈體？或者，祂當時剛剛逃離媽媽的魔掌……妳會相信那些鬼話連篇嗎？當然不會！搞不好還會讓檢察署取消我的假釋，直接將我送到精神療養院……」

楊嘉莎任由他一股腦兒去發洩，直到桂亞力自討沒趣地停了下來。

「你有和他交談過？你覺得他當時應該是什麼年紀？」

「十幾年前的事情，我哪會記得那麼清楚？可能……和我差不多，六、七、八歲吧？妳為什麼要問這些？這和你們在查的案子有什麼關係？」桂亞力支吾了幾秒：「也許他真的是個妖怪或靈體而已，或者只是我小時候……天馬行空的幻想……」

楊嘉莎並沒有去理會他衝動胡謅後的自圓其說。

前幾天，她和童奇杰閱讀過那個匿名為「媽媽的妖怪」的帳號所發布的文檔，也就是在暗網某個Tor站台上一些關於糖火箭的化學理論，甚至是以各種方式觸發火焰與爆破的研究日誌。童奇杰從行文的慣用語氣和用字遣詞，非常確定對方應該是在二十至三十歲之間，而他也對媽媽的妖怪有一些不太尋常的見解。

「他所寫的文章，有一些非常獨特的格式結構，除了整篇文章設定了強制齊頭尾，迫使每一個文字與前後左右的文字都是對齊的。就像小時候見過的國慶大閱兵，那些整齊劃一的三軍儀隊，從各個角度看都對得整整齊齊。」童奇杰突然有一種熟悉的既視感，卻又說不上來是什麼。

「他的文章從來不遵從分段換行的作文法則，更沒有段落與段落之間空一行的基本格式。最重要的是，他從來不使用『句號』，也或許是不喜歡使用？大姊姊妳看，這一篇落落長的日誌，卻只有結尾時有一個句號。」

「真的還假的？你從作文的格式也可以看出什麼端倪？」楊嘉莎當時的語氣還有些不以為然。

「呵呵，只是情緒模式啦！媽媽的妖怪應該是個急性子，要不就是曾經有閱讀與表達上的障礙。妳可以從他密密麻麻的行文方式，窺探出他迫切希望所有人都能瞭解他、他的思維、他所說的話。所以，常會慣性地將想說的話不吐不快，一口氣從頭寫到尾，不讓人有機會棄讀……也因此，令人閱讀時有一種緊迫盯人的感覺，和視覺上的壓迫感！」

童奇杰看著楊嘉莎辦公桌上的電腦螢幕，歪了歪頭凝視著媽媽的妖怪所寫的一篇文章，然後用滑鼠點了點縮放鍵，將整篇文章縮小成50％的瀏覽畫面。他用腳一撐，將電腦椅往後滑，隔了四、五米遠遠地細看著那一篇文章。

幾秒後，還興奮地喊著：「大姊姊，妳覺得這一篇文章現在看起來像什麼？」

「咦……這……」楊嘉莎驚呼了出來：「怎麼會這樣？」

「是不是！就像是一盤布局得密密麻麻的棋盤，絲毫不讓對手有『子空皆地』圈地為王的機會。」

她聽童奇杰那麼說，也將電腦椅再往後退了一些：「真的，很像日本報章雜誌上常會出現的那種對弈紀錄的『圍棋譜』（註8）。假如媽媽的妖怪就是三界火宅之人，難道他也是個圍棋高手嗎？」

「也不一定，我記得有一位圍棋大師曾經說過，圍棋的脈絡其實就在我們的日常之中，只要仔細觀察就可以在許多畫家、作家或設計師的作品中，發現許多令人嘖嘖稱奇的棋譜，有時候甚至反映著創作者內在感受的光譜。」

「奇杰，你的意思是說，媽媽的妖怪或三界火宅之人，有可能是一名介於二十到三十歲的畫家、作家或設計師？」

「嗯，應該不會是作家啦！這樣的文章格式或對標點符號的認知，不太像是有經驗的文字工作者。但是畫家、設計師，或者統稱為藝術工作者，則不無可能喔！」

「介於二十到三十歲的藝術工作者……」楊嘉莎喃著，順勢記到了筆記本裡。

童奇杰裝模作樣講了一堆道理，還是沒忘記恢復太傻太天真的原廠設定，俏皮地打了一劑預防針：「大姊姊，我只是個五年級的小學生，以圍棋邏輯推敲出來的這些線索，妳參考參考就好，不用當真啦！」

如果，桂亞力在鄒家大院見過那個自稱是媽媽的妖怪的孩子，並不是什麼妖怪或靈體，也確實與他的年齡相仿的話，十多年後的現在，應該也差不多是二十四到二十六歲左右……

「桂亞力，我會幫你將這一次的警詢大事化小、小事化無，只要你寫下在鄒家的那幾年，你記得與你年紀相仿的人有哪些，包括那幾年在鄒家大院住過的親友兒女、附近的鄰居小朋友、幫傭或雇工的小孩……」

楊嘉莎的腦中思索著，是否有遺漏任何日常生活中的人脈，才繼續道：「我相信你也想知道小時候所遇上的到底是鬼、是妖，或是你的幻想，還是真有其人？我也想確定你說的那個被監禁過的媽媽的妖怪，和暗網上那個媽媽的妖怪，是否是同一個人。」

桂亞力倒是沒有再囉嗦什麼，接過了小畢遞過來的紙筆，就低下頭奮筆疾書地寫著。有時候還會扳起手指頭，像是在計算某些人的年齡；有時候則是眼神放空仰著腦袋，凝視著那面單向玻璃的鏡子沉思，才又繼續低頭寫下更多的姓名。

註8：棋譜—是一盤棋局對弈發展的過程紀錄，有人將古今中外的對局，或者是某人排擬的棋局，刊輯成書供人閱讀。

在他的名單上第一個寫下的，就是那個他既熟悉又陌生的名字——鄒子睿。

☆☆☆

桂亞力結束警詢後，興沖沖地走下樓，正想要步出刑事警察大隊辦公樓時，卻被眼前的景象嚇到了。

面向重慶北路和涼州街的大樓出口外，密密麻麻的群眾擠在人行道上，一大群人手上舉著海報或布條，上面全是血紅色的標語，寫著「連續殺人！天理不容！」、「嚴審假釋特權與假釋條件」、「檢察署假釋觀護人員失職」、「在台灣殺人抄寫經文就可免死」……許多人握著拳叫囂著，看起來或許是那幾起謀殺案遇害者的親屬或朋友們。

被制服警員們隔在人行道另一頭的，則是不同的人權團體，領頭的女子正握著大聲公嘶喊著：「請給已經接受過法律制裁的更生人機會！請給已經改過自新的更生人溫暖！在案情未釐清前，請不要造謠抹黑無辜的更生人……」

就連馬路旁也臨停了三、四輛各家新聞台的轉播車。手中握著麥克風或手機的文字與攝影記者，一看到桂亞力步出玻璃門，馬上如看到生肉的潭中鱷魚，紛紛往前推擠著。

桂亞力根本沒意識到那兩派人馬是針對他而來。兩位制服員警也馬上衝了過來護住他，他原本只是想到斜對面第一銀行旁的停車場取車，如今卻需要突破重圍，才能走到斑馬線。

楊嘉莎和小畢也從大樓的玻璃門跑了出來，她驚惶失措地喊著：「怎麼會這樣？」

一名臨危受命的員警強裝鎮定地回答：「不知道是誰通知了媒體，說警方會警詢三界火宅之人的嫌疑人，結果幾個小時前才登上電子媒體的版面，馬上就引來人權組織和受害者的親朋好友……」

「太不像話了！」

她馬上跳進人群中，死命往桂亞力的方向移動，深怕任何的閃失會造成關係人出事：「請大家冷靜下來，這位先生只是提供線索的熱心民眾，並不是嫌疑人！」

然而，楊嘉莎的聲音卻被大聲公女子的鼓譟聲，和受害者親友們的叫罵聲淹沒了。

幾位記者也尾隨在桂亞力身後，將麥克風堵到他面前，問了一連串狀況外的跳針問題：

「為什麼要殺人？」

「有什麼話要說嗎？」

「有什麼話要對死者說嗎？」

「有什麼話要對死者的家屬說嗎？」

「你現在是不是很後悔？為什麼要殘忍殺害死者？」

桂亞力低頭用手臂護著臉，嘴裡卻不甘示弱向記者叨叨唸唸：「幹拎老木啦，有話要跟幹拎老木說啦！對啦，後悔啦！後悔娶到拎老木那個破麻啦……」

楊嘉莎看見劉滿足的女兒方曉詩，淚流滿面地擠在人群中，還有邱秋美所屬的Lady Fans Only團隊的成員，以及幾位與羅美辰一起參與過柳樹濕壁畫專案的繪師。劉滿足的男友邱復仁也含著淚，靜靜地站在人群的外圈。還有許多位她約談過，或登門造訪過的死者遠房家屬。

「大家誤會了！他並不是連續殺人案的嫌疑犯！」她終於追了上去，護在桂亞力前方。可是說時遲，那時快，不知道從哪裡冒出來的一塊磚頭，突然砸在桂亞力的腦門上，周圍的人群與記者們全都尖叫了出來，紛紛往後退了好幾步。

楊嘉莎看清楚了那名肇事者的臉，是她看過幾張關係人照片上的其中一位，也就是錢得樂下高雄調查過的家暴男，劉滿足的前夫！

他雖然馬上就被員警們制伏了，口中卻仍義憤填膺地低吼著：「你這個畜生！竟然敢殺了我的女人！她是我的……」

楊嘉莎想起劉滿足的女兒方曉詩的話，她從小就知道自己的父親家暴妻子，甚至曾經好幾次用沉重的菸灰缸，將劉滿足砸得頭破血流，差一點送了命。

楊嘉莎隱約聽見，他被制伏後的喃喃自語：「她是我的女人，只有我能夠殺她……只有我才能！」

只不過，桂亞力也不是省油的燈，儘管臉龐血流如注，滴在他的花襯衫上，他仍奮不顧身撲向了那位家暴男。兩個大男人就那樣糾纏成一團，在人行道上打滾，只見桂亞力不斷勾拳暴打著對方的下巴、臉頰和腦袋，平日打女人時威風凜凜的家暴男，此時卻被打得蜷伏成一尾瀨尿蝦。

原本想趁機造勢、搏人眼球的幾個人權團體也被殃及，一個個如保齡球瓶般被撞得花容失色、東倒西歪。

一群警員們衝了上來，將桂亞力從混亂中拖了出來，並且將那名用磚塊攻擊他的男子戴上了手銬，就近押回刑事警察大隊的辦公樓。環繞在桂亞力四面八方的攝影機、相機或手機，仍不斷朝著他拍照或攝影。

楊嘉莎一個箭步跑過去，用力撥開了那些不明就裡的人群或媒體：「我就說過他不是嫌疑人，而是熱心提供線索的民眾，你們是傻了沒聽懂嗎？誰敢刊登出他的照片或胡亂報導，專案小組和檢調單位絕對讓你們吃不了兜著走！」

桂亞力蹲坐在人行道的邊緣，鮮血與汗水不斷滲進他的眼皮裡，就像是有千百根針，不斷刺痛著他的雙眼。隱約中，他看見眼前的車陣裡，有一輛泛著香檳光澤的轎車，緩緩駛過他和楊嘉莎的面前，甚至放慢車速想要停下來。

他彷彿看到後座的玻璃窗內，隱約有一張熟悉的模糊臉孔，一名穿得西裝筆挺的男子，正睜著驚訝的雙眼凝視著狼狽的他。

只是，在對方的車窗還沒拉下前，楊嘉莎早已衝上去擋住車門，或許還朝著車窗內使了什麼眼色。幾秒鐘後，那輛轎車就加快速度，駛離了刑事警察大隊辦公樓前的路段。

幾名女記者也七嘴八舌討論了起來。

「那是誰的車？很眼熟喔！」

「應該是單向車窗玻璃，看不清楚裡面的人。」

一位攝影大哥終於搭腔：「喔，妳們真的是菜鳥耶！那輛應該是『潤舟集團』下一任執行長的座車！」

「你是說鄒子睿？」

「難道他原本也是要到刑事警察大隊？」

「有可能喔！這樣是不是又可以寫些什麼有創意的……」

「咦，森立新聞網的，妳到底是新聞系畢業，還是哪個創意寫作班結業的？」

「拜託，小姐們，重慶北路那麼長一條，是誰規定開車到這裡，就一定是要到刑事警察大隊？妳們是機車騎多了嗎？」

桂亞力依然蹲在人行道邊緣，聽著那位攝影大哥和女記者們在閒扯淡。他冷不防朝著柏油路上吐了一口口水，還混雜著從鼻孔倒流到嘴裡的鮮紅血絲。

然後，不屑地低聲喃了兩句：「目淌喔，也學人開什麼香檳色賓士！」

第十章　二路托

楊嘉莎一下車後，就有一位穿著窄版灰西裝的男子，領著她、童奇杰和柯林德往莊園的主樓走去。

眼前那幾幢美國西海岸式的別墅建築，以淺棕色的岩片堆疊出建築物外挑高三層樓的門柱，撐起了以特殊原木結構交織而成的飛簷翹角廊頂。四、五幢分散於莊園內的別墅，以一大片英式花園的庭園造景連結起來，精緻典雅的洛可可風格，搭配著不對稱構圖與亂中有序的各類花卉，鳶尾花、杜鵑花、錦帶花、山茱萸，與三三兩兩的紅楓樹，充滿了英國鄉村別墅才有的優雅感。

完全看不出來，這裡就是曾經有著日式建築、和式門樓與禪風庭園的「鄒家大院」，也是鄒幸子生前最後幾年投注心力最多的家族任務，讓曾經被大火付之一炬的家族發源地，再次回歸令人望之稱羨的榮景。雖然宅院竣工後，她與家人因為某些原因並沒有搬遷至鄒家大院，卻一如她的性格，總是能以極高的意志力，粉飾掉家族中那些曾經醜陋過，或斷垣殘壁的過往。

窄版西裝男將一行人領進主樓，穿過了充滿天窗的迴廊後，就見到早已在起居室等待他們的鄒子睿，他迫不及待地走向了楊嘉莎。

「剛才到底是怎麼回事？為什麼亞力被打得滿臉是血？為什麼他也會在那裡？」

「鄒先生請放心，那一場突如其來的意外，桂亞力並沒有什麼大礙，我們有派遣組員送他到急診室檢查，剛剛也得知他已經離院被護送回到基隆老家了。」

「我並不知道你們也約談了他？為什麼妳會認為我們和那幾起命案有關？只因為他小時候愛玩火，甚至曾被我小姑姑誣衊，他們母子倆有可能是涉嫌燒掉鄒家大院的縱火犯？」

楊嘉莎並沒有回話，只是低頭望了望身旁的童奇杰。

「雖然我並不認同，但是感覺上警方並不是懷疑桂亞力，反而是認為你涉嫌犯案的可能性比較高！」童奇杰毫不留情面，直接了當地說了出來。

鄒子睿睜著圓鼓鼓的眼珠子，表情莫名其妙地看了楊嘉莎一眼。

「喔！這位是我的外……」她停了片刻，索性回答：「……是我們委外協助專案小組的天才童探童奇杰，還有前刑事警察大隊的柯林德先生！」

「為什麼你們會認為，我和這三位陌生女子的命案有關係？」鄒子睿的臉色雖然不是挺和悅，倒還是很有風度地反問童奇杰。

「不是三位，是六位！」童奇杰喊了出來。

「什麼？」鄒子睿完全丈二金剛摸不著頭腦，愣在那裡。

「台北的劉滿足、邱秋美、羅美辰，還有紐約的艾麗夏・蜜勒、溫哥華的莎菈・威廉絲，和上海的周瑛！這六名死者雖然來自不同地區，死亡時卻有著完全相同的『如來已離・三界火宅』的燙金印記，以及如出一轍的人體自爆與燃燒的死因。」

「我根本就不認識這幾個人！」

一旁的柯林德總算開口，還從口袋裡掏出了一本筆記本：「根據境管局這邊查到的資料，你這兩年倒是挺忙碌的，美東、美西、加東、加西、華南和華中……都走透透過，應該認識過許多新朋友吧？」

「你這話是什麼意思？我會到美國是去參加商展，到加拿大則是去巡視那邊的漁產加工廠，更遑論到中國去採購食品用原料，這對身為潤舟集團國際採購的我而言，根本就是稀鬆平常的日常旅程！」鄒子睿完全不甘示弱：「以你們這樣的理論來推定，潤舟有三分之一的員工時常需要到世界各地出差或考察，他們全都在你們的嫌疑人名單上囉？」

童奇杰沉默了好幾秒：「這幾起命案就像是『棋譜』上有著數字編號的步驟，當我將對方的棋局脈絡一步一步往回推，往前面的步驟回溯時，總會在那些歷程中出現桂亞力與你，彷彿冥冥之中就是有人要將我們帶到你和桂亞力的面前。」

他回過頭看著楊嘉莎：「我們從邱秋美火燒車案的監視器畫面，尋找到當時逃離現場的桂亞力，又從桂亞力和小舔舔的仙人跳案子，追溯到了胡默生的前妻鄒幸子，與桂亞力的母親丁月溶之間的恩怨。還有鄒家大院曾經出現的那個妖怪或孩童靈，以及那一場燒毀鄒家大院的火災。」

「在羅美辰的案子中，我們也非常巧合，遇上了鄒幸子的女兒胡惠美，也就是酒店的大廳經理Emmy。從她的口中得知鄒家大院火燒鋼琴的意外，以及鄒幸子溺水身亡的細節，一切總是那麼巧妙地套合在一起。就連京越酒店監視器上，也錄到了疑似桂亞力的影像，再次將桂亞力和這兩起案件套在一起，也許……」

楊嘉莎緩緩抬起頭，心領神會地搭腔：「也許有那麼一個人，一直試著在告訴我們許多年前，曾發生過的好幾起意外事件的真相？」

「三界火宅之人可能不斷在透露，那些事件與他有所關聯？或者根本就是他接二連三所犯下的？」

童奇杰仰著頭望著身形高大的鄒子睿。

「從最近發生的幾起連續殺人案的線索，所牽引出來多年前的幾樁意外事件，無獨有偶都和火或自爆有所關聯。我們聽過其他當事人對那幾起意外事件的描述，也想瞭解當年鄒哥哥所見到的，是否與他們有所不同？」

「當年的哪幾件意外事件？」鄒子睿雖然說著話，目光卻停留在窗外的花園景致。

「我們先來談談鄒家大院重建後，發生過的那起鋼琴爆炸事件吧！」

「那起意外發生時，我並不在家裡，如果沒有記錯的話，應該是去參加大學社團的賽艇集訓了。」

他冷不防走到起居室的另一個角落：「假如你們好奇的話，這裡就是當年那台施坦威三角鋼琴的位置。聽說鋼琴的黑白鍵被炸得支離破碎，周圍的落地玻璃也全被碎片砸裂了，後來修改裝潢時，就將原本面對後山的兩面落地玻璃，改成了現在這兩堵白牆。」

「有什麼原因嗎？」

「我小姑姑認為應該是有人從後山的方向潛入鄒家大院，在起居室的鋼琴裡安裝了什麼爆裂物。不過，她請徵信社介紹來的什麼爆破專家調查，卻沒有在鋼琴的碎片中發現任何爆破裝置。總之，她一向就覺得那座後山風水不好，才會陸續封掉這幾棟房舍，所有面向後山的那些窗戶……」

「這麼信風水呀？」童奇杰嘁了嘁嘴。

「我是覺得那片後山，應該發生過什麼令她不愉快的事情？不，我覺得她或許是害怕什麼？我記得她總是告訴我們別往那邊跑，那座山不乾淨！」

「鄒幸子說的是另外一種『不乾淨』吧？有鬼、有魔神仔，或有妖怪……的那種？」楊嘉莎還是忍不住和童奇杰交換了個眼神。

不明就裡的柯林德聽了直搖頭，還嘀咕了一句：「迷信！」

「我集訓回來時，這個起居室已經面目全非，惠美也被秘密送往家族熟識的醫院急救。小姑姑還帶過我和惠里到那間非常隱密的無菌病房，探望過全身包裹著彈性繃帶的惠美，她躺在病床上透過對講機不斷哭訴，再也無法彈琴了……但我卻同時感覺到……」

他考慮了好幾秒才繼續道：「感覺到，她的眉宇之間不經意閃過，一種如釋重負的輕盈神態。我從來沒有見過那樣的惠美，還曾經一度懷疑，難道是她傷害了自己，只為了能逃離從小到大被小姑姑賦予，必須要成為『音樂神童』的宿命？那樣的代價也未免太高了吧？後來，她轉診到美國就醫，經歷八個多月的恢復與調養才回到台灣，從此也從家族或媒體的視線中淡出了。美其名是為了保護惠美不再受到傷害，實則是不希望被媒體發現，曾經被我小姑姑珍視與誇耀的音樂神童，如今已經無法再彈琴了。惠美因為那一場意外，換得自己有生以來難得的自由，也逐漸脫離了小姑姑的掌控，最後甚至能提早搬離……那一幢無聊得快要化膿的花園洋房。」

「是否因為那樣的成長環境，讓急欲逃離家族壓力的胡惠美，就算在鄒幸子去世之後，也沒有回到潤舟集團工作？」楊嘉莎問。

「沒有人會想留下來收拾鄒家幾代長輩們所撒手留下的那些爛攤子。我只是因為姓鄒，必須繼承這個早就有名無實的空殼子，不然可能也會像惠美和惠里那樣，完全不過問潤舟的任何事情，搬到外面去過自己想要的生活。」

「如果鄒俊彥當年沒在那一場火災意外中喪生，或許這個家族就不會有那些接踵而至的厄運吧？至少，天塌下來了還有鄒家兄妹頂著，你也不需要那麼早就介入家業。」柯林德嘆了一口氣。

「我倒不那麼認為，就算我父親和小姑姑都還在世，那些家大業大後所引來的猜忌、惡鬥、招怨或詛咒，還是不可能會停止。那就是為什麼，許多人寧願逃離所謂的家業，也不希望被外界指指點點，或在媒體的放大鏡下生活。不然，就會落得和我小姑姑一樣，永遠像一隻忙碌的蜘蛛，不停地編織著完美家族的層層假象，卻也將自己一次次封閉在孤獨的蛛網中。」

「鄒哥哥是否方便談談鄒家大院的那一場大火？」童奇杰問。

鄒子睿的表情隱約流露出一抹不悅，顯然並不是很想舊事重提：「你們真的認為三界火宅之人，與當年鄒家大院的火災有什麼關連？」

童奇杰的眼神堅定：「至少，也算是三界火宅之人將我們帶進了鄒家大院，他或許正在某個角落觀察著我們，希望警方能深入調查到更多線索，甚至瞭解他會成為殺人魔的前因後果。」

鄒子睿沉默許久後，才道：「假如我告訴你們當年我所看到的，警方能為我保守秘密嗎？」

童奇杰還沒等鄒子睿說完，早已抓起了他的右手，自顧自地唸著：「大姆哥，小妞妞，勾勾手手蓋印章！我們做朋友，彼此不黃牛……約定放心中，永遠守信用……鄒哥哥，你也要蓋章呀！」

他聽著童奇杰莫名其妙唸著那些像順口溜的詞句，回過頭瞟了楊嘉莎一眼，一旁的柯林德則揚了揚眉不以為意，還引了引下巴要他蓋章。

「好了，我們已經約定好會保守秘密，要是三個人誰說出去，就罰將花內褲穿在長褲外，兩個星期喔！」

「我還是搞不懂，為什麼刑事警察大隊，會委託一位小學生來查案？」鄒子睿問。

「其實，只要是能夠協助警方早日破案，就算是靈犬雪莉或喪屍偵探，我們都有可能會委託查案喔！」楊嘉莎顯然是在打馬虎眼，或許下意識就不喜歡被關係人反偵訊。

鄒子睿看著眼前翹首以待的三人，思索了片刻，才終於找到了能夠切入核心的那幾句話。

「我的父親並非外界所報導的那樣，是個愛家、愛妻小的成功企業家。相反的，他曾經先後傷害過我母親與月溶，但是……直到他對亞力做出那種事情後，我才看清楚他的真面目。」

「那種事情？」楊嘉莎重複了那個詞。

鄒子睿掙扎了許久，才吼了出來：「他強暴了當年才十三歲的亞力！根本就是一頭吃小孩子的野獸！」那些話彷彿是從他的牙縫間，憤怒地迸了出來。

他們三人全都聽得屏息凝神，畢竟從桂亞力吊兒郎當的言行，根本無法看出他經歷過那種傷害。如今看來，他那些陰晴不定、大悲大喜的玩世不恭，或許只是在掩飾內心莫名的憤怒與焦躁？

「鄒家大院失火前的那個午後，我和亞力在房裡打電玩，就在我一直都破不了關，索性想放棄時，才恍然發現亞力已經不在房裡了，甚至連他是什麼時候離開的，我也不知道。我開始在各個廳室尋找他，可是他就像人間蒸發完全不見蹤影。直到我回到半露天的走廊時，看到惠里在另一頭不斷向我揮手，還神色慌張指著我父親的房間。

時常在鄒家大院東張西望的她，肯定是看到什麼驚人的景象，才會如此手足無措。因為，我從來沒有見過個性傲嬌的她，有過那種神色倉皇的表情。」

「亞力被大舅抓進去，房門還鎖了起來！」

「我永遠記得惠里的那兩句話，接下來的反射動作就是開始撞門，當我一次次將手臂和肩膀撞在門上時，腦袋才開始想著，為什麼我父親會將自己和亞力鎖在裡面？到底發生什麼事情了？

我在撞門的同時，也不斷喊著亞力的名字，直到那一扇雕花拉門被撞開後，才看到我這一生永遠不願再想起的那一幕……我父親赤裸的身體正壓在亞力的身上，醜陋的臀部還不斷朝著亞力的背椎使著力……」

鄒子睿的目光發直，彷彿過往的畫面仍歷歷在目，不止地在他眼前重覆播放著。

「你這個變態！變態！竟然對小孩子做出這種事情！」

「我記得自己發瘋似地喊著，將我父親用力推開，扯下了床單將赤裸的亞力包覆起來，抱出了房間。那時候才發現，原來亞力根本全身癱軟，完全沒有意識！我當時並不知道什麼是迷姦藥，還以為他將亞力悶暈了……又衝了回去對著他大吼大叫，想不到他卻怒目相向一味詭辯，我終於忍不住……朝著已經變成畜生的父親拳打腳踢……」

「你將他打死了？」童奇杰問。

「怎麼可能！我臨走前他還不斷跪地求饒，因為我告訴他，要讓所有的人都知道，潤舟集團的執行長是個兒童強姦犯！

我當時只顧著將亞力扶回他的房間，幫他穿回了平日的睡衣，就那樣一直守在他的床邊。他看起來就像是昏睡著，無論我怎麼搖、怎麼喊，都沒有反應！

直到，我聽到幾名幫傭們一直在喊著失火了！失火了！隱約還聞到嗆鼻的濃煙，我才馬上揹起亞力穿過了花園，往北面的大門逃離火場。當我彎著腰幾乎快匍匐在地上時，不經意看到了我父親的那一排廂房，早已燒得像鏤空的木梁支架，我還以為幫傭們應該已經拉著他逃出去了……結果並沒有。」

鄒子睿的嘴角牽起一道淺淺的弧線，若有似無地自嘲著：「那一場大火，也像是鄒家一連串厄運的開始，和鄒家有關係的親人們，大都成了報章雜誌上繪聲繪影形容的——被詛咒的最後貴族。就像現在，興妖作亂的厄運，又將我們帶進了另一種全新境界的詛咒！讓我或亞力成了殺人放火的連續殺人魔嫌疑犯？」

童奇杰的腦中猶如觀察著「棋待詔」(註9)們對奕後，那一幅密密麻麻的棋譜。他不斷地在腦中比對著每一步棋的目的性，也匹配著與那些目的性相對應的蛛絲馬跡。

然後，才突兀地問了一句：「所以，你小時候，也在鄒家大院見過妖怪或孩童靈？」

鄒子睿的雙眼突然睜得如銅鈴般，微張的嘴也宛若黑洞：「你為什麼知道？」

楊嘉莎這才搭腔：「我們剛才也提到，在警詢桂亞力時，就聽他說起曾在鄒家大院見過疑似妖怪或孩童靈的經歷。你的表姊胡惠美也告訴我們，鄒幸子曾經吩咐她和惠里，只要見到任何陌生小男孩出現在鄒家大院，就要馬上打電話通知她。胡惠美確實也見過兩、三名陌生的小男孩，都是全身髒兮兮只穿著一條小內褲，瑟縮躲在中庭的花叢裡哭泣。」

「我確實也見過……當時還以為是鄰居的小朋友們，偷摸進鄒家大院玩耍，卻和同伴們走丟迷路了。可是，我每次領著幫傭們，要他們將小孩子趕出去時，花園裡的小男孩就消失了。」

「應該也是被鄒幸子帶走了。」楊嘉莎道。

「她將小孩子帶到哪裡？為什麼我從來不知道那些事情？」

童奇杰不解地望著鄒子睿：「當你發現鄒俊彥強暴了桂亞力，是一名兒童強姦犯時，為什麼從來沒將那些事情連在一起？」

「你的意思是……」

鄒子睿終於恍然大悟，然而臉色卻也跟著一沉：「也就是說，我父親根本就是一名強姦兒童的累犯？就連我小姑姑也知道他的那些骯髒事，不但沒有大義滅親……反而還交代了自己的一雙女兒，監視是否有任何漏網脫逃的受害兒童！」

童奇杰腦中的棋譜，繼續反推著那些已經下過的棋子：「我認為鄒幸子很可能早就發現，鄒俊彥在不同時期曾在鄒家大院偷偷監禁孩童，她或許是想營救受害的兒童，將他們帶離鄒家大院。」

柯林德完全不以為然：「鄒幸子或許只是想封住他們的嘴，畢竟已經過去了十多年，那幾名被她『營救』走的孩童，現在至少也二十多歲長大成人了吧？可是，我們卻從來沒有見

註9：棋待詔—是中國唐朝、宋朝時期的圍棋官職，棋手經嚴格考試後入選，專供皇室召用。

過當年的失蹤兒，或他們的家屬站出來說些什麼？他們的家長要不就是被收買了，要不就是失蹤兒根本沒有被營救回家過……」

這對鄒子睿而言震驚無比，他惶恐地問著童奇杰：「那麼，那些沒有逃出來的孩童，沒有被我小姑姑營救的小朋友們，又到哪裡去了？」

童奇杰沒有說話，只是望著當年擺放施坦威三角鋼琴的位置，和如今已是兩堵白牆的那個方向。

鄒子睿牙床微顫，吐出了兩個字：「後山？」

「這只是初步的推敲而已，說不定那也是鄒幸子不希望你們接近後山的原因。」童奇杰若有所思：「大姊姊哪天調派幾隻『尋屍犬』，到那片後山聞一圈，應該會有一些驚人的發現，搞不好還可能破解幾起陳年的失蹤案喔！」

一旁的柯林德突然想起什麼，馬上從口袋裡掏出手機，尋找之前的一些記事：「啊！說到鄒幸子，我那天送鄒惠美回家時，奇杰要我問清楚的幾個時間點，我記得是……」

「關於智慧手表的那檔事！柯杯杯和南投縣的集集分局比對過時間了？」童奇杰問。

柯林德唸著手機上記下的一些數據：「還記得鄒惠美提過，她在鄒幸子溺水意外後，檢查過遺物中的智慧手表，發現手表的APP有記錄到事發時，鄒幸子心率與生理反應的數據！

鄒幸子在早上五點四十三分落水後，心率突然飆高到每分鐘一百五十多次，運動數據記下了她瀕死前的那六、七分鐘，手與腳在水中出現過五十六次倉皇的動作，然後逐漸緩慢，心跳停止的時間是在五點五十二分。」

童奇杰也附和：「我記得當時胡惠美的說明是，鄒哥哥馬上跳下水尋找鄒幸子，在獨木舟上的她們也打一一九報警了。」

「我的確記得，每一次浮出水面換氣時，天色雖然很暗，但是確實看到其中一艘獨木舟上，有人正握著手機在講電話，應該是惠美或惠里在報案。」

柯林德的眉頭皺了一下：「根據集集分局那邊提供的『一一九救災救護指揮派遣系統』的紀錄顯示，鄒幸子溺水的報案電話是在早上六點三分才撥接過去，通知救援的行動派遣ＡＰＰ，也是在那之後才發送到該區所有執勤人員的行動裝置上！

根據智慧手表紀錄的心率與生理反應，從落水時的五點四十三分，一直到心跳停止的五點五十二分，甚至是六點三分前，整整二十分鐘……都沒有人撥過一一九。」

「看來，應該是有人不希望救援那麼快抵達吧？」

鄒子睿無法置信地搖著頭：「不可能，我明明看到她們倆其中一個，正在報警講著電話！」他突然停了下來，回想著鄒幸子臨死前的許多畫面，口中不自覺地喃著些什麼：「難怪……」

「難怪什麼？」楊嘉莎問。

「我小姑姑栽進水裡時，並沒有在水面上掙扎太久，就整個人往下沉。當我脫下救生衣終於能潛水下去時，水面下一片漆黑什麼都看不見。我參加過好幾次的賽艇集訓，學習過救生、溺水與ＣＰＲ的所有急救技巧，甚至也實際救過溺水的人。但是，從來沒見過那種溺水方式，像是落水前身體就已經不聽使喚，或使不出力的樣子？」

「你的意思是，鄒幸子或許是喝茫了或被下藥了？」

「我不知道……至少我沒有見過溺水時不會死命掙扎的人。」

「我猜想，鄒哥哥的腦中現在應該充滿疑惑，從原本以為只是一起意外事件，直到我們將鄒幸子智慧手表上瀕死的數據，與『一一九救災救護指揮派遣系統』的時間線匹配，卻無法對上後。總算，出現了你所熟悉的名字與臉孔，和對方令人無法理解的惡意動機。」

童奇杰得意洋洋地望向楊嘉莎。

「就像我曾經告訴大姊姊的，其實『無憂角』並非全然無憂，守角的厚薄或死活，是會根據雙方棋子的配置而出現變化。破解的套路就是肩沖與二路托！尤其當敵手無憂角的兩邊，同時被我們逼住或被『比對』時，它的守角就有了危機！」

柯林德也跟著說：「對喔，這就是所謂的『無憂兩欄，防靠四三』！咦，怎麼又突然上起圍棋課了？」

童奇杰抓了抓頭傻笑，腦海中的黑白子卻仍舉著棋，圍棋式的思維也不斷在閃爍跳躍著。

「柯杯杯剛才說，鄒哥哥這兩年確實去過美東、加西和華中地區。經過大姊姊比對『國際刑警組織INTERPOL』傳來的三起命案資料，和你曾經停留在紐約、溫哥華或上海的時間線，其實是對得上的……」

「這並不能代表什麼！總不可能因為這樣，就要將我列為嫌疑人吧？」

「不是的，我的意思是，剛才我們提過的那兩個名字，當時是否也與鄒哥哥同行？」

「怎麼可能？惠美和惠里根本就不是潤舟集團的人，怎麼可能會跟著我一起出差！我完全沒有印象和她們去過紐約、溫哥華或上海……」

鄒子睿的話才說到嘴邊，卻突然打住了。

他的腦中霎時閃過——紐約州SUNY紐柏茲分校、溫哥華皮革藝術研究中心、上海時裝週商貿展會……那些不曾留意過的記憶片段。

第十一章 鄒幸子

「我為什麼會在這裡？其他人都到哪裡去了？」

就像是一場場循環的惡夢，我總是問著自己相同的問題。每一次從模糊的意識中甦醒後，我通常早已佇立在湖水的中央，或者說是半個身子正筆直漂浮在水中，緩緩地往湖水中央的那個小島移動著。

直到，靠近湖岸邊的戶外座椅後，才從水中穿了出來，漫步上了岸邊，坐在面向湖面的那個位置。我最遠只能走到這裡，無論試過多少次，氣若游絲的身子彷彿被湖面上某個原點，所延伸出來一根隱形的繩子牽制著，怎麼也逃不出如地縛般的方圓之間。

滿月時，那一片湖水波光粼粼，就像是有著千萬尾銀魚正在水面跳躍；有時候則是沒有任何光線，漆黑的湖面上偶爾會伸出好幾十雙幽魂的手，朝著在夜色湖畔散步的旅客默默地揮動著。

「我也跟祂們一樣，往生了嗎？」

可是，任由我抓破了頭皮，也想不起來自己到底是怎麼死的？只是從某一天開始，我會在特定的時間點甦醒，不斷重複著一些相同的動作與橋段。直到坐在岸邊的我，看著遠處的山頭逐漸呈現魚肚白的光澤，在日出的第一道光線撒在湖面之前……我又會失去意識，如同隔夜的冷空氣，蒸發而去。

我當然記得自己叫做鄒幸子，和胡默生結婚許多年，還有兩名漂亮的女兒，大的叫惠美、小的是惠里。我哥是鄒俊彥，自從他去世之後，一直都是由我照顧著他的兒子鄒子睿。

我記得生前所有的事情，可是為什麼還會滯留在這裡，沒有親人將我引領回家？

甚至，我還記得瀕死之前，生命中經歷過的大大小小事件，宛若浮光掠影的走馬燈畫面，在我的腦海中快速閃過。從那些畫面中，我才領悟到自己在那段人生中，是多麼地懦弱、多麼地沒有正義感，更愧對了那幾位……在我眼前失蹤的孩童們。

我從小就發現自己的哥哥與別人不太一樣，但是並不敢向父母透露，因為他們不會相信我說的話，可能還會認為我是因為忌妒或羨慕他，才會在鄒家未來繼承人的背後，說他的壞話。

我比俊彥小兩歲，是那種童年時就跟在兄長或他的死黨身後，在男孩堆裡打球或打街機的小女孩。我哥小時候並不太介意有個跟屁蟲妹妹，我也就成了現代人口中監視自己哥哥一舉一動的「兄控女」。

真相並不是那樣！但是，當時的我確實「需要」無時無刻監視著他。

就在我們進入青春期後，俊彥在性格上有了巨大的改變，言行舉止也變得越來越古怪。他不再與過往的死黨們混在一起，總是一個人獨來獨往，原本個性開朗大方的他，越來越常將自己鎖在房間，甚至在夜裡偷偷翻牆不知道跑到哪裡去。

直到有一晚，我忍不住跟在他身後，才發現他一路摸黑跑到了後山樹林裡的一座莊園，我記得那是一位遠房親戚家的果園或農園。原來，他跑去找那位遠房的小表弟聊天了，在夜深人靜的樹林裡，兩人自在地躺在涼亭的座椅上，一邊望著遠處的星星指指點點，一邊有一搭沒一搭地說著話。

剛開始我還有些疑惑，他已經鮮少和同齡的死黨們有什麼交流了，卻大半夜跑到了後山，和那位遠房表弟看星星聊天？最重要的是，那一位小表弟只是個七歲左右的小學生，當時已經十四、五歲的俊彥，到底和那位小一生有什麼共同的興趣或話題？讓他每晚都翻牆出來和他見面？

我連續跟蹤了俊彥四、五個夜晚，因為我對他那兩年的轉變，有著強烈的疑問與好奇心，或許心中也對那位小表弟非常吃味。畢竟，他竟然搶走了從小到大就與我如影隨形的親哥哥，讓我頓時成了完全失寵的兄控妹！

直到最後的那個晚上，我發現他和小表弟的距離越來越近，甚至是倚著對方小小的身子說著話。涉世未深的小表弟並沒有察覺任何異樣，但躲在樹叢裡的我，卻覺得有些不對勁。

那是我從來沒有見過的俊彥，一種如掠食動物般痴迷地凝視著獵物的眼神。

就在那一瞬間，他出其不意緊緊摟住了小表弟，一把將他提了起來，胡亂地吸吮著他纖細的脖子和圓潤的臉龐。小男孩的嘴被用力地摀著，如無辜的白兔般，目睹著瞬間幻化為巨蟒的俊彥，將他壓在漆黑涼亭的地面上。

瘦弱的他卻依然死命地掙扎著，拒絕讓俊彥扯下他的腰帶和小褲子。

躲在樹叢裡的我驚惶地睜著恐懼的雙眼，看著自己的哥哥意圖侵犯一名兒童，但我卻只是手足無措地躲藏在黑暗中，連衝出去阻止那場悲劇的勇氣也沒有！直到我踢到腳邊幾塊大石塊，馬上靈機一動拾了起來，如推鉛球般朝著反方向擲了出去！

那塊沉重的石塊擊中了一棵樹幹，在萬籟俱寂的黑暗中發出了一聲低沉的「咚」，旋即落在樹叢裡，傳來了樹葉沙沙響的細碎聲。

俊彥霎時抬起頭，驚訝地望著發出聲音的那片樹林。說時遲，那時快，小男孩馬上從地上躍了起來，頭也不回地往莊園主屋的方向狂奔。他的尖叫聲在山谷的星空下，聽起來是那麼地微弱與沙啞，聲音也越來越遠，越來越飄渺，直到一切又恢復為鴉雀無聲的幽靜。

我跪坐在濕冷的泥土上，無法自控地全身發著抖，心中不斷地祈禱著：「神啊，請讓他平安衝回家中！請讓他平安衝回家中……」

我雖然全身如癱軟般無力，卻卯足了勁往下山的石階路用力跑著。直到衝回家，躲進自己的房間內，將門窗上了鎖、用椅子抵住了門把後，才終於用力哭了出來。我忘記自己是為那位遠房小表弟的遭遇而哭泣，還是因為目睹了自己崇拜的親哥哥，露出了未曾見過的凶狠殘暴的一面，而流下了驚嚇的眼淚。

那個夜晚，我完全沒有闔過眼。直到凌晨四點多，俊彥的房間傳來開門的聲響，然後是走進浴室淋浴了好久的流水聲，和偷偷用洗衣板搓著衣物的細碎聲。我才意識到，事情並沒有我想得那麼樂觀……

隔天的晚間新聞，記者在那一座後山的莊園外，報導了小表弟失蹤的消息。那位遠房的阿姨對著攝影機聲淚俱下地哭喊著，只要任何提供線索尋獲愛兒的民眾，他們將提供兩百萬的獎勵金感謝！

只不過，那一起孩童失蹤案，在電視新聞報導了兩個星期後，媒體與觀眾就退燒了。我們再也沒有聽聞那位長得濃眉大眼的小男童，被尋獲的進一步消息。

我相信，他還在後山某處濕冷的泥土下沉睡著，或者也和我一樣，每一個晚上都從黑暗的深淵中甦醒過來，在山谷的星空下日復一日，重覆著生前最後那幾分鐘的遭遇……

我的哥哥是戀童癖、是殺人鬼，

甚至，還是個專殺孩童的連續殺人魔。

可是，我怎麼能向自己的父母透露？又怎麼可能向任何執法單位舉報他？他是鄒家在台灣和日本兩大家族的命脈，絕對不能讓那些骯髒的事跡敗露，令他成為階下囚，造成整個家族全都蒙羞！

在我未出嫁的那十年，就像是躲在他身後陰影中的一頭怪胎，偷偷地破壞著他每一次拐騙孩童的計畫。然而，俊彥卻在我製造的一次次失敗中，學習到了更縝密的誘拐手法，與更不為人知的監禁計畫。

有時候是在俊彥不幸釀成大禍後，我才找到了他匆忙埋屍，撒手離去的命案現場。就那麼一個人在荒郊野外的隱蔽小屋中，默默地幫著他抹除掉所有的痕跡或物證。

我從當年那一名在黑暗山林中偷窺俊彥作案，全身顫抖、驚惶失措的初中女生；轉變成了他每一次作案之後，為他擦掉兇器上所有指紋的高中女生，或是抹除死亡孩童身上，任何屬於俊彥的毛髮或唾液。直到大學時代，我甚至將那些被埋屍於山中的孩童亡魂，偷偷接引到家族熟悉的地藏王宮廟中渡化。

當時的我，為什麼要活得那麼痛苦？有些人或許認為那就是變態的「戀兄」或「兄控」？不是的，我只是為了自己內心無法去妥協的那一份不完美，而成了殺人魔哥哥背後，那一隻被他的罪惡所無形奴役的「倀鬼」！

我不容許俊彥不完美的所作所為，影響到那個家族的名聲……

不！不！是影響到我、我的未來、我的婚姻、我的子女……尤其是我們所應該繼承到的那些世代家產！

我一直以為俊彥和呂芳晴結婚之後，渴望孌童、戀童、虐童，與殺人犯案的頻率有所減少，至少我雇用的徵信社所給我的回報中，他並沒有太異常的言行舉止，也或許是他的犯案手法更為隱密了？讓我再也嗅不到任何不完美的犯罪痕跡？

他甚至背著芳晴在外面搞婚外情，聽說還是個丈夫在跑遠洋漁船的有夫之婦。我還在納悶為什麼俊彥會有如此大的改變時，才在徵信社傳來的日常照片中，發現那名女子和她兒子的樣貌，當我看到那名六、七歲男孩的長相後……才終於知道俊彥為什麼會背著呂芳晴，沒事就往基隆跑。

因為，那個叫桂亞力的小男孩，長得太像當年的遠房小表弟了。

那種不該出現在小男孩臉上，如洋娃娃般精緻的五官，襯著白皙的皮膚下淡淡的粉紅。尤其，那雙烏亮的黑眸子滿溢眼眶，幾乎看不到一絲眼白，在鏡頭下卻如帶勾般足以牽引某些道中之人的心思，我相信也包括了俊彥！

我從來就不相信子睿他媽呂芳晴，是因為肝炎所造成的肝硬化而身亡。就像我從小到大，窺探著自己哥哥的內心世界，看著那些曾經被他愛憐、寵溺的孩童們，在被監禁後成了他為所欲為的施虐對象。當他玩膩了，或是被圈養的孩童出現了成人的性特徵後，就會被他嫌棄、被他徹底地摧毀。

我相信，芳晴是被我哥慢性毒殺身亡。

我當然不認為俊彥會對宛若「形婚」關係，也早已為他完成傳宗接代任務的芳晴，有任何必須留下活口的憐憫之心。因為，自從他見到桂亞力之後，或許早已決定要一步一步接近丁月溶。透過討好那位愚蠢的婦人，逐步將那名幼童占為己有。

俊彥肯定知道，這一次絕對不能操之過急、重蹈覆轍，不然就會像當年失去遠房小表弟那樣，在還沒「改造」完成之前，就前功盡棄了。但是，只要芳晴還在鄒家的一天，丁月溶母子就完全不可能名正言順地搬進鄒家大院，桂亞力也就無法成為他的禁臠。

俊彥為了讓「重回人間」的遠房小表弟回到他身邊，必須一步一步除掉在他心中已經沒有存在價值的芳晴。那也就是為什麼，他會在芳晴的葬禮沒多久後，不顧我的反對，也執意要將外面的女人和那名幼童接回鄒家。

美其名，是要還給子睿一個有母親、有弟弟的完整家庭，骨子裡卻是要將桂亞力——那個他自以為是遠房小表弟還魂的替代品，占為己有！

只不過，從小到大都在暗處從中作梗，甚至幫著殺人魔親哥哥犯下的罪孽，一次次擦屁股的我，後來也繁衍出了另外兩個我。如果沒有惠美與惠里三不五時出現在鄒家大院，造訪他們的表兄弟子睿，我相信沒有後顧之憂的俊彥，早就對當時年幼無知的桂亞力伸出毒手了……

我知道自己的一雙女兒和我一樣，並不受俊彥一家的歡迎，但是他們卻無法阻止血緣所帶給我們自由進出鄒家大院的特權。我必須透過女兒們的眼睛，確保不會再有無辜的男童成為被俊彥囚禁的玩物。只不過，也因此窺探出子睿與桂亞力不尋常的關係。

惠美除了長得像我，循規蹈矩的性格也與我小時候非常相似，她對日常生活中的蛛絲馬跡極為敏銳，也對偷窺那一家人樂此不疲。可是，我卻不希望惠美經歷我當年所目睹的那些事件。畢竟俊彥的所作所為，在某些程度上……也扭曲了我的思覺。

而惠里則是個截然不同的孩子，我甚至不知道她到底像誰？我是個事事遵循規則的人，不過卻完全無法掌握不按牌理出牌的惠里，也因此她從小就比她姊姊吃過更多苦頭。她有一點或許像我，那就是對子睿極為崇拜，小時候總是在他身後跟進跟出，亟欲成為他們男孩圈的一分子。

直到惠美告訴她關於子睿與桂亞力的事情後，她才逐漸與子睿漸行漸遠，剛開始甚至常會表情悲憤一語不發地，遠遠望著子睿。我相信情竇初開的她，曾經喜歡過自己的表弟，還好那樣的情愫並沒有持續太久。

也或許是經歷過那一場火災後，孩子們也一夜間長大了。

那一場突如其來的大火，帶走了家族中最隱晦、最醜陋的那個秘密，更將我從三十多年來心驚膽跳的生活中拉了出來，再也不需要生活在俊彥變態的陰影之下，去清理那些被他蹂躪過的孩童軀殼，將他們小小的身體永遠埋藏在不見天日的密林之中。

現在的我回望過往，想不透為什麼自己從來不曾向俊彥嘶吼、去阻止他、去告發他，去終止一切的不幸！因為，那些全是我心中最急欲遮蓋的不完美，無法在陽光下出土的家族醜聞。

我至今仍不知道是誰引起那一場大火，也不相信那只是一場意外，到底是誰結束了俊彥的生命？當我看著子睿從火場中救出桂亞力，也曾經懷疑難道子睿發現了自己父親變態的意圖？或是丁月溶意識到自己只不過是俊彥貪戀禁臠下的一顆棋子？才狠下心將一切付之一炬？

我曾經天真地以為我哥離世後，一切都將恢復正常，再也不需要去擔心任何不光采的事會被挖出來，讓整個家族蒙羞。我接手潤舟集團的家業後，一心一意只想重整俊彥生前所搞的那些爛攤子，誰知道當我正如在戰場忙得不可開交時，身後卻霎時燒得烽火燎原。

就像許多自以為幸福美滿的妻子，常是最後一個才知道丈夫真面目的受害者。當電視新聞播放著網路上流傳的那些不雅照時，我無法相信孩子們口中那個「如空氣般無臭無色」，只會讀報與看電視的機器人，原來並不是因為我們的婚姻，已進入絢爛歸於平靜的穩定期，而是胡默生所追求的刺激並不是我能給他的……

那是報應吧？當我得知那一起仙人跳的幕後主使者，是當年那個叫桂亞力的男孩後，我知道他們母子倆終究還是回來報復了！因為，我曾經無所不用其極將他們攆出了鄒家大院，甚至使用各種法律名目扣留了曾經屬於那女人的一切，讓她活得生不如死。

我憑著丁月溶與俊彥並沒有「實質的婚姻」，而趁機掠奪過她。多年後，桂亞力卻讓我嚐到了就算有所謂的實質婚姻，我的下半生仍可能活得生不如死。在事過境遷後，我終究還是與胡默生離婚了，卻無法容忍自己的婚姻，竟是敗在那一名穿著女裝，化名「小舔舔」的跨性別者的手上。

今天的晨霧好像飄來得比較早，遠處的天際也逐漸透出了些許光線。我凝視著自己的雙手，從指間開始逐漸變得有點兒透明，那種如消融般的汽化感，一吋吋傳上我的手腕、手臂、肩膀，再從我的上身逐漸往下游移著。

我的身子不由自主走向水中，一直往湖心的某個點移動著，彷彿有一絲隱形的釣魚線，正將我往某個方向收著線。我知道，當我被牽引回那個原點之後，全身就會化為一縷氣泡沉入水中。

日復一日，當太陽的第一道光線映照在水面時，我也將會消失而去。

只不過，我依舊想不起自己為什麼會被遺忘在這裡？

第十二章　回龍徵

茂密的樹林裡傳來犬隻們喘息的聲音，至少有五名穿著制服的員警，各自牽著不同品種的嗅探犬，在各個方向的草叢與林間搜索著。牠們有些是德國牧羊犬，也有些是拉布拉多犬，而且並不是一般的嗅探犬，而是所謂的「尋屍犬」。顧名思義，尋屍犬的任務通常是尋找命案遇害者的遺體，或是嗅探災難現場的屍體和殘骸。

「後山」的兩條健行步道，暫時被拉上了封鎖線，那一片如丘陵般的小山頭，隨處可見到警務人員。楊嘉莎、錢得樂和小畢也分成三路，各自領著七、八名支援的地方員警，與警專或警大的學弟們，一字排開展開了地毯式的搜尋。

這是後山大搜索第一日的午後。自從童奇杰依循線索推斷，潤舟集團已故的前執行長鄒俊彥，有可能涉及多年來好幾起男童連續失蹤案後。楊嘉莎馬上調出與鄒家大院有地緣關係的兒童失蹤協尋，結果發現有百分之七十五的失蹤案，失蹤兒最後被目擊的地點，確實都離鄒家大院不遠，而且清一色都是小男孩。

更巧合的是，自從鄒俊彥在那一場火災意外離世後，那個地區的兒童失蹤案也驟然降低，甚至可說是戛然而止。

而這一座被鄒家上下視為「不乾淨」的後山，甚至被鄒幸子言明是晚輩們不得接近的禁地，也令楊嘉莎心中不由得疑竇叢生。

她向台北刑事警察大隊預防組，負責婦幼保護與少年法令業務的警務員，提及了所調查到的許多線索，出乎意料得到那位學長的支持，還協助申請人力支援偵查第一隊的搜索。

正當楊嘉莎和童奇杰一邊打著草叢開路，一邊有一搭沒一搭聊著圍棋時，遠處突然傳來了兩聲犬吠聲，緊接著是一位警員高喊著：「B組發現物件！」

他們趕往那個方向時，見到一隻訓練有素的德國牧羊犬，正乖巧地趴在某個定點咬玩著一只狗玩具。聽說這是在尋屍犬發現人類遺骸氣味後所給的「獎賞」，也可避免犬隻意外破壞埋有屍體的現場。因此，尋屍犬被訓練在嗅探到遺骸的氣味時，要在一定的距離旁安靜地趴下，並吠兩聲回報給牽著牠的訓練員警「邀功」、「討賞」。

那一條尋屍犬剛好就叫雪莉，牠過往在地震、颱風或土石流災難的搜尋成效紀錄，所尋獲到的遇難者遺骸準確率，幾乎是百分之百。那個定點，剛好是在一座莊園的柵門左側，一堵雜草叢生的隱密石牆前。

「怎麼會是這裡？」錢得樂才一跑過來，就滿臉疑惑。

小畢並不是很明白：「什麼意思？」

「很久以前的那一起，就那個……『果園愛子失蹤案』呀！如果我沒記錯的話，當年那名失蹤的男童與父母就是住在這座莊園。警方那時還以為是一起擄人勒索案，可是經過好幾個星期的監聽與埋伏，根本就沒接過任何歹徒的勒索電話或信件。

原本電視台搶著報導的熱門新聞，後來也不了了之。聽說那一起失蹤案之後，那一對年輕的夫妻就離異了，傷心的丈夫好像移民到澳洲，從此再也沒有回來台灣。」

「離婚了？那前妻呢？」小畢問。

楊嘉莎馬上噓了一聲：「別再說了，她一個人還獨自住在這裡，就是站在鐵柵門內的那位……」

「天啊，已經幾十年了，原來她仍然住在這片破舊的莊園裡……應該是怕哪天失蹤的兒子回來時，沒有人在家裡等他。」錢得樂低聲說著話，語氣竟然還有點沙啞。

那位婦人從斑駁的黑色鐵柵門內走了出來，她知道這幾天警方會搜山尋找一些失蹤人口，卻不是很清楚為什麼會有一大群警務人員，在她的大門旁指指點點。

她就是那位曾在老三台時代的電視新聞中，哭得聲嘶力竭懇求歹徒放過兒子，希望有任何目擊者提供線索的母親。如今的她已是一名白髮蒼蒼的老婦，當她聽到前院門外的吵雜聲，又看到搜尋人員在她家牆外的草叢山路拉起封鎖線，並且小心翼翼地在那個定點開挖後，她的心中浮起了不祥的預感。

那或許是她人生中最漫長的一個小時，她從來不知道那一年自己的兒子發生了什麼事，甚至不斷告訴自己或許是被兒童販賣集團或不孕的夫婦騙走了，如今正在某一個城市裡，以另外一個名字過著更幸福快樂的生活。她寧願用那些荒謬的可能，去撫平內心永遠填不平的那個傷痛，也不願意去相信兒子或許曾經遭受到任何虐待折磨，甚至早已不在人世的猜測。

搜尋人員會同鑑識小組砍除掉覆蓋的草叢後，細心地在那一片黃土地往下挖，並且用特殊的掃子刷掉已經疏鬆的沙土，深怕會破壞到任何物件或骨骸。然而，在還沒開挖到屍骨前，那位白髮的老婦早已痛哭失聲，甚至不顧制服員警的阻擋，一心想衝進黃色的封鎖線內。

因為，其中一名鑑識人員正緩緩從土堆中，拿起一件沾滿黃土的藍色夾克時，老婦人幾乎快暈厥地跪了下來。那是失蹤案發生的那一年，她帶著兒子到一間剛開幕的日系百貨公司，讓他自己挑選「過新年、穿新衣、戴新帽」的藍色夾克，夾克的背面印著他非常喜歡的「科學小飛俠」中的五位英雄人物！

那件藍色夾克蓋在一顆白森森的小小骷顱頭上，身形嬌小的骨架子掩藏在已是深褐色的卡通圖案T恤與小短褲中。讓老婦人更確定，那就是她失蹤幾十年的年幼兒子。

原來，他從來就沒有離開過她，

甚至，沒有離開自己家的莊園太遠，

就那麼近如咫尺，被一道高牆阻隔在外，

從來就沒有人知道，那一晚他死命地奔跑，

只差那麼幾步，就可以衝回莊園的鐵柵門內，

追逐遊戲，卻挑起那頭掠食動物內心最原始的快感。

老婦人埋首跪在布滿石子的黃土地上，在楊嘉莎的扶持下哭得傷心欲絕。突然，她覺得彷彿有一隻溫暖的小手，緊緊地壓在她的肩頭。她還以為是兒子的亡魂在安慰著她，正想回過頭尋找他的身影時，才發現是一張陌生小孩的臉孔。

那是站在楊嘉莎身後的童奇杰，正輕輕地拍著她的肩膀，體貼地安慰著她，令老婦人更是百味雜陳，一把緊緊地抱住了童奇杰。

她沙啞地吶喊著：「為什麼我的孩子就不能平安的長大……還走得那麼悲慘……為什麼！」一聲音宛若林中飛禽振翅的餘音，迴盪在那片景色荒涼的後山。

雖然，警方還需要進行毛髮與骨骼的ＤＮＡ鑑定與比對，才能確定那一具無名屍是老婦人失蹤許多年的兒子。但是，從現場所尋獲的衣物與配件，以及短褲口袋中的莊園鎖匙，和夾克暗袋裡的火柴盒小汽車……年邁的她早已非常確定，那些被掩埋多年的遺物，的確屬於她兒子的物品。

楊嘉莎擔心她的身體狀況無法承受如此大的打擊，馬上請制服員警和熟識的鄰居將老婦

人扶回莊園休息，也派了現場支援的醫護人員，就近去檢查她的狀況。

童奇杰目送著老婦人離開後，才終於敢開口談當年的失蹤案：「大姊姊，妳知道暗網Tor站台的一些真實犯罪論壇有提到，聽說當年《翡翠》或《第一手報導》雜誌都有查到，『果園愛子失蹤案』的家族和潤舟集團的鄒家，是有些關係的遠房親戚，應該算是鄒家兄妹的遠房小表弟。」

「依照那一起失蹤案的發生年份推算，鄒俊彥當時只是一名國中學生而已。如果他真的是兇手，或許殺害自己的遠房小表弟，也是他人生中所犯下的第一起殺童案。」楊嘉莎的表情凝重，看著鑑識人員將那些支離破碎的遺骨，小心翼翼地放進不同的容器中。

「為什麼，對孩童做出了那種天理不容的骯髒事後，竟然還要將他們毀屍滅跡？難道不能放他們一條生路嗎？」楊嘉莎問。

柯林德搖了搖頭：「不可能的，只要掠食動物的臉孔被看到後，就不可能會讓獵物活著逃走。尤其像鄒家那種大戶人家，全家上下都有機會在新聞媒體上曝光，日後被受害者認出來時，絕對會被爆料或報復。就像……桂亞力對鄒幸子夫婦所做的仙人跳復仇。」

「我只是不明白那種『長相被看到了』就要殺人的邏輯，為什麼不能易容、變裝或戴面具？明明就是自己愚蠢露餡，卻在逞了獸慾後還要殺害受害者，來遮蔽自己已經曝露的蠢臉！」

楊嘉莎難掩情緒低落，或許是看到果園愛子案的傷心老婦人，讓她聯想起自己家中的長輩。老婦人在經歷了那麼多年如迷霧般的心靈折磨後，卻還要承受那最後、最重的一擊。

「其實，許多強姦犯是故意不易容、不戴面具的。」童奇杰道。

柯林德皺著眉：「為什麼？」

「惡意的快感……我修約翰傑伊學院的『變態心理學』網上學分時，讀過有些強暴犯目睹受害者驚聲尖叫、死命掙扎時，反而情緒會更亢奮。部分變態的施暴者喜歡那種非常近距離的四目相交，迫切地想讓受害者看到自己興奮的表情，傳達那種——我正在享受你的恐懼，所帶給我的性高潮……」

楊嘉莎這次並沒有阻止童奇杰的超齡發言，反而是柯林德喊了出來。

「你這小子，毛都還沒有長齊，就學人家……」

他看著童奇杰如清澈湖水般的雙眼望著他，突然想到什麼，才很識相地說：「就學人家去修『變態心理學』的學分喔？算了，你天才兒童，就當我沒講話吧……」

語畢，還朝著楊嘉莎訕笑地說了一句：「腦內啡喔～」

他顯然聽聞過童奇杰與她那些關於「性虐調教師」的尷尬對話。

那一場後山的搜索行動持續了五日，尋屍犬們後續又在不同的樹林中，尋獲十四具孩童的遺骨。經過多名法醫的鑑識與比對，遇害者全都是男童，粗估年齡從七歲到十三歲都有。

然而，他們被掩埋時的陳屍狀況，卻與果園愛子案截然不同，或者說兇手作案與埋屍的手法更為縝密了，並沒有遺留下任何外套、衣褲或隨身物品。也就是說，那十四名孩童當年是赤身裸體被轉移到不同的埋屍地點，在現場幾乎找不到任何遺留物與物證，就像曾經被清理與抹除一樣。

最詭異的是，其中有三名孩童的顱骨宛如破碎的花盆，被刻意砸得稀巴爛，當年那些幼童們面容血肉模糊、腦漿四濺的血腥場景，令人想像起來都不禁髮指眥裂！

面對沒有可辨識遺留物的十四具無名孩童骨骸，負責婦幼保護與少年法令業務的警務同事們，簡直忙得焦頭爛額。但是，許多人卻幹得非常起勁，因為拜日新月異的科技所賜，帶給這類的懸案、冷案與失蹤案，有了許多重見天日的機會。

他們會同鄒家大院所屬的那個行政區，調出了當年尚未有電腦作業時，以人工手抄的失蹤兒童報案與協尋資料。還好，從紙上作業進入數位化的過程中，那一類未解案件的資料有被掃描為影像檔！當他們將失蹤者的年齡與性別，定在法醫所告知的「七歲至十三歲的男童」後，馬上大幅縮小了搜尋目標，只剩下三十多位家長當年的報案存檔資料。

終於，在戶政事務所的協助下，尋找到當年那些家長們如今的聯絡方式，警方也請求他們提供檢體，做為與無名孩童遺骨的DNA鑑定。在後山被埋藏幾十年的失蹤兒童的毛髮與骨骸，經過DNA萃取後進行遺傳特性匹配和親子關係鑑定。

竟然，有十位無名孩童的骨骸確定了身分！

那些兒童的魂魄，總算在法師的招魂儀式中，跟隨著抱著自己生前衣物的家人，在聲聲呼喊與魂幡飄揚中回歸。離開了那一片曾經囚禁他們軀殼與魂魄的後山。有些年少亡者的雙親已是白髮蒼蒼的老夫婦，有些則是由兒女陪同的寡婦或鰥夫，或是已經成年的手足們代替已故的父母來招魂。

雖然，這一連串塵封已久的兒童失蹤案並非楊嘉莎的案子，卻是透過她經手的「三界火宅之人」幾起命案的調查線索，將他們引進那一起起表面看似不相關的事件，最後環環相扣帶著他們進入……那一片曾是鄒俊彥「戀童癖連續殺人案」的獵場後山！

只不過，警方該如何去證明，十年前在鄒家大院火災中喪生的鄒俊彥，就是曾經監禁、虐待與殺害十多名，甚或幾十名幼童的戀童癖殺人鬼？就算無法將已經往生的他繩之以法，至少仍可撫慰那些經歷多年創痛的傷心父母，慰藉那些失去生命的無辜孩童之靈。

☆☆☆

電視新聞的分割畫面一分為二，左手邊轉播的是在鄒家大院門口靜坐，為遇害孩童亡魂誦經的人群；另一邊的即時畫面，則是潤舟集團台北總公司的大樓前，憤慨的民眾企圖集體衝進辦公樓內，與保全人員大打出手，甚至和維護秩序的警方對峙的影像。

「殺人執行長！根本就是個殺人執行長！」

「鄒俊彥是兒童強姦殺人犯！死有餘辜！」

「請鄒家和潤舟集團，出來面對受害者家屬！」

人群之中，有的是父母捧著年幼愛兒的黑白遺照暗自流淚；有的則是親人忿忿不平對著電視台攝影機振振有詞。十多個小圈圈，每一個都是當年受盡煎熬的失蹤兒家庭，他們有些是透過ＤＮＡ鑑定後，已確定身分的遇害孩童家屬；有些則是孩子至今仍不知去向的父母。

在現場轉播的女記者轉過身面向鏡頭：「發生在四十多年前，許多起神秘消失的男童失蹤案，前幾天終於水落石出，在尋獲多名當年的失蹤兒遺骸後，確定了多名失蹤兒早已遇害，並曾被陸續埋屍於文山區的一處丘陵山野之中。檢調單位目前也朝著『戀童癖連續殺人案』的方向展開調查。

警方是在追蹤『三界火宅之人』的連續殺人案時，意外追查到疑似當年多名失蹤兒的蛛絲馬跡，並在可能為兇手埋屍地點的山林中，進行了大規模地毯式搜索後，尋找到十五名失蹤幼童的無名屍骸。在ＤＮＡ遺傳特性匹配與親子關係鑑定後，陸續確定了他們的身分。」

攝影機的鏡頭切換到女記者身後的民眾，憤怒的叫罵聲仍絡繹不絕。

「怎麼會有這種包庇連續殺人魔的集團，天理不容！」

「鄒氏家族還我兒子！潤舟集團還我兒子！」

導播也適時穿插了稍早採訪已故孩童家屬們的片段：「我曾經每天晚上都夢見我兒子，光著身子站在深夜濃霧的山林中，發著抖跟我說『把拔，我好冷！好冷！』。這麼多年後，我才終於知道原來兒子是光著身子，被埋在荒山野嶺……」

那位接受訪問的老父親，悲傷地脫下眼鏡，擦拭著老淚縱橫的皺臉。

鏡頭切換回在現場報導的女記者：「昨晚，檢察官也宣布了更令人振奮的消息，在『果園愛子失蹤案』遇害者的Ｔ恤與短褲上，所取得的精斑檢體，以及從兩名幼童遺骸上所提取到的陳舊微量ＤＮＡ，經過模板進行的擴增後，成功獲得完整的分型圖譜了！」

分割畫面上也播放著檢察官稍早的發言：「檢方根據當年曾目擊戀童性侵嫌疑人，對一名倖存者施暴的證詞，將本次多名受害者遺骸與遺物上所採集到的精斑ＤＮＡ，與該名嫌疑人直系親屬所提供的檢體做比對後，確定了作案者的身分為——已故潤舟集團前執行長鄒俊彥！」

女記者表情凝重繼續報導：「是的，由於鄒俊彥生前中日政商關係良好，並且是引進日式生鮮超市經營理念到台灣的先行者，也是提倡全台從南到北冷鏈運輸的重要推手之一。如今卻在指證歷歷下，被揭發在世時就是上世紀殘忍姦殺十多名或更多孩童的『戀童連續殺人魔』！

這一枚震撼彈也引起了中日兩地媒體的採訪與報導。除了潤舟家族發跡的鄒家大院前有群眾靜坐誦經、潤舟集團總公司大樓前有抗議活動外，我們也接獲通知，潤舟董事會成員之一的鄒子睿先生，也就是前執行長鄒俊彥的公子，將在潤舟的會議室舉行國際記者會。我們現在馬上將鏡頭交給剛開始的記者會現場……以上是森立新聞網記者廖北雅帶來的報導。」

電視畫面上的鄒子睿梳著整齊的三分七髮型，穿著一身黑襯衫與黑西裝，鋪著黑色桌巾的長桌邊只有他一個人端坐著。當記者會開始後，他首先站了起來朝著多名死者的家屬代表們，深深鞠了一個將近九十度的躬，誠懇地低頭彎腰長達近一分鐘。

這麼多年以來，他一直以為自己需要為父親的性侵惡行道歉的對象，只有桂亞力一位，卻沒想到在那之前就已經有十多名或更多受害兒童。而那些無辜的孩子們，甚至沒能像桂亞力那般幸運，在第一時間就能被尋獲、被解救。

當檢調單位告知自己父親涉案的可能性，並且請求他提供DNA檢體協助辦案時，他二話不說就答應了。就像新聞中報導的一樣，他就是舉發鄒俊彥性侵桂亞力的那位目擊者，也是提供DNA檢體的『戀童連續殺人魔』直系親屬。

假如，他當年除了於事無補地向桂亞力道歉，還能在自己父親去世後，仍鼓起勇氣揭發他的真面目，甚至細心追究那些曾出現在鄒家大院的陌生孩童。或許，那一連串的戀童癖連續殺人案就能更早水落石出。

「我是鄒子睿，在此代表鄒氏家族向所有受害者，與受害者的家屬們致上最深切的歉意，也絕對譴責我父親生前所犯下的所有性侵兒童與謀殺的惡行！」他再度深深地一鞠躬，謙卑地低頭彎腰。

死者家屬代表的席間傳來了一聲聲的哭泣與抽噎，還有幾名家長眼神放空。

就像鄒子睿曾經說過的，他只是因為姓鄒，就必須繼承那個早已有名無實的空殼子，和鄒家幾代長輩們撒手留下的那些爛攤子。

他還記得小時候母親曾經提過，她娘家那位打過八年抗戰和盧溝橋七七事變的老爹，也就是鄒子睿從未謀面過的外祖父，時常會口操濃濃的山東鄉音，警惕他們晚輩們——「道德傳十代，富不過三代」。

那兩句話，好像全都應驗在出了個強暴犯與連續殺人魔的鄒家。

無論鄒俊彥生前所犯下的惡行，需要耗費多高的金額賠償給每一個受害者家庭，鄒子睿認為他責無旁貸，就算賠光了鄒俊彥所留下來的家產、讓潤舟集團的家業破產倒閉了，也在所不惜！

「我個人已經為家屬們安排好，本週六上午將為受害孩童們舉行祝福法會，下午三點鐘舉辦聯合公祭。除此之外，鄒氏家族也即刻撥款每位受害兒童家庭，一百二十萬的喪葬補助費。並在下星期一上午，馬上舉行受害兒童與家屬們的賠償協調會，絕對會提出合理的賠償金額與家屬們協調……」

當楊嘉莎走進刑事警察大隊偵查組的員工休息室時，牆上的電視新聞正在重播著鄒子睿的那場記者會，旁邊的長桌則是柯林德和童奇杰，正如靜坐般凝視著十九路棋盤上的黑白子。

「柯杯杯竟然也下『模仿棋』？」童奇杰嘴角歪了歪，神秘地微笑著。

「什麼模仿棋？我可稱它是『東坡棋』喔。」

「呵呵呵，你讓我流口水，想吃東坡肉了！」

童奇杰看著棋盤兩個角落的棋子，被柯林德刻意下成了對稱的圖形，他乾脆開始將黑子下在正中央的天元，而且棋子貼著棋子走。正如他所料，柯林德也模仿著他的棋路，如此黑白棋成了互相包圍的局面，最後就自己先氣盡提取了，那才破解柯林德的模仿棋。

「咦，你也跟《棋靈王》的塔矢亮一樣，這樣來破解『東坡棋』？我還以為你會用『徵子』的套路！」

童奇杰訕笑地回答：「我的圍棋老師說過，與段數比較低的棋友對弈時，千萬不能鋒芒畢露、以大欺小，要放低身段用比較低階的技巧來應對，如此才能不傷和氣。」

「哼！」柯林德仰起鼻子，用鼻孔瞪了他一眼。

「喂喂喂，是誰准你們把偵查組當成棋牌室了？」楊嘉莎斜著眼嘮叨了幾句。

童奇杰打了個響指：「就，妳說我們是委外協助專案小組調查～的那天開始呀！」

「是呀，奇杰省得再扮演妳的外甥，和那個什麼？真。相。肯。定。會。從。細。節。中。浮。現……的『市警小偵探』，他這幾天可高興得很！」

「柯杯杯，你忘了那句Slogan說完後，還有個假面騎士的蹲馬步姿勢。」

那一老一小有一搭沒一搭說著話，連正眼都沒有瞧過楊嘉莎一眼。正當他們聊得不可開交時，冷東施也無聲無息飄了進來。

「冷法醫！今天是來刑事警察大隊開會嗎？」楊嘉莎問。

「不，是幫妳外甥……嗯，不對，是幫妳委外的天才童探辦事啦！」語畢，還順手將一只資料袋丟在棋盤邊。

童奇杰馬上站了起來，露出了小奶狗般的無辜眼神：「東施姊姊還在生我的氣呀？」

「我怎麼可能生小杰的氣？是生你這位冒牌楊阿姨的氣啦，竟然沒讓我知道這麼可愛的小男生，是門薩國際認證的高ＩＱ兒童！不然……我早就收你當乾兒子了！」說著說著還掐了掐童奇杰嬰兒肥的腮幫子。

童奇杰有點尷尬地問：「所以，東施姊姊幫我送出去化驗的『東西』，報告已經回來了嗎？」

冷東施打開資料袋，抽出了幾張紙：「是豬皮，正確一點來說是兩、三個月幼豬的皮膚！」

「果然……」童奇杰的眼睛閃過一絲光芒。

「你們到底在說什麼，為什麼我聽得一知半解？」柯林德問。

楊嘉莎關上了員工休息室的門：「發現羅美辰遺體的那一天，柯老師剛好不在現場。奇杰聽冷法醫提過，在劉滿足、邱秋美與羅美辰胸腔的皮膚上，都分別發現過氯酸鉀、氯化銅或糖分的殘留物，便以這三個關鍵字在網上Google，結果被他搜到了一段叫『氯糖反應』的實驗室影片，就是以這三種物質產生大量的熱能，製造出爆破與燃燒的現象。」

童奇杰跟著補述：「就類似柯杯杯在淡水河西岸，看到那些『糖火箭』的發射原理，是以糖為反作用動力，將火箭瞬間推送上空中。但是，它們都是以電子引線遙控器，來觸發火箭裡那支灌滿葡萄糖的ＰＶＣ管推進器。

我當時假設過，如果沒有引線的裝置，是否也可能讓氯酸鉀、氯化銅和糖，產生劇烈的『氯糖反應』。結果，我在暗網的Tor站台上，讀完了媽媽的妖怪所寫過一些關於糖火箭化學理論的研究日誌後，發現答案就是那段實驗室影片裡使用的『濃硫酸』！

就算只是少量，都可讓那三種物質發生劇烈的氧化還原作用，那種如糖火箭衝向三千到四千英呎的反作用動力，足以震碎女性的肋骨，造成死者們的胸口結構塌陷，也在爆炸後開始燃燒！」

「當小杰告訴我他所收集到的資料後，我心想那個宛若糖火箭的推進器，還裝滿濃硫酸、氯酸鉀、氯化銅和糖的容器，到底在哪裡？身為法醫的我直覺認為，難道凶器還留在死者的大體上？」

冷東施滑了滑平板電腦，畫面停留在幾張死者的胸腔照片上，那個如火山口般的燒燙傷口：「我採集了三具大體隆起的傷口組織，進行了更多的化驗，才發現那些焦黑的皮膚，並不完全是死者的皮膚組織，還黏附著一些幼豬皮！在幼豬皮組織裡，也同樣檢驗出氯酸鉀、氯化銅和糖的殘留物。」

「你的意思是，那個如推進器般會產生強大反作用動力，足以震碎女性肋骨的裝置，是用……小豬崽的皮製作出來的？聽起來也太離譜了吧！兇手使用幼豬皮的目的，到底是什麼？」柯林德問。

「讓凶器在發揮殺傷力後，與被害者融為一體。」童奇杰回答。

「幼豬皮居然也可以成為凶器的一部分……」

冷東施順手將平板遞給柯林德，展示了幾張幼豬植皮的網路照片給他看：「目前國外有些燒燙傷醫療中心，會以這類幼豬皮的異種皮為基礎，做為燒燙傷病患在創面修復的基底。雖然物種之間有細胞和組織蛋白等抗原差異，還存在了天然抗體之類的不同，但幼豬皮經過改造後，可先做為真皮移植到患者的創面，之後還會在真皮上面再移植一層表皮，如此兩者就可共同形成複合皮。

因此，那一只以幼豬植皮為容器的裝置，外觀上有可能看似皮雕首飾、皮製吊飾或掛飾，裡面卻灌飽了氯酸鉀、氯化銅和糖的粉末。假設是一件戴在胸前的項鍊吊飾，當容器內的物質產生劇烈的氧化還原作用，爆炸與燃燒過的幼豬植皮，除了燒焦也可能會因高溫與死者的皮膚融在一起，單以肉眼來判定，會以為是死者燒焦皮膚的一部分。」

「濃硫酸有腐蝕性，不可能也貯存在皮製的容器內吧？」柯林德問。

童奇杰附和地回答：「柯杯杯說得沒錯，能夠保存硫酸的容器，大概有陶瓷、玻璃、聚乙稀，或碳鋼之類的材質。如果要我猜測的話，那個裝置內的濃硫酸有可能是裝在陶瓷製的容器裡，與皮製容器內的粉末是分開的。

而且，陶瓷容器應該非常小，外觀的設計可能還刷上了金箔，上面早已『陽刻』著一行偈語。在某種機制或條件下，陶瓷容器內的硫酸會流出來，滲進灌滿氯酸鉀、氯化銅與糖的容器內。就在即將爆炸與燃燒前，透過陶瓷吸熱的特性，也快速將『如來已離．三界火宅』燙金在死者的皮膚上……

最後，小小的陶瓷容器跟著爆炸的烈焰，被炸得粉碎，幼豬植皮的容器，也沾黏在死者的皮膚上一起燒焦了。」

楊嘉莎凝視著那幾張幼豬植皮的檢驗報告，若有所思：「這麼說來，三界火宅之人在殺害劉滿足、邱秋美與羅美辰之前，就曾在其他國家測試過這種殺人手法，才會有紐約、溫哥華和上海那三起，完全沒有地緣關係的人體自爆命案！」

童奇杰點頭：「肯定是！依照鄒子睿所提供的訊息，對方是從紐約州SUNY紐柏茲分校的珠寶設計和工業設計系所畢業，在溫哥華的皮革藝術研究中心擔任過研究員，返回台灣後也參展過『上海時裝週』的商貿展會。那些專業的工業設計技能，讓我不由得將問號聚焦在對方身上。」

「我記得你在解讀媽媽的妖怪的書寫模式時說過，只要仔細觀察就可在許多畫家、設計師或藝術工作者的作品中，發現一些令人嘖嘖稱奇類似棋譜的圖形，他們也反映著創作者內在感受的光譜。看來你的預測……還蠻神奇的喔！」楊嘉莎揚了揚眉望向童奇杰。

「想不透，為什麼殺人還要玩那麼多花樣？」柯林德搔了搔頭。

童奇杰一邊將棋子收進棋甕中，一邊說著：「對那些有縱火慾望的病態者而言，他們認為放火是一種行為藝術，有些人還會花心思去設計從哪裡開始縱火才完美。顯然，對三界火宅之人或媽媽的妖怪來說，縱火已經不再能紓解他內心的憤怒與壓力。

無論是燒掉當年那台施坦威三角鋼琴，或是將鄒家大院一把火給燒了，早已不能點亮內心的黑暗面。他必須靠著爆炸中的火焰，才能一次次毀滅內心對某一類型女性所懷的恨意。」

楊嘉莎問：「所以，你已經確定，他就是三界火宅之人？」

「不……」童奇杰沉思了幾秒後，才露出一抹泛著陽光的笑容：「應該是說，我除了確定誰是三界火宅之人，也知道誰是媽媽的妖怪，為什麼當年會憤怒地火燒鋼琴，燒掉鄒俊彥與鄒家大院！甚至設計出鄒幸子落水溺斃的假象。」

「是Emmy的妹妹胡惠里？」

童奇杰並沒有回答，只是感嘆了一句：「家族榮耀，害死了許多人……」

冷東施納悶地翻著資料袋裡的文件，語帶玄機地說：「如果你們真的確定胡惠里就是三界火宅之人，那麼這一份鑑定報告，應該可以釐清一些或許是犯案動機的蛛絲馬跡。」

她將那份鑑定報告，和有著如蚯蚓般染色體的影本，鋪在了長桌上。

「這些是在化驗三名死者燒燙傷時，沾黏的那些幼豬植皮上所發現的人類皮屑組織。我們本來還以為是其中兩名死者的皮屑，結果提取DNA匹配之後才確定並不屬於死者。

而且，DNA模板所擴增出來的分型圖譜，都是同一個人，還和一般人不太一樣。我認為有可能是兇手的DNA，因此請檢測人員做了『染色體核型』的基因檢測，來確定兇手在樣貌上的一些遺傳特徵。

結果發現……三界火宅之人，應該是一名男性。」

楊嘉莎愣住了：「什麼？妳是說Emmy的妹妹，或鄒子睿的表姊胡惠里，從頭到尾就是個男的？」

「我這麼說好了，如果皮屑的所有人真的屬於胡惠里，那麼他應該是一名『克氏症候群』的患者，通常也被簡稱為XXY或47, XXY症候群。」

童奇杰早已一邊聽著，一邊Google了起來，還喃喃唸道：「克氏症候群（Klinefelter syndrome）是一種染色體異常疾病，就是俗稱的『次雄性症候群』，因為男性有兩條或兩條以上的X染色體所導致的疾病。」

「炫學喔？完全聽不懂是什麼！」柯林德瞟了一眼童奇杰。

冷東施道：「簡單的來說，人體內具有二十三對染色體，共四十六條染色體，通常男性的染色體是XY，女性的染色體是XX，因此主宰人類性別的決定基因，就是以有Y染色體來區分性別。正常男性細胞核型為「46, XY」，但是，三界火宅之人的X染色體數量異常增加，成為「47, XXY」核型的克氏症候群。」

柯林德還是聽得一頭霧水：「他和我們有什麼不同嗎？」

「有時候不見得會有顯著的異常，但是可能會有閱讀障礙，或是在說話上有困難，因此有時會被誤判為是ADHD方面的注意力不足過動症。看來三界火宅之人的異常染色體非常顯著，應該會有運動協調性差、身高比同齡者高、身上的體毛稀少、缺乏性慾，嚴重的話……則會出現外生殖器異常與男性女乳症。」

楊嘉莎的雙眼霎時不爭氣地紅了起來：「難怪，他會自嘲地將暱稱取為……媽媽的妖怪。」又馬上撇過臉，忍住了那些不該流露的情緒。

「好的，我馬上就去通知檢察官，帶上專案小組人員拘捕三界火宅之人——胡惠里。」

第十三章　X與Y

你知道這座城市最孤獨的地方在哪裡？是台北１０１。

每當我站在這棟大樓的戶外觀景台時，總能感受到那種在冷空氣中特殊的孤獨感，彷彿自己與整個城市脫節了，獨自一人居高臨下眺望著與自己毫不相干的凡塵。

遠處的山景在日暮時分，山峰疊疊顯得那麼幽靜，也宛若一具沉睡的巨人軀體，令人不由得產生一絲孤獨感。我站在這座城市或這座小島的最高點，孤獨與這座城市融為了一體。

在未滿六歲前，我就嘗盡什麼是孤獨，那種自己與其他小朋友好像不太一樣的孤獨感。

因為，我的童年有整整三年時間，被當成是ＡＤＨＤ的患者，接受過各種不同的治療，除了專業醫師的定期門診，每天還要服用一種叫中樞神經興奮劑的藥丸。我媽說那是改善我專注力的「聰明藥」，可以提升我腦袋中什麼正腎上腺素與多巴胺的作用？

小時候的我完全不懂，為什麼只有我一個人需要吃那種，會令我頭痛、噁心與暈眩的聰明藥？它總會將我從那個無法集中注意力彈鋼琴的過動兒，轉變成一名內心充滿著怨恨、憤怒與情緒化的陌生小男孩。

直到有一天，我媽發現了我身體上的那個秘密後，我的世界也天翻地覆了。

那一年的夏天，還沒上小學的我，就像許多天真活潑的小男孩一樣，喜歡玩水、喜歡游泳，喜歡將浴池裡放滿水倒入洗髮精，就像電視裡洗泡泡浴的廣告那樣。我的拿手絕活就是在水裡放一個很長的屁，然後看著自己的屁變成一顆顆的屁泡！

有時候在浴室裡玩得太過頭，我媽就會拿著大毛巾跑進來，氣呼呼地幫我將身子擦乾。那天，我耍無賴躺在地上不想離開浴室，她還是自顧自地幫我擦乾身體，直到幫我擦著下身時，卻突然停了下來，很疑惑地看著我的兩腿之間。或許，她很少從那樣的視角看過我的小雞雞。

然後，她突然尖叫了出來，還退了好幾步，就像看到了什麼不該看的東西。

我永遠記得那一幕，因為從那時開始她看我的眼神，永遠不再一樣了——充滿了無知與無情。我也才知道原來自己的身體生病了，除了有男生的小雞雞之外，那邊也長出和我姊姊一樣的「小妹妹」。

那時候的我，並不瞭解雖然是罕見疾病，我卻仍應該有自己的選擇權。然而，我媽卻從來沒有問過我，或在乎過我的感受，就為我下了決定。進入幼稚園時，我被迫穿上粉紅色的圍兜兜，我不懂為什麼子睿就可以穿藍色的，我卻不行。

國小開始我媽要我把頭髮留長，不再讓我剪成像小男生的西裝頭，理所當然也只為我準備了女生制服。無論我如何斬釘截鐵告訴同學或老師，我是男生或我曾經是男生，他們只當我是在開玩笑，或是覺得我只是個好強不想輸給男生的小女孩、小男人婆。

我不知道我媽動用了什麼政商關係，將我從出生開始所有的資料，全都改成了「性別：女」。還好，從小就因為無法集中注意力彈鋼琴的我，從來就不像惠美那樣，能夠成為我媽帶到社交圈或媒體圈炫耀的孩子。因此，很少人知道我這個兒子的存在，更別說是讓新聞媒體知道，潤舟集團的千金鄒幸子，有個曾被誤診為ＡＤＨＤ的小孩，最後才確診其實是個罹患克氏症候群的兒子。

她不可能讓那樣的新聞毀滅了鄒家優秀的名門血統、毀掉了潤舟集團的家族聲望，最重要的是毀掉她苦心經營，那個中日混血的知性富家女形象。我這種兒子，是她變態的完美強迫症中的不完美，她才會選擇了將原本的「胡滙禮」，粉飾為後來的「胡惠里」。

但是，她從來沒有問過我，或告訴過我原因，而是直接否定了那個生病的兒子。

再長大一點後，我才瞭解母親完美性格中變態的一面，她早就知道無法將自己的兒子改變回心目中理想的模樣，就像她最寵愛的外甥那樣的小男生。她只好開始改造我，甚至意圖安排我成年後到國外進行性別重置手術，讓我成為真正的惠里，埋葬掉藏在我內心也亟欲想長大的滙禮。

當我不願意遷就去裝出小女孩的樣子，或是不想妥協成為一名真正的女生時，我一如過往會被她關進花園裡的那一間小屋中，要我在黑暗之中好好地反省。直到我聽話後，或是願意穿上小裙子時，她才讓我離開那一間囚禁小屋。

我們小時候母親節前，應該都畫過一幅叫「我的媽媽」的畫像吧？我記得我的那一幅還被美術老師貼在公布欄上，她覺得我很有創意，除了畫出平常如天使般溫柔慈祥的媽媽，也畫出了自己淘氣時，媽媽也是會變成一隻張牙舞爪的嚴厲妖怪。我還在蠟筆畫的旁邊寫了一段文字——

我有兩位母親，一個在白天出現，我叫她媽媽；另一個只在黑夜出現，我叫她妖怪的媽媽。

美術老師並沒有看懂我的意思。其實，我才是那隻妖怪，是我媽在暴怒時所惡言相向的那隻妖怪，在她日以繼夜的改造中被火焚燒的妖怪！

儘管醫師早已言明，克氏症候群的發病是隨機的，也並不是遺傳疾病，但是我媽仍惡意地認為一切的不完美，或是我血液中多出來的多少條X染色體，肯定都是來自我爸那邊的家族基因，不可能會是來自他們鄒家。尤其，當我爸鬧出了那一起讓她蒙羞的仙人跳醜聞後，她更坐實認定一切都是胡家血脈出的問題。

有一次，我從囚禁小屋逃了出來，卻突然下了一場傾盆大雨，還是國小一年生的我，只記得去鄒家大院的路，就赤著腳在大街上往那個方向狂奔，從我和姊姊都知道的秘密狗洞鑽進了花園，躲到了可以遮雨的半露天長廊裡。

那是我第一次見到桂亞力。

他原本應該以為我是什麼髒東西，還裝作沒有看到我，可能是聽到我的哭聲後，才偷偷探出頭問我。我永遠記得他告訴我的那些話，那位在我心目中長得如此完美的小男孩，那種我亟欲想成為的男生，在我心中留下了一個烙印。

「你為什麼在哭？」

「我沒有在哭，只是冷而已……」

我一把抓住他丟過來的小毯子，將溼透的自己從頭到腳包了起來。

「你也住在這裡嗎？」

我搖了搖頭，不想讓他知道我是鄒幸子的小孩。

「這麼晚了，你為什麼跑到這裡？」

「我媽媽不喜歡我，時常把我關起來，我是剛剛才逃出來的……」

「為什麼？不是所有的媽咪都會保護自己的小朋友？為什麼你媽媽要把你關起來？」

我的淚水不禁又湧了出來：「我不是普通的小朋友，我是妖怪！我是媽媽說的妖怪！」

他的眼睛睜得老大，吞著口水，身子不禁往後傾了些。

「我是會讓大人丟臉的妖怪，她必須要把我關起來，我才會聽話。」

我不認為他聽得懂我在說什麼，只是出乎意料地開始安慰我：「你不要難過了，其實我老爸是海底人！老媽說因為她已經不喜歡我老爸了，他才會回到海裡去當海底人！」

「你是海底人的兒子？」

「對呀，應該就是人類和人魚生的那種奇怪小孩，所以我們是一樣的！」

「我們是一樣的……」

我重覆著桂亞力的話，那一句「我們是一樣的」，是我第一次聽到自己被認同的聲音。只不過，他從來不知道，那年的雨夜中被他安慰過的那個「媽媽的妖怪」，其實就是後來被子睿和他認為是「顧人怨」的胡惠里。

我媽和我姊一直以為我對子睿有「兄控」情結，因為我總喜歡隨著子睿在男孩堆裡跟進跟出。但是，我本來就是個男生，為什麼不能跟男生一起玩？

當惠美偷偷告訴我，她發現子睿與亞力在房間裡做奇怪的事情時，我確實受到很大的打擊，她或許認為那樣可讓我打消對子睿的兄控或愛慕。只不過，我跟進跟出的從來就不是自己的表弟子睿，而是他身旁的桂亞力，那個曾在雨夜的鄒家大院，貼心安慰過我的男孩……

我受到的打擊並不是因為他們年少時，好奇彼此的身體所發生過的那些事情。而是，如果我聽從我媽的話去進行性別重置手術，變成她希望我成為的那個「真正的女兒」。那麼也等於從此會和桂亞力，走在兩條不同的路上，因為他如果喜歡的是男孩子，就永遠不可能會愛上那個術後變成女人的我——

我多麼想告訴他，我也是男的！我也是男的！

我多麼想成為像他那樣「完整又完美的男孩」，那也就是為什麼我會背著我媽穿回男裝、做回原本應該成為的那個自己，甚至刻意模仿桂亞力的穿著打扮。因為他，那一份我從小到大對他的好感，喚醒了我想要留下內心快要消失的「雁禮」，成為像桂亞力一樣的男孩，期盼著有一天……能夠守在他身邊！

因此，我從來就不願意跟我媽妥協，無論是她安排的手術前心理評估，或是女性化賀爾蒙療法，我一再地推託、置之不理。我希望能拖到成年之後，對自己的身體有自主權時再來決定。我知道那樣的我，將永遠是她眼中的一根刺，和腦中想要盡快抹除的不完美。

我與她的關係也越來越惡化，忘記是從什麼時候開始，我不再喊她「媽媽」，或許是我發現她……做了那些事情之後。

我與惠美從小就三不五時被送到鄒家大院，剛開始還以為我媽希望我們能多和表親們相處，或是暗中幫她監視子睿的後媽丁月溶，是否有在鄒家搞什麼亂子。日子久了，我卻發現事情並不是那樣，尤其是她告訴我們，如果在鄒家大院發現陌生的孩童時，一定要馬上打電話通知她。

我們確實曾經發現過陌生的孩童，也都以為可能是從秘密狗洞爬進來玩耍，然後找不到出口的鄰居小孩，至少單純的惠美是那麼認為，馬上就撥手機告訴了鄒幸子。我的顧慮是，如果是摸進來玩的鄰居小男孩，為什麼會全身赤裸只穿著一條髒兮兮的小內褲？為什麼身上、臉上和手腕上都有不明原因的瘀傷？

對我媽唯命是從的惠美從來沒有懷疑過，就任由她將那名小男孩帶走「送他回家」。只有我鼓起了勇氣，在惠美也離開鄒家大院後，就偷偷在我媽身後跟蹤。我媽的包裡竟然早已準備好一套兒童的連身衣褲，馬上就幫小男孩套了上，還安慰著他不知說了些什麼，兩個人就一路往後山的方向走。

那片……我們從小就被警告「不乾淨」的禁地。

在外人面前總是穿著光鮮亮麗的她，那天卻很難得穿著非常輕便，甚至是很隨便，腳上還踏著一雙馬汀博士的步行靴。難道，她早已知道小男孩是住在後山上的那幾戶人家？我遠遠跟著他們，在崎嶇的健行步道上走了至少四十多分鐘，才發現他們往下坡的一片樹林裡走去，那裡已經離步道非常遠了。

我躲在樹叢裡觀察著他們，發現小男孩開始東張西望正在尋找著什麼人，好像還問了一句——「我把拔馬麻在哪裡？」

我媽的心中或許糾結了好幾秒，才終於揪著肩上那只ＬＶ旅行包的細長背帶，趁小男孩不注意時從背後勒住了他的脖子，她用右腳膝蓋抵住小男孩的背部，然後用力地往後、往上勒！

我隱約聽到她不斷地說：「對不起！我不能讓你回去見你把拔馬麻……不能讓任何人知道你在鄒家大院的遭遇！我會幫你引渡到地藏王宮廟渡化……對不起……」

直到原本死命掙扎的小男孩，終於一動也不動地垂軟下去，她才將那具小小的身體平放在地上，發著抖用手指探了探鼻息，又趴下來聽著是否還有心跳聲。她看起來非常不確定是否有死透，索性先將屍體上那一套連身衣褲褪了下來，塞進了自己的包內。

然後，舉起了旁邊的一顆大石頭，往小男孩的臉上、頭顱上不斷地砸著，口中還念著一些我聽不懂的經文。

躲在樹叢裡的我，出奇冷靜地用手機錄下了一切，看著臉上濺滿鮮血和腦漿的鄒幸子，發狂、發瘋地揭開了自己面具下殘忍殺童的真面目。最後，還熟練地檢查著小男孩的全身上下，從旅行包中翻出了一罐液體和一包棉球，仔細地上下擦拭著小小的屍身。

看來，她在出門之前就已經決定會殺掉那個小男孩，那只沉甸甸的名牌旅行包裡，早已準備好各種毀屍滅跡的用具，就連要挖地埋屍的折疊式圓鍬，她都準備好了。

那絕對不是她第一次處理小孩子的屍體！

從那天開始，我再也沒有喊過她一聲媽，頂多在心中稱她是鄒幸子而已。因為，她根本就不配。我原本以為她只是因為變態的完美主義，才會殘忍虐待自己罹患克氏症候群的兒子。但是，從那一天開始，我才認清她根本就是個變態的殺童兇手！

後來的一年多，自以為是在做善事的惠美，又陸續在鄒家大院發現過兩名可憐兮兮的男童。同樣地全身赤裸只穿著一條小內褲；同樣地身上、臉上和手腕上都有不明原因的瘀傷；同樣地也在夜深人靜時，偷偷地被鄒幸子帶到了後山，被勒死、被砸碎腦袋瓜子，被她抹除了身上所有的微物證據後，埋屍在後山杳無人煙的隱蔽樹林裡。

我曾經被子睿與亞力認為是個怪咖，總是躲在無盡夏的花叢裡，偷窺與偷拍他們一家人的隱私。其實，我一直在尋找那些男童到底是從哪裡逃出來的？他們肯定曾經被關在大院的哪個角落！

直到有一天，我終於發現我舅舅鄒俊彥，隱藏在那一大片無盡夏花叢後的一道門，竟然通往在日式建築中，一間完全被隔離的密室囚房。比起鄒幸子小時候處罰我時，所用的那間花園囚禁小屋，她那變態戀童哥哥的囚房又更具規模，除了有如夢幻城堡般的遊樂設施，還有琳瑯滿目的絨毛玩具、電動火車、電視遊樂器與卡通電視牆，以及印滿可愛圖案的超大床鋪上，五顏六色的糖果、餅乾和零食，就像是傳說中的糖果屋。

在另一個隔間裡，則是突兀地擺著一些顏色鮮豔，或是貼著動畫人物貼紙的「虐待刑具」。很顯然的，戀童的鄒俊彥在玩膩了被囚禁的無辜孩童後，就會將他們虐待得鼻青臉腫、不成人形。

就像那幾名被惠美營救的可憐孩童，可能以為自己逃出了戀童殺人魔鄒俊彥那一劫，沒想到卻又落到偽善的「獵物清理者」鄒幸子手裡，將秘密永遠埋葬在那一座後山中。

我的手機裡和雲端上，儲存著那一對兄妹所有罪證的照片與影片。我一直以為有一天，我會用那些證據舉發他們的罪行！只不過，他們卻沒有機會等到那一天，就非常不幸地早早翹辮子了。

我知道自己體內X染色體的異變，並非基因上的遺傳。但是，我血液中宛若連續殺人魔般的慾望，卻肯定是來自那兩兄妹的血脈！

我會殺了他們，並不是因為一山不容二虎，或是一個家族容不下三名連續殺人魔，而是他們觸及了我內心最在乎的那條底線——桂亞力。

那年的中秋節，我和惠美也在鄒家大院，就像平日那樣我的視線總離不開桂亞力，只要他一出現，我就會偷偷地跟進跟出。就是因為那樣，我才會眼睜睜看到他喊著丁月溶，誤入了那個他不該去的房間，然後被借酒裝瘋的鄒俊彥一把推倒在床上，將沉重的拉門砰一聲地鎖了起來。

我將手機伸到上方的氣窗，從窗簾的隙縫中拍到了鄒俊彥將亞力壓在床上的畫面！我著急得想撞開門，想找人求救時，正好看到在長廊上東張西望的子睿，馬上喊了出來。

「亞力被大舅抓進去，房門還鎖了起來！」

他聽到後毫不猶豫就衝了過來，使勁用手臂和肩膀不斷撞在那扇厚重的雕花木門上，直到拉門的軌道被他撞崩了，兩扇巨大的木門也應聲而倒。我那時才知道，子睿肯定比我還在乎桂亞力，完全不像我還擔心木門太厚實，會撞傷了自己的肩膀……

我聽到他聲嘶力竭地喊著：「你這個變態！變態！竟然對小孩子做出這種事情！」然後，用床單裹著昏迷的亞力跑了出來。

我在長廊上看到那麼虛弱的亞力時，整顆心全都碎了，尖銳的破片不斷地捅在我的胸腔內，腦中也瀰漫起一股無法止息的憤怒。子睿應該也和我一樣惱火，衝回了房內朝著鄒俊彥大罵，沒多久父子倆還大打出手，直到年輕力壯的子睿將他打得跪地求饒。

他沒有將鄒俊彥打死，未免也太便宜了他，就算像子睿所放話說的那樣——「要讓所有的人都知道，潤舟集團的執行長是個兒童強姦犯！」，我相信鄒家人仍能一手遮天、粉飾太平。

當子睿揹著亞力離開後，我走進去冷冷地看著趴在床上，一臉狼狽的鄒俊彥。

「你這個變態！怎麼可以對亞力做出那種事情？」

苟延殘喘的他卻恬不知恥怒視著我：「你有什麼資格這樣看我？你又有什麼資格叫我變態？你這個不男不女的妖怪！你媽全都跟我說過了！你這妖怪才是變態……」

就在那一刻，我眼睛充滿了血色，完全失去了理智，隨手就抓起了高腳茶几上的附石盆景，往他的腦門上砸下去，一次、兩次、三次，就像鄒幸子殺童時那般殘忍。

我將昏迷的鄒俊彥滾到那張雪白的席夢思中央，再將他床頭上那幾瓶烈酒，澆在他的身上和布滿蕾絲與荷葉邊的被褥上。最後，噹一聲掀開他的Givenchy打火機，點火丟進了那一張罪惡的白床上。

雖然，那場火燒毀了有點歷史背景的鄒家大院，卻也燒死了那個戀童連續殺人魔，和他那座如夢幻城堡般的密室囚房。再也不會有無辜的小男孩，會落入他的陷阱與虐殺之中。

我從來沒有想到那一場火，竟然能燒得那麼快！那麼美麗！當我們逃到對街時，我被火焰的美感動得淚水奪眶而出。就像我第一次偷看到桂亞力和子睿，在閣樓裡玩著令人目眩神迷的玻璃火瓶和黑火藥，那些從火焰中竄出一道道宛若蛇形般閃閃發光的火舌，從此也將我帶進了那個迷戀火焰的內心世界。

我除了學著他們在廟會的街上，收集未爆鞭炮裡的黑火藥，隨著年齡的增長也學到了更多玩火與爆破的新花樣，「糖火箭」就是我熱衷過的其中一樣。然而，那也只能壓抑我體內那股殺人魔血液中，所不時會浮起的縱火慾望。我甚至計畫著要設計出一種，能讓人……死在目眩神迷的美麗花火中的殺人手法。

我為什麼會將那台施坦威三角鋼琴燒掉？其實，那也是我第一次測試氯糖反應，想試試到底可以產生多大的反作用力？我本來只是想嚇嚇惠美，卻沒想到對她造成那麼大的傷害。

剛開始，我對她所需要承受漫長的燒燙傷復健，非常自責。直到我們到醫院的無菌病房探望她時，她卻偷偷地告訴我：「好高興喔，應該有很長一段時間不需要再練琴了！」

結果，她痊癒從美國回來後，我才知道她這一輩子再也不可能彈出像以前那樣的水準。但是，我卻在她臉上更常看到燦爛的笑容，也總算能名正言順脫離鄒幸子的控制，搬到自己買的小公寓活出自己，不再需要成為那位必須完美演奏的鋼琴家。

那也就是我為什麼想逃離鄒幸子的掌心，到紐約州的SUNY紐柏茲分校學習珠寶設計與工業設計，到溫哥華的皮革藝術研究中心鑽研皮藝。

然而，在我要出國的前一年，鄒幸子更是變本加厲強迫我去接受性別重置手術，尤其是我爸被仙人跳的醜聞，在報章雜誌和電子媒體上大肆報導後，每個人都知道她嫁給了一個與跨性別者有染的丈夫。她多年來所苦心經營的完美家庭，就那麼在一夜之間瓦解了。

她當然擔心鄒氏家族的富家千金、潤舟集團新任執行長鄒幸子的女兒，其實是個罹患克氏症候群的大男人……成為下一波狗仔們爭相報導的醜聞。

當時，她指著我的鼻子瘋狂地喊著：「你要是不聽我的話，就別指望我會給你一分錢去留學。要不然，你就搬去和你那個窮鬼老爸住，反正你們姓胡的，一個對跨性別者有性趣；另一個是老二和妹妹都有的妖怪，剛好可以湊在一堆！」

我聽完她尖酸刻薄的那番話之後，內心開始淌血，彷彿是潰堤的河水般血流不止，差一點就想當場掐死她。為什麼，那麼一個為了粉飾家族醜聞，而可以狠心勒死、砸爛三名孩童腦袋的變態殺童兇手，竟還能夠如此厚顏無恥地傷害他人？

我下定決心要殺了她，而且就選在她最心愛的外甥鄒子睿，二十歲生日的那一天！

那個凌晨，我幫她將咖啡裝入保溫瓶時，就已經在咖啡中放了些ＧＨＢ，那是我前幾年摸進鄒俊彥監禁兒童的密室囚房拍照時，所發現的一瓶白色的粉末，後來查詢了那三個英文字母的縮寫，才知道是一種叫「γ-羥基丁酸」的迷姦藥，只要少少一點就可以讓人失去知覺。當年鄒俊彥或許就是用ＧＨＢ，讓亞力和那些被他監禁的孩童們陷入昏迷！

我只是將鄒俊彥曾經的作案手法，還之於他親妹妹的身上，讓她就像那些受害的男童一樣，無法使力掙扎或自救，就那麼一直沉進深不可測的湖水底層。

我站在獨木舟上，假裝撥打一一九報案、假裝向勤務人員說明狀況，手機的話筒裡卻完全沒有任何聲音。直到二十分鐘後，確定了子睿沒有將鄒幸子救上來，我才悄悄撥通了一一九的報案電話。

我曾經以為殺掉鄒幸子之後，就可以永遠擺脫從小到大，那種不知道自己做錯了什麼，又到底是錯在哪裡，甚至從來不被諒解或瞭解的巨大痛苦。

但是，並沒有。

原來傷口是那麼的深，深到已經穿刺進我的血脈，將我血液中與鄒家兄妹相同的天生殺人魔基因喚醒了、釋放了。我甚至無法再去撫平它、療癒它。

有一種殺人魔，是與生俱來的掠食動物，世人在他們眼中全都是獵物，或是無關緊要的草木。另一種殺人魔，則是曾被掠食動物吞噬過的獵物，在恐怖的經驗中宛若河豚般，長出了能分泌致命毒素的器官。

我就是那種帶著毒素的連環殺手吧？尤其，面對那些與鄒幸子如出一轍的女子，為了自己的私慾、財富、名聲與光榮，而能夠罔顧自己親生兒女們的感受，甚至犧牲掉他們的幸福。我的毒素就會不由自主的被釋放，在我的腦袋中瀰漫起一股無法止息的憤怒，有的時候眼睛會霎時充滿血色，只看得見一片腥紅，最後完全失去理智。

當我從SUNY紐柏茲分校畢業後，曾經在紐約市工作過幾個月。那時候「曼荼羅花火」才剛剛完成，我的幾位洋同學曾經見過最初的打版，都非常喜歡那種有點東方或印度風情的飾品。

那是一個直徑兩吋左右的圓形項鍊墜飾，以一種非常接近女性肌膚的異種動物皮所製作，上面布滿了類似曼荼羅的藍色花紋。在中央則鑲著一顆直徑0.8吋左右的金色陶瓷滾珠，隨著與配戴者的肌膚接觸而會自然滾動。最特別的是，我在滾珠上刻了兩句凸版的鏡像經文，當墜飾壓在配戴者的皮膚上稍久，就會印上一行美麗的偈語，洋朋友們都還蠻喜歡這種類似人體拓印的特別設計。

其實，那也只是外觀上的偽裝而已，它實則是一枚以氯糖反應原理，所設計出來的殺人凶器，就類似糖火箭裡以PVC水管製作的推進器，瞬間爆發的反作用力可以一飛衝上幾千英呎以上，也可以震碎胸腔的肋骨。

皮質的圓形項鍊墜飾內填滿了高量的氯酸鉀、氯化銅和糖，而陶瓷的滾珠內則是灌滿了濃硫酸，然後以我調製的一種特殊「壁虎膠」封口。這種膠的特性就是在封口後的第七天，會如壁虎的斷尾般自動脫落。

也就是說，當封口的膠脫落後，滾珠裡的濃硫酸就會流出來滲入皮質墜飾內，與那三種物質產生劇烈的氧化還原作用，氧氣與葡萄糖反應後產生大量的熱能，引起了爆炸與燃燒……想想看，在爆炸時從胸口竄出來如蛇形般閃閃發光的火焰，將會是多麼美麗的畫面呀！

正當我還在苦惱尋找「曼茶羅花火」Alpha測試者時，艾麗夏．蜜勒就自動送上門了。她是我在曼哈頓健身房的一對一教練，一位沽名釣譽只想藉著教導過各種名人，而不斷提升自己價碼的庸俗女子。談起自己離婚拋下的前夫與女兒，沒有了她之後是多麼地潦倒與不順遂，前夫失業酗酒、女兒染毒淪為街妓。她卻能面帶輕蔑的笑容，就像在說著與自己完全不相關的低成本電影劇情。

我試探性地問她，是否有計畫將女兒接到身邊，幫助她戒毒後回歸校園。她卻像是用鼻孔回了一句：「那不關我的事，是她自找的！」

所以，艾麗夏雀屏中選成為我的第一隻白老鼠。喔不，是紐約地下鐵裡的那種黑老鼠。她牙尖嘴利時的那張臉，根本就和鄒幸子是一個模子刻出來的！

也令我腦中的毒素，再度不自覺迷惑了思覺。

跨年前的那個週末，我送出了第一個「曼荼羅花火」，艾麗夏原本還皮笑肉不笑地說著謝謝。我看得出來，她看不上眼我苦心設計的皮繩墜飾，那個可以渡化她骯髒靈魂的凶器。因此，編了個充滿金錢誘惑「時來運轉」的東方偽風水典故給她聽，只要配戴七天之後，就能夠改變自己的命運。

她果真興高采烈地戴上了。

在時代廣場跨年的那個夜裡，艾麗夏確實改變了自己的命運，將自己活活炸死在四十二街的巷子裡。我跟蹤了她好幾個小時，才終於見到她在那一陣美麗的花火與爆炸中，淨化了自己。

那應該也是，她這輩子唯一做對的一件事。

我還將偷拍下來的絕美影片，就近傳給了附近的ABC News，為艾麗夏完成了心願，像個名人似地成為新年的第一則頭條新聞。

至於，我在加拿大當研究員時，所選的Beta測試者莎菈．威廉絲，我該怎麼形容她呢？一個道貌岸然的偽善「恐跨者」。

她認為像我這類羅患克氏症候群的男子，或是其他類型的染色體異常疾病患者，甚至是任何不符合男性或女性身體二元概念的人，不能因為透過手術改變了自己的外觀，就要求其它人也要認同當事人的選擇。

然而，這位在台上登高疾呼，欺壓、反對跨性別者以手術取得「認同」的衛道人士，私底下卻是個透過各種變臉、豐胸、整形手術改變自己的外觀，來滿足現今世俗對女性審美的「認同」標準。但她卻可無視有染色體異常病症的患者們，反而企圖去剝奪他們對自身性別認同與定位的選擇權！

那種有月經才算女人、有精蟲才是男人，雙重標準的言論，就是讓許多出生以來有染色體異常的患者，變成了活在無精症、外生殖器異常、男性女乳症……種種陰影與恐慌中的罪魁禍首。

他們不但要面對自己身體與他人不同的煎熬，還要遭受像鄒幸子那類的人，如惡魔般尖酸刻薄的批判，讓患者最終走上了自殺絕路！

因此，我將第二個「曼荼羅花火」送給了莎菈，在美麗的花火之中，炸掉了她的假鼻子、假顴骨、假下巴，也炸爛她乳房裡的那一對果凍矽膠植體！讓莎菈提早從那具軀殼中畢業，去學習人類應該具備的同理心與內在美。

我知道自己的腦袋生病了。

無法容忍那些與鄒幸子相似的母親，但是為什麼有那麼多、那麼多相同的人！讓我殺了一個，又再遇上另一個，身體裡的毒素也不斷地瀰漫在我的腦中！

我在上海時裝週的展會上，遇到那名KTV的陪酒女周瑛，連續將兩名父不詳的親生骨肉，拋棄給大山裡的老父母不聞不問，還幻想著自己可以跟著那名台灣渣男，飛上帝寶當鳳凰？

那個在台灣當性愛調教師的邱秋美，也是半斤八兩。明明就找到了一位可論及婚嫁的好男人，卻背著他偷吃，生出一名不屬於他的孩子。最後，還惡意讓才四個月大的男嬰發燒到三十九度，出氣般地看著他翻白眼、全身發抖，死在急診室裡。

那些人有資格當母親嗎？她們全都是鄒幸子，心中只有自己，並不在乎已經被搗碎或垂死的兒女們！

還有，那個勾搭有婦之夫的羅美辰，強迫偷吃男要在他兒子，與假懷孕的她之間作選擇？她在那幅淫壁畫揭幕酒會的前一晚，氣沖沖地通知我的男助手要更換珠寶首飾，因為與她訂製的小禮服風格不搭。

我早就聽聞助手聊起那女人的事，那晚才換上了男裝以另一名助手的身分，將更適合那套小禮服的首飾——「曼荼羅花火」，親自送到酒店給她。她是唯一一位與我近如咫尺，在我面前消逝於美麗花火之中的死者，然後被我憤怒地塞入一旁油漆還未乾的「圖」字凹洞內！

因為，她死前曾信誓旦旦地說著，在《神仙赴會圖》的揭幕典禮後，要趁著記者們訪問柳樹和她時，向媒體宣布兩人即將要結婚的喜訊。就算並沒有那一回事，她也要讓柳樹在媒體前乖乖就範。

我隱約聽到她喃喃自語說著：「我就看看那一對失寵的母子，還能怎麼樣……」眼神中充滿了某種掠食動物的邪惡。

我心中想著，妳之前不是柳樹兒子在安親班畫室的美術老師嗎？難道妳不是透過他前妻的介紹，才有機會進入柳樹的壁畫工作室嗎？還趁機掠奪了對方的丈夫，造成別人的家庭破裂。為什麼語氣中卻充滿著恩將仇報的道德最底線？

然後，我親手將「曼荼羅花火」陶瓷滾珠上的壁虎膠，不著痕跡地用指尖摳掉。就在她配戴著那一副首飾上下打量時、就在凌晨的酒店大廳內，沒有其它人出沒的濕壁畫工作區簾幕後，瞬間讓美麗的火焰將她烤得烏漆抹黑，然後被我塞進了洞裡，才慢慢地死透了。

我刻意避開台北京越酒店的監視器，卻還是被其中一具拍攝到了我的男裝打扮，那也是我犯下最大的錯誤，讓桂亞力成為了眾矢之的。因為我身上那些酷似桂亞力才有的特徵、行頭與飾品，或許就是造成他被刑大約談的原因，甚至在刑事警察大隊辦公樓的示威抗議中，被劉滿足的前夫砸得頭破血流。

我也是那時候才見到她前夫的嘴臉，還有那男人被攝影機捕抓到的喃喃自語——你這個畜生！竟然敢殺了我的女人！她是我的……她是我的女人，只有我能夠殺她……只有我才能！

當我聽到記者訪問劉滿足的女兒時，她聲淚俱下說著，小時候就常見到父親將劉滿足打得鼻青臉腫，用厚重的水晶玻璃菸灰缸砸她的腦袋……

我整個人愣在電視機前。

原來，我錯殺了那個經歷過殘忍家暴，逃出惡夫掌心的女子，也奪走了她不斷力爭上游，期盼與女兒團圓共組新家庭的願望，甚至剝奪了她女兒重新認識自己母親的機會！

我以為自己一次次殺掉的鄒幸子，那些人的兒女或是她們所造就的受害者，應該會感激我、應該會大快人心。

然而，我並沒有解救到任何人，

甚至沒有解救自己內心的千瘡百孔！

在他們眼裡，我只是個冷血無情的兇手，

濫殺無辜的「三界火宅之人」連續殺人魔！

應該要接受法律制裁！應該在地獄裡被燒得體無完膚……

你知道這座城市最孤獨的地方在哪裡？

是台北１０１，我就站在這棟大樓的觀景台上。

雖然高樓林立、霓虹閃爍，我卻聽不見信義商圈的喧囂，那樣的繁華仍無法填滿我內心的孤獨。儘管車水馬龍，人來人往，卻還是與自己毫不相干，在這高處一切都顯得遙遠而虛幻。

我早已解開了安全繫帶與鋼索之間的紅色安全鎖，身後好像有不同的人喊著——

「小姐，安全鎖不能解開喔！」

「請小心，不要做出危險動作……」

「小姐，請停下來！不要再往前走了！」

我只是想翻過金屬護欄，看看還能不能爬到再外圍一點的護架上。我知道有人曾經從這棟樓跳下去，然後乘著滑翔傘滑行過信義商圈的空中。我倒是不需要滑翔傘，只想看看是否也能像糖火箭那樣，靠著糖動力從這裡衝上三千或四千英呎的藍空。

然後，如橙紅的木棉花般，墜落到底下散著熱氣的柏油路上。

「大哥哥，大哥哥！你在幹什麼呀？」我身後傳來一陣小孩子的聲線。

「你叫誰？我不是什麼大哥哥……」我搖著頭。

那奇怪的小男孩睜著如清澈湖水般的雙眼望著我：「你當然是大哥哥！」

「我不是……」

他緩緩地走到我面前，小手很熱情地握住了我。

☆☆☆

胡惠里蜜糖色的頭髮在風中翻飛著，原本還是形影孤單地站在４６０米高的戶外觀景台上。直到童奇杰悄悄走了過去，不知道向他說了些什麼後，就緊緊地牽住了他的手。

他停下了翻越護欄的動作，望著觀景台外的風景，只是莫名地流著淚。

警方稍早接獲報案，有一名女子超時流連在戶外觀景台不願離去，幾經勸阻後還與安全人員發生爭執，並且不斷想翻出層層的安全護欄。經過查詢網上售票系統後，確認該名女子為「胡惠里」。

楊嘉莎與專案小組人員，在胡惠里的辦公室撲了個空後，得知一一九勤務指揮派遣系統上的資料，馬上就出發前往台北１０１的戶外觀景台。只不過，童奇杰和柯林德早已先一步抵達了觀景台。

「胡惠里小姐，請冷靜下來，有什麼事情都好商量。請牽著那位小朋友的手，一起往旁邊女警小姐那邊走，可以嗎？」

錢得樂當然瞭解這個戶外觀景台的安全設備，並不是一般人能輕易闖出護欄，做出什麼危及公共安全的行為，但是仍擔心會有任何意想不到的危險。畢竟，他們眼前這一名身材高挑的女子，就是在國際間連續犯下六起人體爆炸殺人案的「三界火宅之人」。

錢得樂朝著身旁的小畢低聲問著：「你們確定這個身材像模特兒的女子，就是犯下那幾起重大命案的『三界火宅之人』？」

「是的，沒有錯！還有，你不要再叫他胡惠里小姐了，他應該不會喜歡那個稱呼，叫胡惠里就可以了！」小畢道。

站在欄杆前的童奇杰拉了拉胡惠里的手，用他那種太傻太天真的語氣說著：「走吧，大哥哥。」胡惠里卻像腳下釘著釘子，不為所動。

「大哥哥，我想認識你，也很想聽你告訴我關於你的故事。」

胡惠里睜著不解的雙眼，凝視著眼前那位奇怪的小男孩，心中或許還疑惑著，難道是來接他的天使？但是，他知道自己所犯下的所有罪行，只可能會被死神一路拖往地獄。

「一切都太遲了，我是個連續殺人魔，你牽著的是一雙沾滿血腥的手。」

童奇杰將胡惠里的手握得更緊：「你難道不希望再見到桂亞力？」

胡惠里的眼睛霎時睜得老大，緩緩低下頭看著童奇杰，彷彿心領神會了。

「我相信，他一定也很希望聽聽你的故事，認識真正的胡惠里。大哥哥難道不想讓他知道，十多年前的雨夜，他所見過的那個『媽媽的妖怪』其實就是你？難道你不想讓海底人的兒子……知道更多嗎？」

胡惠里不懂，為什麼此刻會不自覺地流著眼淚？就像他從來都不懂自己。

高空的強風吹著他凌亂的長髮，彷彿像是惡意扯著他髮絲的頑童。他拉下了外套的拉鍊，將右手撫在胸前的那只「曼荼羅花火」上，食指尖輕輕地滾動著那顆有著金色偈語的陶瓷滾珠。

「來不及了……我回不去了……」胡惠里聲音沙啞地哭著。

然後深吸了一口氣，點了點頭向童奇杰與警方人員致謝：「謝謝你們，陪我下棋。」

童奇杰的表情霎時一怔，還來不及反應時，胡惠里早已將他一把往楊嘉莎的方向推了出去。

就在那一瞬間，胡惠里整個人突然往後猛一震，身子裡發出了悶的一聲後，從胸口竄出了一道閃閃發亮的火焰，就像是從台北１０１戶外觀景台射出的一道煙火，橙黃的火焰映在他的整個胸腔，彷彿像一只透著光的人皮燈籠！

原本包圍在四周的警員們全都驚訝地叫了一聲，倒退了好幾步，望著跪倒在地上的胡惠里，他的上半身與一頭長髮正被火焰吞噬著。

楊嘉莎和柯林德緊緊地護著剛剛撞過來的童奇杰，用力地摀住他的臉、他的眼，不讓他看到那慘絕人寰的一幕。被摀住的童奇杰雙眼漆黑，激動地流著眼淚，不只是因為剛才在他身旁消逝而去的生命……他在漆黑之中，彷彿又看到了那種星星點點的降雪。

就像，他的阿嬤童林美嬌去世的那個黃昏，穿著國小制服的他興奮衝回阿嬤的家後，卻看到平常應該在顧店的童國雄和姚愛美，焦急地杵在阿嬤的房門外。房間內兩位陌生的醫護人員，正幫躺在地上的阿嬤做著心肺復甦術，儘管他們有規律的按壓著，童林美嬌卻一動也不動地沒有任何反應。

當姚愛美發現兒子正睜著驚恐的雙眼，直挺挺站在他們身後時，嚇得馬上摀住了童奇杰的眼睛。沒幾秒後，他們也被童國雄巨大的身影擋住了房門，緊緊地環抱著母子倆。那是他第一次，聽見總是笑容滿面的熊爸爸哭泣的聲音，他抽噎時的一吸一頓也震動著童奇杰的身子。

在童奇杰被摀住雙眼的漆黑中，突然出現了如細雪般的白色斑點，然後越來越多、越來越密，就像是一場飄滿鵝毛雪的雪景，在全白之中逐漸浮現了阿嬤穿著她最喜歡的那件櫻花圖案的和服。

她，

只是微笑，

什麼都沒有說，

就撐起了一把小洋傘，

然後，轉過身朝著風雪中走去。

他不斷追在她的身後跑著、喊著，

阿嬤的身影卻堅決地沒有回過一次頭。

雪景中浮現起一座宛若海市蜃樓的景色，古色古香的日式建築和漫天飛舞的櫻花瓣……

那是日本的京都嗎？為什麼阿嬤要往那個方向走？難道那是她生前最想去，卻永遠到不了的應許之地？

那麼此刻的胡惠里，是否也能前往他心中的淨土？

還是因為那些歧視、仇恨與折磨帶給他的殺戮，

會將他永遠囚禁在一片孤獨的白色世界中，

為那些在他手中流逝的無辜生命贖罪，

像一道微弱的火苗，

繼續孤獨地，

在雪中，

滅去。

（全文完）

番外篇 枸橘花

「枸橘開花了，白茫茫的花開了，花刺尖尖好痛，水藍藍的花刺喔。枸橘開在圍牆邊，在熟悉的道路上，枸橘秋天也會結果，圓滾滾的金色果實喔。

我在枸橘旁哭了，大家都對我很好喔，枸橘開花了，白茫茫的花開了。」

——日本童謠〈枸橘花〉詞／北原白秋（一九二四）

你相不相信，我在三歲以前只會說日語，牙牙學語說的第一個詞是「そぼ」（祖母），不是「ちち」（爸爸）也不是「はは」（媽媽）。小時候，我並不知道那是另一個國家的語言，家族中的親友已經沒有多少人會那種語言了。阿嬤說，會講那種語言的叔公、舅公、姑婆、姨婆或嬸婆們，要不是很久以前就移居到日本，不然就是早已作古了。

因此，它成了我和阿嬤之間祕密的語言，也是我們祖孫倆互通訊息時的暗號。我知道那也是慰藉阿嬤內心深處，許多錯過的喜悅、遺憾與痛苦的語言。當阿嬤口操日語與我聊天時，我才會在她閃閃發光的瞳孔中，看到那位在日治時期神采奕奕的「台灣女神童」，與她講述小學時已經讀完高校課程的那一抹驕傲笑容。

我也從阿嬤那裡學到她那個時代的許多日本童謠，譬如：〈夕燒小燒〉、〈案山子〉或〈紅葉〉……。我知道阿嬤最愛的童謠肯定是〈枸橘花〉，因為每當她用日語輕聲唱到「我在枸橘旁哭了，大家都對我很好喔，枸橘開花了……」總會潸然落淚，彷彿勾起了她許多快樂或不快樂的回憶。

阿嬤童年時經歷過許多不公平的待遇，無論是在學校或是家族中，不平凡的天資聰慧，並未在那個時代帶給她榮耀，反而是接踵而至的災難。甚至，曾經導致一位她最愛與最景仰的長輩，死於非命。

因此，阿嬤要我向她發誓，絕對不輕易向任何人透露，我九歲時就已經在網上修完美國大學的先修學分、十歲時也取得全球最年輕的電腦系統分析師認證，或是我最喜歡讀「邏輯導論」和「犯罪心理學」方面的書籍。

還有，更不能讓外人知道，我的腦中時刻都有著一盤佈滿黑白子的十九路棋盤，能夠以圍棋式的思維，推敲其他人下一步的言行舉止……

「我為什麼就不能做自己？難道連把拔和馬麻都不能說？」我睜著不解的雙眼抱怨著。

「小杰，答應阿嬤，好無？至少……高中畢業前不要讓人知道。」

我當時完全不懂她的用意，也非常不情願其他同學都可以炫耀自己彈鋼琴、拉提琴、跳

K-POP韓風舞蹈，或是PO出「超級瑪利歐兄弟」玩到撒花破關的影片！我卻絕口不能去提自己最引以為傲的一切。

我記得阿嬤緊緊握住我的小手，然後緩緩攤開她的手掌，讓我仔細地端詳：「你看覓阿嬤的掌紋，佮你的毋啥不同？」她的口語總是夾雜著台語或日語。

那是我第一次如此近距離，觀察著那一道從虎口跨越整個掌心的線條，我一直以為那是上世紀算命仙口中所說的「斷掌」。

她將左右手掌併在一起，一道筆直的線條從右手虎口延伸到左手虎口：「你以為阿嬤生來就是個斷掌的查某？毋是，這毋是斷掌，是……阿嬤手上的疤痕與心頭上的傷痕。」

原來，那道線條並不是感情線和智慧線合而為一的斷掌紋，而是一道布滿細碎傷痕的疤！我隱約還能在疤痕的底下，看到阿嬤原本的感情線和智慧線。只不過，它們卻被一道道細碎的疤覆蓋了起來。

「在阿嬤讀小學的時代，雖然日本政府開始讓查某囡仔，擁有平等受教育的機會。毋過，家族的長輩卻不希望我們讀太多，甚至表現得比查埔囡仔優秀。」

「為什麼？不都是自己生的小孩嗎？」我問。

阿嬤的鼻子哼了一聲，卻仍保持著微笑：「彼个時代！重男輕女的觀念很嚴重，恁這一代的囡仔人抶得通了解。阿嬤小時候也像小杰現在這樣，歡喜覷在公學校的圖書館讀冊，很愛跟在老師們的後面打破砂鍋問到底，成績上也不想輸給我阿兄宗男或叔伯兄弟，而且每一次考試肯定都是第一名，完全將大房和二房同輩的叔伯兄弟比下去了。」

她沉默了好幾秒：「我一直以為，只要功課比宗男或叔伯兄弟優秀，阿爸阿母就會更疼惜我。」

然而，並沒有。

小學時代鶴立雞群的阿嬤，卻讓她成了身邊同輩孩子們的眾矢之的，與鄰居三姑六婆口中「怎麼人家隔壁林美嬌就是神童！我卻生下你這種豬腦童！」的比較對象。

她當然也常被自己的哥哥宗男與堂兄弟們欺侮，甚至將他們幹過的一些偷雞摸狗的壞事，口徑一致嫁禍到她的身上。她從來就不服輸、不願意去幫男丁們背黑鍋，結果換來的卻是一次次被自己的阿爸或阿母，用藤條或竹條抽到皮開肉綻的下場。

她手掌上的傷口時常在發炎化膿後，才剛剛開始結痂沒多久，卻又因為其他的事情再次被藤條抽得傷痕累累。直到最後，在雙手的掌上結成一道抹滅不去的難看疤痕。

「那就是為什麼，越是親近的自家人，阿嬤越是不會讓他們知道，我的智商就是比他們高出許多許多。因為，人性中的忌妒心與劣根性是我們所無法去提防與想像的！」

「阿嬤一定很恨自己的哥哥和堂兄弟吧？」

「少年吔時陣……有啦！但是自從宗男和叔伯兄弟攏移居日本之後，已經很少有機會聯絡了，距離感帶來的疏離，沖淡了許多不愉快的童年回憶。」

那個午後的陽光下，與阿嬤坐在公園長椅的我，悄悄地將自己的右手，緊緊握住了阿嬤的右手，唸著我在幼稚園時她教過我的那幾句順口溜，然後愉快地搖著兩人的手——

「大姆哥，小妞妞，勾勾手手蓋印章！我們做朋友，彼此不黃牛……約定放心中，永遠守信用……阿嬤也要蓋印章喔！」我答應她，會守著那個承諾，直到我二十歲。

我記得阿嬤八十多歲時，就已經不太使用傳統電話機了，尤其是我爸送給她一支蘋果手機後，阿嬤就開始學著傳語音訊息給我，有時候還會在樓下的超市或自助餐廳打開FaceTime，拍著琳琅滿目的各式美食，詢問我晚餐想吃些什麼？

因此，當電視櫃旁那一台早已蒙塵的電話機響起時，阿嬤還翻了一陣子才找到無線子機。然後，我聽到她對著話筒輕聲細語，說著已經好久沒和其他人說的流利日語。

持續二十多分鐘的對話中，我隱約聽懂好幾句「非常遺憾」、「息止安所」、「妳自己也要保重好身體」，或是「妳確定不需要我和國雄過去一趟？」，聽起來應該是一位年輕時的舊識打來的。

阿嬤掛掉電話之後，卸下了原本安慰對方時的鎮定，整個人重重地跌坐在皮沙發上，表情凝重地久久都沒有說一句話。

我坐在一旁，大氣也不敢喘一下，只敢偷偷地察言觀色，只見她時而嘆氣、時而悶哼了幾聲、時而表情放空，最後兩行豆大的淚珠，刷地劃過她充滿細紋的老臉。

當我不知所措地跑過去緊緊抱住她時，她原本憋著氣、忍著不發出聲音的面容，卻如潰堤般大聲地哭了出來，布滿斑點的枯瘦雙手也緊緊地揪著我的肩頭，不斷因抽噎而顫抖著。

那是阿嬤在日本的大嫂和姪子打來的，也就是我從未謀面過的嬸婆和叔叔，他們在電話中轉達阿嬤，她哥哥宗男已於前日凌晨五點多，因多重器官衰竭，在大阪的醫院過世了。

聽說，宗男在去世前的那五年，飽受阿茲海默症的神經退化症狀折磨，有時候整個人的認知退化到小學之前的年齡，一句標準的日語都不會說，只能如小孩般用詞不達意的台語和嬸婆溝通。

嬸婆告訴阿嬤，宗男在去世前的幾個星期，時常語氣如孩童般告訴妻子，他真的很想念妹妹美嬌，一直覺得自己小時候非常對不起她，不應該跟著其他同學或鄰居那樣取笑、欺負自己的妹妹，還向父母說了許多齊藤優一老師，和「天才兒童培育計畫」的壞話，導致妹妹承受不了壓力，退出了齊藤老師的計畫，甚至錯失可以到日本求學與深造，為自己家族爭光的機會……

那個晚上，阿嬤翻出了一本全是黑白照片的家庭相本，有時候雙眼泛紅流著淚，有時候卻又忍不住笑了出聲。那是一條跨越八十多年的長河，在當年重男輕女的社會氛圍下，將她和哥哥宗男阻隔在河的兩岸，在還來不及瞭解自己的手足之前，就已經被父系社會男尊女卑的思想分化了感情。

她看著黑白照片中，尚未進入公學校前的自己和宗男，四、五歲時的他們曾經那般親密地玩在一起，有著相同的天真笑容、相同的古靈精怪，只是在逐漸長大後卻走上了兩條背道而馳的路。

直到人生的最後，宗男終於回歸他們年幼時，阿嬤記憶中那個最純真、最保護她，又最不恃寵而驕的兄貴。

阿嬤說，她雖然並沒有親耳聽到宗男道歉的話語，但是卻可感受到他的心意，感受到兄妹之間原本曾經緊緊相連的那一條絲線。

也相信，有一天會在一個沒有輕重尊卑的淨土，再次與哥哥重聚。

（番外篇　完）

後記：There Is Always A Workaround

相隔快四年沒有在台灣出版作品，其實在異國的我卻完全沒有停下忙碌的腳步，只不過是將百分之百的時間，投注在拓展歐美作家的社交領域，更積極參與所屬的「英國犯罪作家協會」和「加拿大犯罪作家協會」各種盛會與論壇，並且將在國際犯罪文壇吸收到與時俱進的新知，轉化應用在「台灣犯罪作家聯會」許多活動上。

那段時間，除了看到了更廣闊的犯罪文學世界觀，也因緣際會結識了一大群國際知名的犯罪／懸疑／驚悚／推理小說作家朋友，對於歐美作家們的認識不再只是上個世紀二手翻譯資料中，隔層紗的霧裡看花與高不可攀，反而是面對面或一對一閒聊與訪談時，瞭解了他們對於犯罪小說創作上的心法與期許。

我也在短短幾年中，為雜誌的專欄訪問過美、英、加、日、瑞典與紐澳的知名作家，從他們的口中或筆下學習到私藏或獨特的寫作與發想靈感的方式。當我回過頭審視自己曾寫過的書稿時，也殷切期盼能藉由那些與大師們懇談的經驗，帶給自己在眼界上更寬廣的成長，也冀望如他們那般在每一次的創作中，都隱藏著那麼一個或幾個值得討論的社會議題。

台灣社會近來因「兒童福利」的管理失當，而引發了幼童被凌虐致死的慘案，逐漸令家長們更重視隱藏在靜河底下的「虐童」暗流，也開始省思台灣遠不如國際間對「虐童者」與「戀童癖」慣犯，應有的嚴懲規範與社區通報系統。甚至，在次文化的誤導之下，將戀童情結加以美化，也將十一、二歲以下「前青春期」的兒童們，推上了被覬覦、偷窺、偷拍、凌虐或性侵的風口浪尖。

四十多年前，我們曾經以為許多突然失蹤的嬰兒或兒童，或許是被當時的跨國販嬰或販童集團出養到了國外，甚至自我安慰地認為大多數的他們，應該是過著比台灣原生家庭更優渥的生活吧？但是，也有許多失蹤兒童卻是從此消失了，他們到底經歷過什麼不見天日的苦難？被監禁？被圈養？或被性侵後凌虐致死？沒有人知道背後的真相，到底還有多少不為人知的版本。

我也在小說中探討了某種X染色體異變所導致的症候群，在二元性別論的社會中，長年遭受到歧視、欺凌與被妖魔化。就連以巫術與怪獸小說崛起的英國女作家，竟也憑藉自己在國際間的知名度，在社群媒體上以「有月經才算是女人」的聳動字眼，嘲諷與撻伐那些以手術來取得性別認同的「女性」。

然而，她口中那些「沒有月經的女人」，除了有已過了更年期的熟女長輩們，還有成千上萬是與生俱來患有X染色體異變的「克氏症候群」，所造成外觀與外生殖器官異常發育的患者。他們長年承受身體上的缺陷創傷，卻在二元性別論的封建思維下，還要遭受衛道人士公然的霸凌與凌遲。

難道，患有X染色體異變的他們，無法透過外觀與器官的重建手術，修復自己從小到大因先天疾病所帶來的「外在缺憾」，重新取得自己原本曖昧不明的性別、認同與自信心嗎？

我衷心希望在讀完這一本小說後，讀者們會關心隱藏在劇情中的那些社會議題，也對故事中幾位「連續殺人魔」的認知，不再是停留在毫無緣由就殺人的變態角色，他們也有內心的掙扎與身不由己，雖然思想偏頗是造就他們成為妖魔的成因。

當你閱讀書中的每一位「受害者」時，也可以深刻感受到他們並非只是一個名字或一個數字，並不是因為在劇情中將會被兇手殺害，而存在於這本小說中，而是他們每一個人身上，都背負著與你我相同的愛恨情仇。

最後，感謝《三界火宅》的責編喬齊安先生，過往九年之間與他早有多次的合作機會，也見識到他經手過的許多本小說，紛紛賣出了多國版權、IP影視改編版權，入選釜山影展Story Market，和坎城影展的Shoot the Book，成為一名在業界炙手可熱的編輯與書評人！

也感謝「角角者KadoKado」的編輯黃郁晴小姐，在簽約後無微不至的書信往復，帶領我走進全新的小說連載創作模式，令我有一種宛若在《週刊少年ジャンプ》上首發連載的戰戰兢兢，也學習著確定每兩三千字左右，是否都有一個伏筆、線索、揭示或爆點，才能夠讓訂閱者們魂牽夢縈，每個周末都引頸期待著後續。

我殷切的期望，在與這兩位曾經勇闖釜山影展Story Market的優秀編輯合作下，《三界火宅》將會有非常亮眼的成績！

更要感謝每一位讀到最後一頁的你，唯有你的閱讀、支持與鼓勵才能讓「童探Bodacious!」系列永續經營連載下去，每一案也都有機會出版成實體書與電子書！

——提子墨．於加拿大西海岸某田園小鎮

國家圖書館出版品預行編目資料

童探 Bodacious! 三界火宅 / 提子墨作 . -- 初版 .
-- 臺北市 : 臺灣角川股份有限公司 , 2024.05
面 ;　公分
ISBN 978-626-378-986-9(平裝)

863.57　　113003320

童探 Bodacious! 三界火宅

作者・提子墨

2024 年 5 月 9 日 初版第 1 刷發行

發行人・台灣角川股份有限公司
總監・呂慧君
編輯・喬齊安
美術設計・李曼庭
印務・李明修（主任）、張加恩（主任）、張凱棋

台灣角川

發行所・台灣角川股份有限公司
地址・104 台北市中山區松江路 223 號 3 樓
電話・(02) 2515-3000
傳真・(02) 2515-0033
網址・www.kadokawa.com.tw
劃撥帳戶・台灣角川股份有限公司
劃撥帳號・19487412
法律顧問・有澤法律事務所
製版・尚騰印刷事業有限公司
ＩＳＢＮ・978-626-378-986-9